A
Influencer

ELLERY LLOYD

A Influencer

Tradução de
Luciana Dias e Maria Carmelita Dias

Copyright © 2021 by Ellery Lloyd Ltd.

Todos os direitos reservados. Nenhuma parte deste livro pode ser utilizada ou reproduzida sob quaisquer meios existentes sem autorização por escrito dos editores.

TÍTULO ORIGINAL
People Like Her

COPIDESQUE
Clara Alves

PREPARAÇÃO
Fábio Gabriel Martins

REVISÃO
Thaís Lima, Thayná Pessanha, Mariana Gonçalves e Thais Entriel

FOTO DE CAPA
Steven Errico | Getty Images

ADAPTAÇÃO DE CAPA
Julio Moreira | Equatorium Design

DIAGRAMAÇÃO
DTPhoenix Editorial

CIP-BRASIL. CATALOGAÇÃO NA PUBLICAÇÃO
SINDICATO NACIONAL DOS EDITORES DE LIVROS, RJ

LL778i	Lloyd, Ellery A influencer / Ellery Lloyd; tradução Luciana Dias, Maria Carmelita Dias. – [2. ed.]. – Rio de Janeiro: Intrínseca, 2022. 384 p.; 21 cm.
	Tradução de: People like her ISBN 978-65-5560-476-4
	1. Ficção. inglesa. I. Dias, Luciana. II. Dias, Maria Carmelita. III. Título.
22-76039	CDD: 823 CDU: 82-3(410.1)

Meri Gleice Rodrigues de Souza – Bibliotecária – CRB-7/6439

[2022]

Todos os direitos desta edição reservados à
EDITORA INTRÍNSECA LTDA.
Rua Marquês de São Vicente, 99, 6º andar
22451-041 — Gávea
Rio de Janeiro — RJ
Tel./Fax: (21) 3206-7400
www.intrinseca.com.br

Para Zu

Prólogo

Acho que é possível que eu esteja morrendo.

Já faz um tempo, em todo caso, que sinto como se estivesse vendo o filme da minha vida se desenrolar diante dos meus olhos.

Minha lembrança mais antiga: é inverno, em algum momento do início da década de 1980. Estou usando luvas, um chapéu mal tricotado e um enorme casaco vermelho. Minha mãe está me empurrando pelo quintal atrás da casa em um trenó de plástico azul. Ela mantém um sorriso fixo. É como se eu estivesse completamente congelada. Consigo me lembrar de como minhas mãos estavam frias naquelas luvas, da maneira como eu sentia cada buraco e saliência do solo embaixo do trenó, do rangido da neve sob as botas dela.

Meu primeiro dia na escola. Estou balançando uma mochila de couro marrom com meu nome escrito em um cartão visível por detrás de um pequeno visor de plástico. *EMMELINE*. Uso uma meia azul-marinho três-quartos dobrada na altura do tornozelo; meu cabelo está preso em uma maria-chiquinha de comprimento ligeiramente irregular.

Polly e eu com doze anos de idade. Fui dormir na casa dela, estamos com pijamas xadrez e máscaras de argila no rosto, esperando que o milho estoure dentro do micro-ondas. Nós duas no corredor da casa dela, um pouco mais velhas, prontas para ir à festa de Halloween onde dei o meu primeiro beijo. Polly fantasiada de abóbora. Eu, de gata sexy. Nós duas novamente, em um dia de verão, sentadas de pernas cruzadas, de jeans e botas Dr. Martens em um gramado bem aparado. Em vestidos de alcinha com gargantilhas, prontas para o nosso baile de formatura do ensino médio. Lembrança após lembrança, uma após a outra, até que começo a me perguntar se existe um único momento significativo sequer da minha adolescência em que Polly não tenha um papel importante, com seu sorriso torto e sua postura esquisita.

É só quando esse pensamento me ocorre que percebo como isso é triste agora.

Meus vinte e poucos anos são um borrão. Trabalho. Festas. Bares. Piqueniques. Feriados. Sendo bem sincera, meus vinte e tantos e meus trinta e pouquinhos também têm contornos um pouco turvos.

Algumas coisas nunca vou esquecer.

Dan e eu em uma cabine de fotos, em nosso terceiro ou quarto encontro; meu braço ao redor dos ombros dele. Dan está muito bonito. Eu pareço completamente apaixonada. Nós dois estamos rindo feito bobos.

O dia do nosso casamento. A piscadela que dou para algum conhecido por trás da câmera na hora dos votos de matrimônio, a expressão solene no rosto de Dan ao colocar a aliança em meu dedo.

Nossa lua de mel, nós dois em êxtase e bronzeados, em um bar de uma praia em Bali ao entardecer.

Às vezes é difícil acreditar que algum dia fomos tão jovens, tão felizes, tão inocentes.

O momento em que Coco nasceu, furiosa e aos berros, esbranquiçada e melequenta de vérnix. Impregnado em minha memória para sempre, aquele primeiro vislumbre do seu rostinho enrugado. O momento em que a passaram para mim. O peso de nossos sentimentos.

Coco, coberta de confete de uma pinhata, rindo, na sua festa de quatro anos.

Meu filho, Bear, com quinze dias de vida, pequeno demais até para o minúsculo macacão que está vestindo, aninhado nos braços da irmã sorridente.

Só agora me toco de que não estou vendo lembranças verdadeiras, mas recordações de fotos. Dias inteiros reduzidos a uma única imagem estática. Relacionamentos inteiros. Eras inteiras.

E, ainda assim, eles continuam surgindo. Esses fragmentos. Esses instantâneos. Um após o outro após o outro. Rolando em velocidade cada vez mais acelerada dentro do meu cérebro.

Bear gritando em seu canguru.

Vidro partido no chão de nossa cozinha.

Minha filha em uma cama de hospital, encolhida em posição fetal.

A primeira página de um jornal.

Quero que isso pare agora. Algo está errado. Continuo tentando acordar, abrir os olhos, mas não consigo, minhas pálpebras estão pesadas demais.

Não é tanto a ideia de morrer que me incomoda, mas sim o pensamento de que talvez eu nunca mais veja essas pessoas de novo; todas as coisas que talvez eu nunca tenha a oportunidade de lhes dizer. Dan — eu te amo. Mamãe —

eu te perdoo. Polly — espero que você possa me perdoar. Bear... Coco...

Estou com um terrível pressentimento de que algo muito ruim está prestes a acontecer.

Estou com um terrível pressentimento de que é tudo minha culpa.

SEIS SEMANAS ANTES

Capítulo um

Emmy

Nunca planejei ser uma Instamãe. Por muito tempo, eu não tinha nem certeza se seria mãe. Mas, afinal, quem pode falar de verdade que as coisas aconteceram exatamente como tinha imaginado?

Atualmente, posso estar com os mamilos sempre vazando e ter fedelhos para todos os lados, ser uma limpadora profissional de bumbuns de dois pirralhos atrevidos, mas rebobine cinco anos atrás e acho que eu era o que se chamaria de uma fashionista. Ignore meu tremor nos olhos exaustos e imagine que esse coque típico de mãe, arrepiado e meio cor-de-rosa, seja um cabelo escovado e elegante. Substitua esse batom Ruby Woo aplicado de qualquer maneira por um contorno bem-feito, delineador líquido e brincos estilosos — o tipo que minha filha de três anos agora usaria para uma brincadeira improvisada. Depois combine isso tudo com um jeans *skinny* e uma blusa de seda da Equipment.

Como editora de moda, eu tinha o emprego com que sonhei desde que era uma adolescente dentuça, gorducha e com problemas capilares, e eu realmente, realmente, o adorava. Era tudo o que eu sempre quis fazer, como poderia atestar minha melhor amiga Polly — a doce e generosa Polly; tenho sorte de ela ainda falar comigo depois das horas que passei forçando-a a brincar de fotógrafa nas minhas sessões de fotos de mentirinha, ou desfilando comigo nas passarelas do jardim usando os saltos altos da minha mãe, todas aquelas tardes criando nossas próprias revistas com cópias amareladas do *Daily Mail* e uma cola em bastão (eu sempre era a editora, claro).

Então como fui daquilo para isto? Houve momentos — ao limpar cocô de um recém-nascido ou preparar inúmeras panelas de gororoba em forma de purê — em que me fiz a mesma pergunta. Parece que tudo aconteceu em um instante. Em um minuto, eu estava usando Fendi, na primeira fila da Semana de Moda de Milão; no outro, eu estava com calças de moletom, tentando impedir uma criança pequena de reorganizar o corredor de cereais do mercado.

A mudança na carreira de especialista em moda para mãe nervosa foi apenas um feliz acidente. O mundo começou a perder o interesse em revistas brilhantes cheias de pessoas bonitas; então, graças a uma redução de orçamento e uma diminuição do número de leitores, justo quando eu estava trilhando o caminho do sucesso na carreira, puxaram o meu tapete — e, para completar, descobri que estava grávida.

Maldita internet, pensei. *Você me deve uma carreira nova — e precisa ser uma carreira na qual eu possa seguir com um bebê.*

E então comecei a blogar e a vlogar — eu me chamava de Semsalto, porque meus saltos agulha vinham acompanhados de pensamentos íntimos. E quer saber? Apesar de ter levado um tempo para encontrar o meu caminho, consegui um nicho de verdade me conectando em tempo real com mulheres que se identificavam comigo.

Avance no tempo para aqueles poucos meses após dar à luz e para as 937 horas que passei com o traseiro afundado no sofá, minha querida Coco grudada nos meus seios cheios de leite e o iPhone, minha única conexão com o mundo exterior, na mão — a comunidade de mulheres que conheci na internet se tornou uma tábua de salvação. E embora blogar e vlogar tenham sido meus primeiros amores on-line, foi o Instagram que me impediu de deslizar demais para dentro do sufocamento pós-parto. Era como um toque de saudação reconfortante no braço toda vez em que eu logava e via um comentário de outra mãe passando pelas mesmas coisas que eu. Eu tinha encontrado minha turma.

Então, lentamente, os Louboutins foram saindo da minha vida e os pequenos seres humanos foram entrando. A Semsalto se transformou na Mama_semfiltro porque sou uma mãe disposta a abrir um sorriso e *abrir o jogo* em relação aos problemas e a tudo. E acredite, essa jornada ficou ainda mais maluca desde a chegada da minha segunda bolinha de arrotos, o Bear, cinco semanas atrás. Independentemente de o assunto ser criar um protetor de seios a partir de embalagens marotas de um McLanche Feliz ou esconder uma lata de gim perto do balanço, eu sempre vou dizer a verdade nua e crua — embora ela possa vir levemente salpicada de migalhas de Fandangos.

Os haters gostam de dizer que o Instagram mostra apenas uma vida perfeita, envernizada, filtrada e postada nesses quadradinhos — mas quem arruma tempo para toda essa baboseira quando se tem um pirralho coberto de ketchup a reboque? E quando as coisas ficam difíceis, tanto on-line quanto off-line, quando existem conflitos, quando há comida voando, quando me sinto meio perdida, lembro que é pela minha família que estou fazendo tudo isso. E, de fato, pelas outras mães incríveis que me apoiam, não importa há quantos dias eu esteja usando o mesmo sutiã de amamentação.

Você é a razão pela qual eu comecei a #diascinzentos, uma campanha para compartilhar nossas histórias verdadeiras e organizar encontros presenciais para conversarmos sobre nossas batalhas nos momentos difíceis da maternidade. Sem mencionar que uma parte do lucro de toda a publicidade da #diascinzentos é destinada a incentivar o debate sobre a saúde mental materna.

Se eu tivesse que descrever o que faço agora, você me odiaria se eu dissesse "mãe multimídia"? Definitivamente é uma profissão que confunde a pobre Joyce, minha vizinha de porta. Ela entende o que o Papa_semfiltro faz — ele escreve romances. Mas eu? Influenciadora é uma palavra horrível, não é? Líder de torcida? Incentivadora? Sensibilizadora? Quem sabe? E, na verdade, quem se importa? Eu apenas sigo fazendo meu trabalho, compartilhando minha vida familiar sem filtros e torcendo para estar dando início a uma discussão mais autêntica sobre a maternidade.

Construí essa marca com base na honestidade e sempre vou falar a verdade como ela é.

Dan

Papo furado.

Papo furado papo furado papo furado papo furado papo furado.

Já ouvi essa mesma ladainha de Emmy tantas vezes que normalmente nem percebo mais que se trata de um emaranhado bizarro de invenções, omissões e produção de meias-verdades. Tal qual uma contínua mistura de coisas que poderiam ter acontecido (mas não aconteceram), com coisas que aconteceram (mas não como citadas) e eventos sobre os quais ela e eu nos lembramos de forma bem diferente (para dizer o mínimo). Por alguma razão, esta noite é diferente. Por alguma razão, esta noite, enquanto ela está falando, enquanto está contando sua história para os outros, uma história que também é, até certo ponto, a *nossa* história, eu me vejo tentando contabilizar quantas das coisas que Emmy está dizendo são exageradas ou distorcidas ou completamente desproporcionais.

Desisto depois de três minutos.

Eu provavelmente deveria elucidar uma coisa. Não estou chamando minha mulher de mentirosa.

Para o filósofo norte-americano Harry G. Frankfurt, existe uma diferença entre mentira e papo furado. As mentiras, alega ele, são inverdades deliberadamente criadas para enganar. O papo furado, por outro lado, é quando alguém não se importa se o que está falando é de fato verdade ou não. Exemplo: minha mulher nunca *criou* um protetor de seios com uma embalagem de McLanche Feliz. Eu duvido que algum dia ela tenha chegado perto de um McLanche Feliz. Nós não somos vizinhos de nenhuma Joyce. Emmy era, pelo que mostram as fotos na casa da mãe dela, uma adolescente magra e visivelmente bonita.

Talvez exista uma hora em todo casamento em que você começa a conferir a história um do outro em público.

Talvez eu só esteja com um humor esquisito hoje.

Certamente não dá para negar que minha mulher é boa no que faz. Incrível, na verdade. Mesmo depois de todas as vezes em que a vi se levantar e fazer e acontecer — em eventos como esse por todo o país, em auditórios, livrarias, cafés e espaços de coworking de Wakefield a Westfield —, mesmo que eu saiba o que sei sobre a relação entre a maioria das coisas que ela está falando e o que efetivamente algum dia aconteceu, não tem como negar sua habilidade de se conectar com essas pessoas. De provocar risadas de identificação. Quando ela chega na parte do gim na lata, uma mulher na fila de trás está *uivando*. Minha mulher, é muito fácil de se identificar com ela. As pessoas gostam dela. De pessoas como ela.

Sua agente ficará feliz em saber que ela conseguiu incluir a parte sobre a diascinzentos. Perdão. *Hashtag* diascinzentos. Reparei pelo menos três pessoas usando o suéter quando entramos mais cedo, o azul com #diascinzentos e um com o logo da Mama_semfiltro nas costas e o slogan *Abra um Sorriso e Abra o Jogo* na frente. O logo da Mama_semfiltro, aliás, é um desenho de dois seios com a cabeça de um bebê entre eles. Particularmente, eu preferia o outro logo, com uma mamãe ursinho de pelúcia e seu filhote. Fui voto vencido. Essa é uma das razões pelas quais eu sempre resisti às sugestões de Emmy de que eu deveria usar uma dessas coisas quando vou junto nos eventos, e por que o meu sempre acaba sendo acidentalmente esquecido em casa — em outra sacola, por exemplo, ou na secadora, ou na escada onde o coloquei para definitivamente não o esquecer dessa vez. Você precisa estabelecer um limite em algum momento. Algum fã, algum seguidor, inevitavelmente pediria uma foto de nós dois e a postaria imediatamente no seu feed do Instagram, e eu não tenho nenhum interesse em deixar registrada para sempre na internet uma foto minha com um suéter com estampa de seios.

Gosto de acreditar que ainda tenho alguma dignidade.

Estou aqui esta noite, como sempre, exclusivamente como um apoio. Sou aquele que ajuda a tirar as caixas de merchandising da Mama do táxi e a abri-las, e que tenta não se encolher de forma visível quando as pessoas usam expressões como "merchandising da Mama". Estou aqui para dar uma mão, enchendo taças de bebida e passando os cupcakes no começo da noite, e sou a pessoa que avança e resgata Emmy quando ela fica presa conversando com alguém por muito tempo ou com alguém obviamente esquisito demais no final. Se o bebê começa a chorar, estou pronto para subir ao palco, tirá-lo com cuidado dos braços de Emmy e assumir o controle — esta noite, porém, ele tem se comportado como um menino de ouro, o pequeno Bear, nosso bebê, cinco semanas de idade, mamando em silêncio, completamente alheio ao seu entorno, ou ao fato de que está em cima de um palco, ou de praticamente qualquer outra coisa além do seio à sua frente. De vez em quando, na sessão de perguntas e respostas gerais no final da noite, quando alguém pergunta sobre as mudanças na dinâmica familiar após o segundo filho, ou como mantemos a chama do casamento acesa, Emmy, rindo, aponta para mim na plateia e me convida a ajudar a responder. Frequentemente, quando alguém indaga sobre segurança on-line, eu sou a pessoa a quem Emmy passa a palavra para explicar as três regras de ouro que sempre mantemos ao postar fotos dos nossos filhos. Primeira: nunca postamos nada que possa indicar onde moramos. Segunda: nunca mostramos nenhuma das crianças no banho, nua, ou no banheiro, e nunca mostramos Coco de maiô ou qualquer outra roupa que possa ser considerada sexy em um adulto. Terceira: ficamos atentos a quem está seguindo a conta e bloqueamos qualquer pessoa de quem tenhamos suspeita. Esses foram os conselhos que recebemos, antes, quando consultamos especialistas.

Eu ainda tenho minhas ressalvas sobre tudo isso.

A versão dos acontecimentos que Emmy sempre conta, aquela sobre começar um blog sobre maternidade como uma forma de pedir ajuda e ver se havia outras pessoas que estivessem passando pelas mesmas coisas que ela? Papo furado *completo*, infelizmente. Se você de fato acha que minha mulher caiu nisso por acidente, só mostra que você nunca a conheceu. Às vezes me pergunto se Emmy faz alguma coisa por acidente. Consigo me lembrar nitidamente do dia em que ela surgiu com isso pela primeira vez, a coisa do blog. Eu sabia que ela ia encontrar alguém no almoço, mas foi só depois que ela me contou que essa pessoa era uma agente. Emmy estava grávida de três meses. Só tínhamos contado a novidade havia poucas semanas para a minha mãe. "Uma agente?", eu perguntei. Francamente não acho que tenha me ocorrido, até aquele momento, que influenciadores digitais têm agentes. Deveria ter me ocorrido. Com frequência, quando ela estava trabalhando em revistas, Emmy voltava para casa e me contava o quanto eles estavam pagando a algum influenciador idiota para embromar cem palavras e posar para uma foto, ou apresentar algum evento, ou tagarelar no seu próprio blog. Ela costumava me mostrar a cópia que eles mandavam. Era o tipo de redação que faz você se questionar se teve um derrame, ou se foi a pessoa que escreveu quem teve. Frases curtas. Metáforas que não fazem sentido. Detalhes esquisitos específicos e aleatórios espalhados para dar um ar de verossimilhança a tudo. Números estranhamente precisos (482 xícaras de chá gelado, 2.342 horas de insônia, 27 meias de bebê no lugar errado) colocados ali com o mesmo objetivo. Palavras que simplesmente não pareciam ser aquelas que o autor procurava. "*Você* deveria escrever esse troço", ela brincava; "não sei por que se dá ao trabalho de escrever romances". Nós sempre ríamos disso. Quando ela voltou do almoço naquele dia e me contou com quem tinha conversado, pensei que ainda estivesse brincando. Levei um tempão para entender o que estava sugerindo. Eu achava que o objetivo final fosse ganhar algum sapato grátis. Eu nunca suspeitaria que Emmy já havia comprado o domínio e reservado os perfis Semsalto e Mama_semfiltro no

Instagram antes mesmo de ter escrito a primeira frase sobre saltos agulha. Muito menos que em três anos ela teria um milhão de seguidores.

O primeiríssimo conselho que sua agente lhe deu foi que a coisa toda deveria parecer orgânica, como se ela tivesse caído naquilo por puro acaso. Não creio que nenhum de nós soubesse como Emmy seria boa nessa tarefa.

Na medida em que o papo furado é baseado na completa rejeição do significado da verdade, assim como da conduta moral que devemos a ela, Harry G. Frankfurt sugere que o papo furado é de fato mais corrosivo, uma força social mais destrutiva, do que a boa mentira à moda antiga. Harry G. Frankfurt tem consideravelmente menos seguidores no Instagram do que minha mulher.

— Construí essa marca com base na honestidade — Emmy está dizendo — e sempre vou falar a verdade como ela é. — Ela sempre termina assim.

Emmy faz uma pausa enquanto espera os aplausos cessarem. Pega um copo de água perto da cadeira e toma um gole.

— Alguma pergunta? — indaga.

Eu tenho uma pergunta.

Foi essa a noite em que finalmente decidi como eu machucaria você?

Acho que sim.

Obviamente eu tinha pensado nisso muitas vezes antes. Acho que qualquer um no meu lugar pensaria. Mas ainda eram pequenos devaneios bobos, na verdade. Coisa de TV. Completamente impraticáveis e fora da realidade.

Funciona de um jeito engraçado, a mente humana.

Pensei que, de algum modo, se eu visse você, ajudaria. Me ajudaria a te odiar menos. Me ajudaria a deixar a raiva ir embora.

Não ajudou em nada.

Nunca fui uma pessoa violenta. Não sou uma pessoa irritada, naturalmente. Quando alguém pisa no meu pé em uma fila, sou sempre eu quem pede desculpas primeiro.

Tudo o que eu realmente queria era lhe fazer uma pergunta. Apenas uma. Era por isso que eu estava lá. Fiquei com a mão levantada, no final, por um tempão. Você me viu. Aceitou a pergunta de uma mulher na minha frente em vez da minha, aquela cujo cabelo você elogiou. Aceitou uma pergunta da mulher à minha direita, que você conhecia pelo nome, aquela cuja "pergunta" acabou se tornando mais uma história sobre si mesma sem nenhum propósito.

Então alguém disse que havia acabado o tempo para as perguntas.

Eu tentei conversar com você, depois, mas todo mundo estava tentando conversar com você também. Então só fiquei ali em volta, segurando a mesma taça de vinho branco morno que eu beberiquei a noite toda, e tentei atrair seu olhar — mas não consegui.

Não havia motivo para você me reconhecer, claro. Não havia motivo para meu rosto se destacar na multidão. Mesmo que tivéssemos conversado, mesmo que eu tivesse me apresentado, não há motivo para o meu nome — ou o dela — soar de algum modo familiar.

E ver você lá; ver você seguindo com sua vida normalmente; ver você cercada por todas aquelas pessoas; ver você rindo e sorrindo e feliz, foi quando me dei conta. Quando me dei conta de que eu estava mentindo para mim. Que eu não tinha seguido em frente, não tinha aceitado nada. Que eu não tinha perdoado você, nunca conseguiria perdoar.

Foi quando eu soube o que eu iria fazer.

Tudo de que eu precisava era decidir como, onde e quando.

Capítulo dois

Dan

As pessoas costumam comentar que para mim deve ser maravilhoso, sendo escritor, poder passar tanto tempo em casa com Emmy e as crianças. Acho que isso demostra a crença da maioria das pessoas de que o ofício de um escritor demanda uma quantidade mínima de trabalho.

Seis da manhã, era esse o horário que eu costumava acordar. Seis e quinze eu estaria na mesa da cozinha com um bule de café e meu notebook, relendo o último ou os dois últimos parágrafos criados no dia anterior. Sete e meia, meu objetivo seria ter escrito pelo menos quinhentas palavras. Oito e meia, eu estaria pronto para meu segundo bule de café. Na hora do almoço, no mundo ideal, eu estaria próximo da minha meta de palavras do dia, o que significaria poder dedicar a tarde à próxima etapa de responder e-mails e correr atrás de pagamentos pelas matérias de jornalismo literário que eu costumava concluir com uma taça de vinho nas madrugadas ou nos fins de semana.

Isso foi antes.

Alguns minutos depois das seis desta manhã, eu estava descendo sorrateiramente as escadas no escuro, tentando não acordar ninguém na esperança de poder trabalhar um pouco antes que o restante da casa despertasse (e, em cerca de 60% dos casos, imediatamente começasse a uivar ou gritar ou pedir coisas). No último degrau, tropecei em uma espécie de unicórnio falante, que deslizou pelo piso de madeira e começou a cantar uma música sobre arco-íris. Na escuridão, com os ouvidos atentos, prendi a respiração e esperei. Não precisei esperar muito. Para uma criatura tão pequena, ele tem um belo par de pulmões, o meu filho.

— Desculpe — disse a Emmy, quando ela me entregou o bebê.

— Acho que precisa dar uma olhada na fralda — ela falou.

Quando eu estava passando pelo quarto da Coco, uma vozinha me perguntou, de maneira sonolenta, que horas eram.

— Hora de voltar para a cama — respondi.

Bear, por outro lado, estava completamente desperto. Eu o levei para a cozinha e troquei sua fralda, coloquei nele uma roupa nova, joguei a usada em uma sacola no topo da máquina de lavar, que notei que precisaria ser esvaziada mais tarde, e nós nos sentamos no sofá no canto perto da geladeira. Pela meia hora seguinte, ele berrou enquanto eu o sacudia no meu joelho e tentava fazer com que bebesse da mamadeira. Depois, eu o coloquei para arrotar e em seguida em um canguru, e andei com ele para cima e para baixo no jardim por outra meia hora enquanto ele berrava mais um pouco. Aí já eram sete da manhã, hora de deixá-lo com a Emmy e acordar Coco para o café da manhã.

— Meu Deus, já passou uma hora? — Emmy me perguntou.

Em ponto.

Caramba, demanda muita energia ter dois filhos. Não sei como as pessoas com filhos que não dormem tão bem como os nossos conseguem. Somos muito sortudos, Emmy e eu, pois desde cedo, com três ou quatro meses, Coco dormia doze horas seguidas por noite. Esparramada, apagada, profundamente adormecida. Se nós a levássemos a uma festa em um moisés, podíamos só colocá-la em um canto ou no cômodo vizinho e ela dormiria a noite inteira — e, pelo andar das coisas, Bear vai pelo mesmo caminho. Não dá para saber de nada disso pelo Instagram da Emmy, claro, com toda a conversa sobre pálpebras tremendo, olheiras e nervos exaustos e em frangalhos. Era óbvio desde o início que, conforme a marca se expandia, a narrativa da "mãe cujo bebê dorme como um anjo" era inviável. Não geraria nenhum conteúdo. Para ser franco, não fazemos grande alarde sobre o assunto com outros pais de crianças pequenas também.

Um pouco depois das oito — 8h07, para ser preciso —, com Bear tirando a primeira soneca, Coco e Emmy no andar de cima discutindo a roupa da minha filha para o dia e duas horas de missão paterna cumprida nas costas, é hora de requentar no micro-ondas a xícara de café velho que fiz para mim 90 minutos antes, reativar o notebook e tentar me colocar em um estado de espírito apropriado para começar os trabalhos criativos do dia.

Às 8h45, já reli e ajustei o que escrevi no dia anterior e estou pronto para começar a colocar palavras novas na página.

Às 9h30, a campainha toca.

— Devo atender? — grito na direção da escada.

Nos últimos 45 minutos, escrevi um total de 26 novas palavras e estou, no momento, refletindo se devo apagar 24 delas.

Não estou no clima para interrupções.

— *Vou* atender, tudo bem?

Nenhuma resposta lá de cima.

A campainha toca novamente.

Deixo escapar um suspiro significativo para impressionar um cômodo vazio e afasto minha cadeira da mesa.

Nossa cozinha fica nos fundos da casa, no andar térreo. Quando comprei esse lugar, em 2008, com um pouco do dinheiro que recebi de herança após a morte do meu pai, foi para que um bando de amigos e eu morássemos, e nós mal usávamos esse cômodo, a não ser para pendurar roupa. Tinha um sofá puído, um relógio que não funcionava, um chão de linóleo gorduroso e uma máquina de lavar que vazava toda vez que era usada. A janela de trás dava para uma pequena área de concreto com um telhado de plástico ondulado. Quando se mudou para cá, uma das primeiras coisas que Emmy sugeriu foi tirar tudo aquilo, ampliar o cômodo para o lado do jardim e transformar o local em uma área de estar-cozinhar-comer apropriada. Foi exatamente o que fizemos.

A residência em si fica no final de um conjunto de casas georgianas idênticas e geminadas, a cerca de oitocentos metros do metrô, em frente a um pub visivelmente gentrificado. Quando estava procurando um imóvel, me disseram que se tratava de uma área em plena ascensão. Agora está bem valorizada. Com certa frequência, era comum haver brigas do lado de fora do pub perto da hora de fechar na sexta à noite, com gente rolando sobre capôs de carros, camisas rasgadas, estilhaços de copos quebrados. Agora, você não consegue uma mesa para o brunch nos fins de semana a não ser que tenha reservado, e o cardápio inclui bochechas de bacalhau, lentilha e chouriço.

Uma das razões pelas quais eu tento escrever o máximo que consigo de manhã é porque depois do meio-dia, mais ou menos, a campainha não para. Cada vez que Emmy faz uma pergunta no Instagram, tipo "Coco decidiu que não gosta da multivitamina que estamos dando — qual vitamina nova devo tentar?" ou "Alguém conhece um creme que possa acabar com essas bolsas embaixo dos olhos?" ou até "Nosso liquidificador quebrou — qual vocês recomendam, mães?", ela imediatamente recebe uma enxurrada de mensagens de relações-públicas perguntando se podem mandar alguma coisa. É precisamente o motivo pelo qual ela faz isso, lógico — é mais rápido e mais barato do que comprar em uma loja on-line. A semana inteira Emmy tem reclamado do cabelo e a semana inteira empresas têm nos mandado pranchas de cabelo grátis, produtos de modelagem grátis, shampoos e condicionadores grátis em sacolas amarradas com um laço cheias de papel de seda.

Eu não quero parecer ingrato, mas tenho certeza de que, quando estava escrevendo *Guerra e paz,* Tolstoi não tinha que se levantar a cada cinco minutos para assinar a entrega de mais uma caixa de produtos grátis.

Para chegar à porta da frente, é preciso passar pelo fim da escada que dá no andar superior (três quartos, um banheiro), pela sala de estar onde estão o sofá, a TV e os brinquedos. Espremendo-me entre um carrinho de bebê tipo berço, um carrinho tipo guarda-chuva, uma bicicleta de equilíbrio, uma Micro Scooter e um cabideiro de casacos superlotado, piso pela segunda vez no mesmo unicórnio caído e solto um palavrão. Mal dá para acreditar que a faxineira veio ontem. Há Legos por toda parte. Sapatos por toda parte. Virei as costas por cinco minutos e o lugar está uma bagunça da porra. O romancista e crítico literário Cyril Connolly uma vez escreveu, com muita ironia, que o carrinho de bebê no corredor é o inimigo da arte. Na nossa casa, o carrinho no corredor também é o inimigo de ser capaz de passar pelo maldito corredor. Eu me movo devagar ao redor dele, dou uma olhada no meu cabelo no espelho e abro a porta.

Parados na entrada estão duas pessoas, um homem e uma mulher. A mulher é mais nova, com vinte e tantos anos talvez, não é feia, vagamente familiar, com o cabelo louro--acinzentado preso em um rabo de cavalo bagunçado. Está usando uma jaqueta jeans e, pelo jeito, devia estar prestes a tocar a campainha pela quarta vez. O homem é um pouco mais alto, na casa dos trinta, começando a ficar careca, de barba. Aos pés deles há uma bolsa grande. O homem tem outra bolsa pendurada no ombro e uma câmera em volta do pescoço.

— Você deve ser o Papa_semfiltro — diz a mulher com o rabo de cavalo. — Eu sou Jess Watts.

O nome é vagamente familiar também, mas só quando apertamos as mãos que eu me lembro de onde.

Meu Deus.

O *Sunday Times*.

São ninguém mais, ninguém menos do que a jornalista e o fotógrafo do maldito *Sunday Times*, chegando para nos entrevistar e fotografar.

Jess Watts me pergunta se eu me importaria de ajudar com as bolsas. Claro que não, respondo. Então levanto a bolsa grande com um leve gemido e gesticulo para que entrem na casa.

— Entrem, entrem.

Pedindo desculpas por termos que nos espremer entre o carrinho tipo berço e o carrinho tipo guarda-chuva e todo o resto, eu os guio até a sala de estar. A bagunça ali está até pior. Parece que alguém picotou as sobras dos jornais do fim de semana e jogou por toda parte. Os controles da televisão estão no chão. Há giz de cera espalhado em todo lugar. Quando me viro para indicar ao câmera onde deixar a bolsa, vejo Jess anotando alguma coisa no seu caderninho.

Estou para dizer algo sobre ter achado que eles viriam na quarta — certamente é isso que o bilhete no calendário da nossa geladeira diz, o dia sobre o qual eu me lembro de ter debatido com Emmy — quando percebo que hoje é quarta. Inacreditável como é fácil para o pai de um recém-nascido se perder nos dias. Que diabos aconteceu com a terça? Minha mente está em branco. Suspeito que quando abri a porta meu rosto estava um pouco em branco também.

— Aceitam uma xícara de chá? — ofereço. — Um café?

Eles pedem um café com leite com dois torrões de açúcar e um chá de ervas com um pouco de mel, se nós tivermos.

— Emmy! — chamo da escada.

Eu realmente acho que minha mulher devia ter me lembrado que hoje era o dia que o *Sunday Times* viria. Só comentado, sabe. Talvez ontem à noite, quando eu me deitei, ou hoje de manhã, quando entreguei o bebê. Eu não me barbeei nem hoje nem ontem. Meu cabelo está sujo. Uma das minhas meias está do avesso. Eu teria tido tempo de espalhar uns livros interessantes por aí, em vez de ter um exemplar enrugado pelo sol do *Evening Standard* de dois dias atrás. É difícil parecer uma pessoa séria quando você se apresenta com uma camisa jeans velha com dois botões faltando e uma mancha de mingau na gola.

O *Sunday Times*. Uma matéria de cinco páginas. Em casa com os Instapais. Faço uma nota mental para mandar um e-mail à minha agente sobre o artigo e contar quando vai sair. Não existe publicidade ruim, como dizem. Para falar a verdade, seria bom mandar um e-mail para ela de qualquer maneira, só para lembrá-la de que eu ainda estou vivo.

O homem com a câmera e a repórter estão agora discutindo se vão fazer a sessão de fotos ou a entrevista primeiro. Ele começa a andar pela sala avaliando a luz, parecendo pensativo.

— Essa parte de trás da casa é onde normalmente tiram as fotos — digo de forma prestativa, apontando para a varanda envidraçada. — Nessa poltrona, com o jardim atrás. — Não que eu normalmente esteja nas sessões de fotos, claro. Algumas vezes, ocasionalmente, eu fico de fora fazendo caretas para a Coco ou só observando. Com mais frequência, quando a casa é invadida dessa maneira, eu me retiro para o escritório no fim do jardim com meu notebook. Eu falo escritório, mas está mais para um galpão. Pelo menos tem luz e um aquecedor.

A mulher havia tirado de uma das estantes uma fotografia do dia do nosso casamento — Emmy, eu e sua amiga de infância e madrinha, Polly, estávamos de braços dados e sorrindo. Pobre Polly; sem dúvidas ela detestou aquele vestido. Emmy usou o casamento como uma oportunidade para dar à sua melhor amiga — uma garota bem bonita, ainda que se vista um pouco como a minha mãe — a transformação que ela sempre tinha recusado, de modo educado mas firme. Foi um serviço público para sua amiga solteira, Emmy havia dito, antes de olhar a lista de convidados e perguntar se eu tinha chamado alguém sem namorada, esposa ou parceira. Particularmente, achei que o vestido de Polly estava ótimo, mas, toda vez que a câmera apontava em outra direção ou Emmy não estava olhando, eu a pegava cobrindo os braços e ombros nus com um cardigã velho ou tirando o sapato de salto alto para massagear a planta de um dos pés. Em sua defesa, não importa o quanto estivesse desconfortável, Polly manteve um sorriso no rosto o dia inteiro. Mesmo que o amigo que escolhemos para sentar perto dela no jantar tenha passado a refeição inteira conversando com a garota do outro lado.

— Então, pelo que sei, você escreve romances, Dan — diz a mulher do *Sunday Times*, com um sorriso fraco, devolvendo a foto ao lugar. Ela fala como alguém que não vai nem fingir que meu nome é conhecido ou que alguma vez possa ter lido algo que escrevi.

Eu meio que rio e digo algo tipo "é, acho que sim", então aponto para os exemplares do meu livro na estante, tanto em capa dura quanto em brochura, e para a lombada da edição húngara perto deles. Ela puxa a edição de capa dura pelo topo, inclinando o livro, examina a capa e o deixa cair de volta ao lugar na prateleira com uma pancada leve.

— Humm — diz ela. — Quando foi publicado?

Eu respondo que foi há sete anos e, quando falo, percebo que foi há oito na realidade. Oito anos. Difícil de acreditar.

Certamente foi um choque para mim quando Emmy sugeriu que eu parasse de usar a foto de autor da orelha do meu livro como minha foto de perfil do Facebook.

— É uma foto boa — ela me disse de forma tranquila.

— Só não parece muito você. — "Não parece *mais*", ela poderia ter dito, mas a palavra fica no ar.

O fotógrafo me pergunta sobre o que é o livro — a pergunta que os escritores sempre detestam; a situação fica cada vez mais desagradável. Em outro momento, eu provavelmente diria que, se pudesse resumir sobre o que é o livro em uma ou duas frases, não teria precisado escrevê-lo. Com outro humor, eu poderia ter brincado que era sobre duzentos e cinquenta páginas, ou 7,99 libras. Não sou mais babaca assim, espero. Respondo que é sobre um cara que se casa com uma lagosta. Ele ri. Eu me pego começando a gostar dele.

Foi bem recebido na época, o meu romance. Um comentário generoso de Louis de Bernières na capa. Livro da semana no jornal *The Guardian*. Avaliado com apenas uma leve condescendência no periódico literário *London Review of Books* e com aprovação no suplemento literário do *Times*. Direitos de adaptação audiovisual negociados. Na segunda orelha, apareço em preto e branco com minha jaqueta de couro, apoiado em uma parede de tijolos, fumando com o ar de um homem com um futuro brilhante diante de si.

Duas semanas depois de o livro ser publicado, conheci a Emmy.

Vê-la pela primeira vez do outro lado do salão vai sempre permanecer como um dos momentos determinantes da minha vida.

Era uma noite de terça, abertura do bar de um amigo em comum em Kingsland Road, auge do verão, uma noite tão quente que a maioria das pessoas estava do lado de fora, na calçada. Tinham servido bebidas de graça em algum momento, mas, quando cheguei, só havia um monte de baldes com gelo derretido e garrafas de vinho vazias. Havia três fileiras de pessoas se amontoando para pedir algo no bar. O dia havia sido longo. Eu tinha coisas para fazer na manhã seguinte. Só estava procurando o dono do bar para dar oi e tchau e me desculpar por não ficar mais quando a avistei. Ela estava de pé junto a uma mesa perto da janela. Vestia um macacão decotado. Naquela época, antes de Emmy adotar uma tonalidade cereja favorável ao Instagram, seu cabelo — um pouco mais comprido do que está agora — era mais perto do tom natural de louro. Ela comia uma asa de frango com as mãos. Era literalmente a pessoa mais bonita que eu já tinha visto. Emmy ergueu o olhar. Nossos olhos se encontraram. Ela sorriu para mim, levemente intrigada, franzindo ligeiramente a testa. Retribuí o sorriso. Não havia nenhuma bebida na mesa dela. Eu me aproximei e perguntei se queria uma. O resto é história. Naquela noite, ela foi para a minha casa. Três semanas depois perguntei se queria morar comigo. Eu a pedi em casamento em um ano.

Foi só bem depois que descobri como a Emmy enxerga pouco sem os óculos ou sem as lentes de contato. Séculos depois ela confessou que havia ficado incomodada com as lentes mais cedo naquele dia — alguma coisa a ver com a quantidade alta de pólen, talvez — e as tinha tirado, e o sorriso que dera para o outro lado do salão foi porque sentira o olhar de uma vaga silhueta rosa sobre ela e supôs que fosse um RP de moda. Foi só depois que descobri que ela já tinha um namorado, um cara chamado Giles, que estava em Zurique, em uma transferência temporária do trabalho, e ficou tão surpreso ao descobrir que eles não estavam mais em um relacionamento exclusivo quanto eu ao saber da existência dele. Houve um momento constrangedor, quinze dias depois, quando ele ligou e eu atendi e disse para parar de importunar a Emmy, e ela me contou que eles estavam namorando havia três anos.

Ela sempre teve uma relação bastante complicada com a verdade, a minha mulher.

Acho que aquele negócio com o Giles poderia ter incomodado algumas pessoas. Acho que alguns casais em começo de relacionamento poderiam ter visto aquilo como um balde de água fria. Eu realmente não me lembro de ter sido um grande problema entre nós. Pelo que me recordo, ainda naquele fim de semana, nós já estávamos contando aquilo tudo como uma história engraçada e, logo depois, ela se tornou o elemento central do nosso repertório de histórias para contar em jantares, cada um com sua parte acordada na narração do fato, com nossas respectivas falas.

— A verdade — dizia Emmy — é que eu sabia desde o momento que conheci o Dan que ele era o homem com quem eu iria me casar; então, o fato de eu estar namorando outra pessoa pareceu irrelevante. Eu já tinha terminado com o Giles na minha cabeça, ele já era passado. Eu só não tinha contado para *ele* ainda. — Ela encolhia os ombros de forma envergonhada ao dizer isso, oferecia um sorriso pesaroso, olhava para mim.

Eu pensava que era tudo bem romântico, para ser sincero.

A verdade é que nós dois éramos provavelmente bem insuportáveis naquela época. Imagino que isso aconteça com a maioria dos jovens amantes.

Consigo me lembrar com nitidez quando anunciei para a minha mãe no telefone (eu estava vagando pelo apartamento de toalha na hora, o cabelo molhado, segurando um cigarro, procurando um isqueiro) que eu tinha conhecido minha alma gêmea.

Emmy não era como nenhuma outra pessoa que eu já havia conhecido. Ela ainda é diferente de todo mundo que eu já conheci. Não apenas a mulher mais linda em quem eu já tinha posto os olhos, mas a mais engraçada, mais inteligente, mais perspicaz e mais ambiciosa. Uma daquelas pessoas que você sabe que precisa estar na sua melhor forma para conseguir acompanhar. Uma daquelas pessoas que você quer impressionar. Uma daquelas pessoas que captam todas as referências antes mesmo que você tenha acabado de dizê-las. Que têm aquela mágica que faz todo mundo na sala desaparecer. Que fazem você falar coisas que nunca falou para ninguém apenas duas horas depois de as conhecer. Que mudam a maneira como você olha para a vida. Costumávamos ficar metade do fim de semana na cama, e a outra metade no pub. Jantávamos fora pelo menos três vezes por semana, em restaurantes *pop-ups* que serviam pratos pequenos do Oriente Médio ou em churrascarias modernas que não aceitam reservas. Saíamos para dançar às quartas à noite e íamos ao karaokê nas tardes de domingo. Fazíamos viagens curtas para outras cidades — Amsterdã, Veneza, Bruges. Curávamos nossas ressacas com corridas de cinco quilômetros, rindo e nos empurrando quando um dos dois começava a cansar. Quando não saíamos à noite, passávamos horas na banheira, com nossos livros e uma garrafa de vinho tinto, ocasionalmente reabastecendo o vinho em nossas taças ou a água quente da banheira.

— Daqui para frente, as coisas só podem ir ladeira abaixo — costumávamos brincar.

Tudo isso parece muito distante no tempo agora.

Emmy

Sabe aquela coisa que as mulheres de classe média fazem no dia anterior à vinda da faxineira? Percorrer a casa, tirar as sujeiras mais vergonhosas do chão, passar um pano no banheiro, amontoar as coisas, para que o lugar não esteja uma bagunça tão humilhante?

Eu não faço isso. Nunca fiz. Quer dizer, obviamente nós temos uma faxineira que vem duas vezes por semana, mas nossa casa normalmente é *arrumada*. Era arrumada antes das crianças, e continua arrumada agora. Os brinquedos são guardados antes da hora de dormir. Os livros de história voltam para as prateleiras. Pilhas na escada não são permitidas. Nenhuma caneca é deixada de lado. Meias largadas no chão vão para o cesto.

O que significa que as horas antes de uma equipe de fotografia chegar para uma sessão são sempre gastas *desarrumando*. Não me entenda mal, nós não estamos falando de caixas vazias de pizza ou calças sujas — apenas uma leve espalhada de dinossauros de pelúcia, peças de Lego e unicórnios falantes, um jornal de dois dias atrás jogado aqui, um castelo de almofadas derrubado ali e alguns pés de sapatos em lugares estranhos. É difícil calibrar o nível certo de caos, mas sujeira não é inspiradora e a perfeição não faz com que ninguém se identifique. E a Mama_semfiltro não é nada se as pessoas não se identificarem com ela.

Eu só posso lidar com a produção de bagunça, claro, depois de ver o feed das minhas redes sociais. Não é uma rotina com a qual Dan fique muito entusiasmado, mas Bear é responsabilidade dele pela primeira hora de cada dia porque eu preciso das duas mãos e do meu cérebro inteiro para me atualizar sobre o que aconteceu durante a noite.

A principal hora de postar é depois que as crianças foram para cama, quando meu milhão de seguidoras se serviu da primeira taça de vinho e mergulhou de cabeça em ficar rolando a linha do tempo em vez de usar sua energia para conversar com os maridos. É para esse momento que programo meus posts, aparentemente pensados na hora e improvisados, mas na verdade pré-fotografados e já escritos. O de ontem à noite foi uma foto minha com um sorriso encabulado, parada contra uma parede amarela, apontando para os meus pés calçando tênis que evidentemente eram de pares diferentes, com um Bear gritando no meu colo no sling, que, por alguma razão, ele odeia com todas as forças. A foto vinha acompanhada de uma descrição sobre estar tão carente de sono que saí de casa naquela manhã com meu moletom do avesso e um tênis Nike rosa em um pé e um New Balance verde no outro, e ter ouvido de um garoto descolado da parte leste de Londres no ônibus da linha 38, em tom de aprovação, que eu era original.

Certamente *poderia* ter acontecido. Eu escrevo com um estilo de honestidade, então é útil ter um pequeno grão de verdade nos meus posts. Meu marido é o romancista, não eu — apenas não consigo lidar com ficção completa. Preciso de uma pequena centelha de vida real para disparar minha imaginação a fim de elaborar uma história que pareça autêntica de maneira plausível. Também acho que é mais fácil monitorar minhas desventuras maternas dessa forma, para evitar me contradizer, o que é importante quando preciso circular as mesmas histórias nas entrevistas, painéis e apresentações pessoais.

Nesse caso, não houve garoto descolado, nem tênis desencontrado ou transporte público. Eu só quase dei uma corrida até o mercado com o meu cardigã pelo avesso.

Terminei o post perguntando para minhas seguidoras qual foi o momento mais mãe-carente-de-sono que elas tiveram — é um truque clássico de engajamento, incitando-as a comentar no post. E, é lógico, quanto mais alto o engajamento, mais marcas estarão dispostas a pagar a você para vender os produtos delas.

Durante a noite, recebi 687 comentários e 442 mensagens, e preciso agradecer ou responder a tudo. Em alguns dias essa tarefa toma mais tempo do que em outros — se há uma mãe deprimida que parece perigosamente infeliz, ou alguma outra sem saber mais o que fazer com o bebê que grita com cólicas sem parar, eu tomo o cuidado de escrever algo pessoal, gentil. É difícil imaginar o que comentar em uma situação assim, nunca tendo passado por ela, mas não posso largar essas mulheres sozinhas quando parece que todo mundo na vida delas está fazendo isso.

"Oi, Tanya", digito. "Eu sei que é difícil quando eles só choram, choram, choram. Os dentes do pequeno Kai estão nascendo? Coco sofreu muito quando os dois da frente saíram. Roer uma banana congelada parecia ajudar, ou talvez você possa tentar algum remedinho? Me prometa que vai se cuidar, mama. Você consegue dormir quando ele dorme? Isso *vai* passar e eu estou com você até o fim."

Minha resposta é visualizada na mesma hora, quase como se tinytanya_1991 estivesse encarando o telefone desde que clicou no enviar, e posso ver que ela já está digitando sua resposta enquanto eu pulo para a próxima mensagem.

"Você NÃO é uma mãe horrível, Carly, e nunca deve duvidar de que seu pequeno te ama. Mas você realmente deveria conversar com alguém: um médico, talvez? Ou sua mãe? Talvez dar uma caminhada até um café e conversar com a garçonete. Estou mandando um link para uma linha de apoio também."

Mensagem enviada, mas não lida. Para a próxima.

"Ah, Elly, você é muito gentil, e é óbvio que eu reconheço você do evento da semana passada. Meu suéter é da Boden — incrível saber que fica ótimo até do avesso."

Não tenho muita certeza de como consegui, mas hoje terminei e tomei banho na hora programada e posso ouvir Dan rondando a porta do quarto, sem dúvida contando os segundos, a partir de 6h58.

Além de todas as coisas usuais com as quais tenho que lidar, hoje também preciso pensar no que usar para a sessão de fotos. O visual Mama_semfiltro foi descrito uma vez por meu marido como "apresentadora de programa infantil sem fantoche de pássaro". Um monte de vestidos estampados, camisetas com slogans brilhantes, macacões.

O processo de seleção das roupas é um pouco doloroso devido ao peso extra que ganhei quando engravidei de Coco e nunca pude perder porque voltar a vestir 38 estaria na contramão da minha marca.

Então uma saia alegre é a escolhida; a de hoje é verde e coberta com raiozinhos. Minha camiseta amarela diz *Meu Superpoder é a Maternidade*. Eu sei, eu sei. Mas o que posso fazer? Tantas marcas me mandam camisetas com slogan tamanho adulto e infantil que Coco e eu *temos* que usar de vez em quando.

Estou desesperada para retocar minhas raízes, mas eu sabia que essa sessão estava chegando e também tinha a palestra de ontem à noite. Elegante demais não cai bem com minhas seguidoras, então decido deixar o cabelo em tons diferentes repartido com a escova-de-dois-dias-atrás. Dou uma rápida penteada, depois ajeito uma mecha para que fique a quase noventa graus em relação à minha cabeça. Esses fios rebeldes têm tido um destaque de peso nos stories do meu Instagram essa semana ("Argh! Eu não consigo fazer nada com isso! Alguém mais tem uma mecha de cabelo teimosa com vida própria?!"). Agora o quarto vago está lotado de loções e cremes para ajudar a abaixá-lo — assim como dez mil libras da Pantene, cujo novo produto vai se mostrar a solução para os males do meu cabelo.

Quando você faz um esforço enorme para vender apenas produtos que você efetivamente usa, tem que criar cenários mais elaborados em que eles são necessários.

Coco está quieta no seu quarto o tempo todo, apoiada na frente do iPad assistindo a alguma coisa com flores, castelos e purpurina. Pego a camiseta que combina com a minha (*Minha Mama tem Superpoderes!*) da cômoda de gavetas e a levanto.

— O que você acha de usar essa hoje, Cocopop? É igual à da mamãe — digo, enfiando uma mecha loura macia atrás da orelha dela e dando uma beijoca em sua testa enquanto sinto seu cheiro de talco.

Ela tira os fones cor-de-rosa, coloca o iPad na cama ao lado e inclina a cabeça.

— O que todas essas palavras dizem, mamãe?

— Você quer tentar ler, docinho? — Sorrio.

— M-i-n-h-a... m-a-m-a... t-e-m... — diz ela lentamente. — Eu não consigo ler o resto, mamãe.

— Muito bem! Você é muito, muito inteligente. Aqui diz: "Minha Mama Tem uma Coroa Linda". — Continuo sorrindo, ajudando-a a descer da cama. — E quer saber o que isso significa, Coco? Se a mamãe é uma rainha com uma coroa, isso faz de você...

— UMA PRINCESA! — Ela dá um gritinho.

Para dizer a verdade, a obsessão de Coco por princesas é um tanto inconveniente, em termos de conteúdo. Obviamente a ideologia da mãe moderna é que rosa não presta. Todas devem ser garotas rebeldes e pequenas feministas-em-treinamento, mas minha filha é uma fã irredutível dos contos de fadas — então, a não ser que eu queira escutar uma explosão de gritos, é isso o que ela recebe. Ou pelo menos é isso o que ela acha que recebe. Por sorte, ela ainda não consegue ler tão bem assim.

— Agora, você gostaria de me ajudar com um trabalho secreto muito importante? — pergunto, dando-lhe um punhado de mirtilos, que ela começa a enfiar na boca sem pensar muito.

— O que é, mamãe?

— Nós vamos fazer uma *bagunça*! — exclamo, tirando-a da cama e a carregando para baixo.

Eu supervisiono enquanto ela monta, e depois chuta, uma torre de almofadas de veludo. Lançamos alguns bichos de pelúcia no aquecedor, fazemos alguns livros de história deslizarem pelo piso e espalhamos peças de quebra-cabeça de madeira no chão. Estou rindo tanto com o prazer absoluto dela em destruir a sala de estar que só percebo na hora H que ela está com minha vela de três pavios da Diptyque nas duas mãos, prestes a jogá-la na lareira.

— Tudo bem, meu amor, vamos largar essa, está bem? Missão cumprida aqui, eu acho — digo, colocando a vela em uma prateleira alta. — Vamos subir e procurar uma tiara para completar seu look?

Tiara de plástico dourada localizada embaixo da cama, e eu me ajoelho na altura de Coco, olho no olho, e seguro suas mãos.

— Umas pessoas estão vindo conversar com a mamãe agora e tirar algumas fotos. Você vai se comportar bem e sorrir para eles, não vai? Pode fazer uns giros mágicos de princesa para a câmera!

Coco aquiesce. Ouço a campainha tocar.

— Estou indo! — grito, enquanto Coco salta para as escadas na minha frente.

Quando minha agente concordou com essa entrevista, fiquei um pouco receosa de que eles seguissem pelo ângulo "o perigo de vender sua família on-line", como os jornais sérios tendem a fazer. Mas o editor concordou em fazer uma lista de tópicos em que eles não tocariam; então, aqui estamos nós, com o fotógrafo da equipe e uma jornalista freelancer me fazendo perguntas divertidas que já respondi um milhão de vezes antes. Ela termina com uma firula.

— Por que você acha que as pessoas gostam tanto de você?

— Ah, meu Deus, você acha que isso é verdade? Bem, se for, acho que elas se conectam comigo porque eu sou exatamente como elas, porque eu me permito ser vulnerável. Peço a ajuda delas, promovo uma conversa bilateral. Você não consegue ser mãe sozinha; realmente é preciso uma comunidade inteira para educar uma criança. Todas nós estamos nisso juntas, perseverando no meio da confusão em que nos vemos privadas de sono, sujas de manteiga de amendoim e usando açúcar como combustível.

Na verdade, quer saber por que elas me amam? Porque esse é o meu *trabalho* — um trabalho no qual eu sou muito, muito boa. Você acha que alguém consegue um milhão de seguidores por acidente?

Levei um tempo para acertar a Mama_semfiltro. Sendo sincera, achei que chegaria com um conceito matador de primeira com a Semsalto. Que, se estivesse dedicada a me esforçar, eu poderia finalmente ganhar o suficiente com um blog de sapatos ou uma rede social e substituir o meu salário na revista. Eu estava tão obcecada com os grandes influenciadores de moda quanto qualquer outra pessoa, embora soubesse racionalmente que nenhum deles era real. Eu tinha desperdiçado muitas noites comparando suas vidas Prada perfeitas com a minha própria vida, ficando cada vez mais horas acordada, enquanto meus olhos brilhavam com as fotos dessas pessoas atravessando as ruas de Manhattan e posando na frente de casas de tom pastel de Notting Hill — e agora pelo menos eu poderia justificar aquilo para Dan como pesquisa.

Minha agente atual, Irene, tinha acabado de mudar de nicho, deixando de representar as atrizes de capas de revistas para se dedicar às influenciadoras que minha esnobe editora fazia o máximo para manter afastadas. Por isso, eu a abordei com a minha ideia genial. Ela me falou sem rodeios que eu tinha perdido o bonde. Gostar de sapatos não era o suficiente, aparentemente, e não se destacaria em um mercado já superlotado. Eu podia ter começado a entender o jogo dos influenciadores, mas os grandes nomes de moda já eram intocáveis. Irene ficaria feliz em me representar, mas saúde mental e maternidade eram os próximos grandes mercados inexplorados. Sim, comece seu bloguezinho de sapatos para entender a mecânica da coisa, disse ela, além de ser uma boa história de fundo para fazer o negócio todo parecer mais orgânico, mais autêntico. Depois que você escolher se vai ter uma crise de nervos ou um bebê, volte aqui e vamos fazer acontecer.

Quatro meses depois, eu estava no seu escritório abanando minha ultrassonografia.

Quando minha filha nasceu, comecei a compartilhar fotos minhas exibindo meu orgulho de mãe de primeira viagem e um rosto "sem maquiagem" cheio de maquiagem, tardes sarapintadas de sol no parque e bolos cobertos com confeitos que eu tinha acabado de fazer. Eu falava sobre como estava feliz, sobre o meu incrível marido, sobre como Coco nunca chorava. Ingênua, pensei que aquilo fosse me fazer ganhar seguidores instantaneamente.

Rapidamente percebi, entretanto, que na verdade não funciona dessa maneira para uma influenciadora inglesa.

Acontece que cada país tem suas peculiaridades, quando se trata de maternidade no Instagram. Eu pegava dicas das mães norte-americanas que admirava, todas elas flutuando vestidas em cashmere, mantendo impecáveis suas bancadas de mármore Carrara, vestindo os filhos com camisas xadrez e jeans de estilistas e postando tudo com um filtro Gingham para conferir às fotos um sutil efeito vintage. Uma pesquisa maior no Google mostrou que as mães da Austrália, atléticas e de espírito livre, todas posavam com biquínis de crochê e pranchas de surf, o cabelo ondulado pelo sal e suas crianças louras e bronzeadas. As Instamães suecas usam coroas de flores enquanto falam cheias de amor com bebês vestindo gorros de feltro cinza e deitados em lençóis de linho em tom pastel.

Com um pouco de pesquisa, você percebe que a rede social proporciona um entendimento muito simples daquilo com que as pessoas em todo o mundo se identificam. Os números de seguidores e as cifras de engajamento crescem e caem dependendo de como está o seu cabelo, bonito ou feio, de como você está engraçada ou emocionada nessa legenda, de como o seu filho está ou não fofo naquela foto, de como a sua paleta de cores é coerente e pensada. Então você pode ajustar seu batom, sua sala, sua vida em família e seu filtro de acordo.

E o que minha incursão na antropologia do Instagram descobriu? Que no Reino Unido ninguém gosta de exibicionismo. Queremos mulheres naturalmente bonitas, sorrisos bobos, cores de arco-íris, legendas honestas e confusão fotogênica. Podemos usar camisetas caras com slogans sobre sermos super-heroínas e bater na tecla do empoderamento, mas, como sabe qualquer Instamãe inglesa que mereça seus seis dígitos, se você admitir ser capaz de cozinhar um ovo de maneira eficiente, vai perder mil seguidores em uma noite. Você precisa ser incapaz de sair de casa sem pelo menos respingos de molho bolonhesa ou borrifos de vômito de bebê na sua blusa. Você precisa se atrasar para a creche pelo menos uma vez por semana — só alguns minutos, lembre-se, ninguém gosta de uma multa de uma-libra-por-minuto — e esquecer o Dia Mundial do Livro todo ano.

Descobri que quanto mais "autêntica" eu era, mais seguidores eu conseguia, e mais esses seguidores "gostavam" de mim. Se isso parece arrogante, sinceramente não quis colocar dessa maneira. Desculpe, irmãs, mas, quando se trata da vida on-line, as mães simplesmente não respondem bem ao sucesso de outras mães — se a comparação é o ladrão da felicidade, o Instagram é o larápio da satisfação.

A última coisa que eu quero é fazer uma mulher se sentir como se ela não estivesse alcançando um padrão impossível de maternidade; então, inventei a mãe perfeitamente imperfeita para minhas seguidoras. Porque somente quando você se torna mãe é que percebe quanto julgamento existe espreitando a cada esquina — um pouco como aquela sensação de você não reparar em lojas de apostas, a não ser que você seja um apostador, ou em parquinhos infantis, a não ser que você tenha filhos. O que quer que você esteja fazendo, existe alguém — marido, sogra, pediatra, garçonetes que não ajudam — que acha que você está fazendo errado. Eu nunca acho, entretanto. Todo o meu *lance* é que eu só estou me virando também. O mundo está cheio de pessoas que querem censurar as mães; então, quando me mandam mensagens com perguntas, ou levantam as mãos nos eventos, eu sorrio e concordo com a cabeça e legitimo suas escolhas de vida. Digo a elas simplesmente o que fiz, ou como me senti também. Cama compartilhada? As pessoas têm feito isso desde a época dos homens das cavernas, mamãe — só curta o aconchego! Uma dieta somente-com-comidas-bege? O pequeno Noah vai enjoar disso alguma hora.

Eu ainda acho surpreendente como algumas pessoas ficam chateadas por causa das redes sociais e a figura-perfeita-inatingível que acham que ela promove; como as pessoas salientam de forma presunçosa, como se tivessem decifrado a Pedra de Roseta, que a vida dos influenciadores provavelmente não é tão boa assim por baixo do filtro. Romances são escritos sobre isso, incontáveis artigos de opinião em jornais, filmes ruins dedicados às perfeitas vidas on-line que na verdade estão desmoronando nos bastidores, aparências mantidas apenas por causa de propagandas lucrativas. Não parece haver ocorrido a ninguém que possa acontecer o inverso.

Ainda mais bonita em pessoa do que no Instagram, Emmy Jackson desce correndo a escada de sua casa geminada estilo georgiano em uma área cada vez mais na moda no lado leste de Londres com uma enxurrada de pedidos de desculpas: "Ignore essas raízes horríveis, não tive tempo de retocar desde que o Bear nasceu. Sinto muito pela bagunça — encontrar uma faxineira está no topo da minha lista de tarefas! Espero que vocês tenham trazido uma câmera que emagreça, porque eu estou supercadeiruda hoje!"

Ela cruza o pé descalço sob a perna no sofá de veludo mostarda enquanto conversamos. Sua filha, Coco, uma linda garota de três anos de idade com uma juba de cachos louros e um rosto familiar aos aficionados no perfil de Emmy (no qual ela aparece desde o dia em que nasceu), está balançando alegremente na cadeira perto da mãe. O bebezinho, Bear, ou Urso — "Fizemos uma lista de características que queríamos que ele tivesse e então listamos animais que associamos a essas características" —, está no colo de Emmy. Ela me conta que, nas primeiras cinco semanas da vida dele, suas fotos já foram curtidas mais de dois milhões de vezes. Por baixo de uma camada de brinquedos, materiais de artesanato espalhados e giz de cera jogados, a sala é mobiliada de forma elegante. Seu marido bonito e pensativo, Dan, é escritor e está junto à estante de livros que vai do chão ao teto, folheando à toa seu próprio romance e ocasionalmente rindo consigo mesmo.

Emmy — conhecida como Mama_semfiltro por seus mais de um milhão de seguidores no Instagram, a primeira das Instamães a atingir sete dígitos — apanha a caneca com a marca Mama_semfiltro e toma um gole. Ela adora mais do que tudo uma xícara de chá, conta, embora, como a maioria das suas fãs, mal tenha tempo de se sentar e degustar. "Beber o chá enquanto ainda está quente é como uma semana em um spa para uma mãe", brinca ela. "Se compartilhar minha vidinha para um milhão de outras mães no Instagram me ensinou alguma coisa, é que, de verdade, somos todas iguais — dando o nosso melhor, levando um dia de cada vez. Você só precisa conseguir enfrentar o dia, mama!"

Precisei parar de ler nesse ponto. Eu podia sentir alguma coisa se formando na minha garganta.

Levei um tempo para voltar. Ir até o fim. Não havia nada na matéria que eu já não soubesse, claro. Nenhuma reclamação que eu não a tivesse visto fazer antes, nenhuma história não reciclada.

Eu esperava que fosse uma reportagem crítica e nociva, mas, em vez disso, era uma matéria de capa e, dentro, um texto de cinco páginas com fotos dos quatro — mamãe, papai, filho e filha — na sua linda casa, sentados no sofá caro, o sol jorrando da sua linda rua através da janela. Quatro pessoas sem uma única preocupação no mundo. Quatro pessoas cuja ideia do que seja uma tragédia é alguém colocar uma das meias vermelhas do bebê para lavar junto com as camisas brancas do papai. Que, em suas vidas inteiras, nunca perderam nada maior do que a chave de casa. Engulo em seco.

Apesar do estresse que deve existir por serem uma das famílias mais seguidas no Reino Unido, Emmy e Dan continuam sem dúvida muito apaixonados — o que é perceptível só pela maneira como se olham. Emmy aponta para a foto de casamento deles, brigando por espaço na prateleira cheia de retratos das crianças, em que os dois estão radiantes. "É revoltante, eu sei", diz ela, rindo, "mas eu ainda me sinto assim, de verdade, todos os dias. Eu soube no instante em que conheci Dan que ele era minha alma gêmea.

"Eu casei com o meu melhor amigo — o homem mais engraçado, mais gentil, mais inteligente que já conheci. Nós podemos enlouquecer um ao outro às vezes, mas não existe ninguém com quem eu preferiria compartilhar essa jornada", diz ela, colocando a mão no ombro dele.

E foi aí que eu avistei. Bem lá na foto grande, aquela com todos eles juntos na sala. Três letras — o topo de um "r", a ponta de um "d", após um espaço, depois a metade superior do que parecia ser um "N" maiúsculo. Lá no espelho atrás da cabeça deles, o que fica perto da janela, o grande espelho levemente manchado, revelando um reflexo por cima das persianas. Um vislumbre do nome de um pub na calçada oposta à da casa deles.

——rd N————.

Era tudo de que eu precisava.

Capítulo três

Emmy

É uma coisa estranha, ser uma celebridade de rede social. Quando vejo alguém dar uma segunda olhada ou cutucar um amigo e fazer um gesto na minha direção, levo um segundo para lembrar que há um milhão de pessoas que sabem exatamente quem eu sou. Fico um instante pensando se estou com a saia presa na calcinha antes de perceber que eles estão encarando a Mama_semfiltro, não minha bunda nua. Metade do tempo eles querem conversar também — o que na verdade é melhor do que apenas encarar, pois isso pode acabar sendo um pouco constrangedor. Eu realmente não deveria reclamar: ser abordada é normal quando você é tão acessível.

Acontece três vezes entre a porta da minha casa e o escritório da minha agente. A primeira foi só uma encarada de um homem que entrou na mesma estação que eu. O sujeito desagradável nem me ajudou a descer as escadas com o carrinho. Ele *podia* ter sido só um pervertido padrão, mas algo nos seus olhos me sugeriu que ele já tinha me visto de roupa de baixo. Quem quer que tenha começado a #mamãecorpopositivo merece um soco — nossos feeds têm virado um mar de repercussão de #corposdemãe ultimamente, todas as Instamães postando fotos exibindo suas barrigas para provar que amamos nossas estrias e pneuzinhos porque "fizemos uma pessoa crescer aqui dentro", ninguém ousando dizer que na verdade *talvez* as mães gostassem da ideia de perder alguns quilos.

Na segunda vez é Ally, uma aspirante a Instamãe de Devon, que pede uma foto em frente à placa de Oxford Circus. Ela me avista a uma certa distância e literalmente corre pela plataforma para solicitar a tal foto — um dos perigos de estar permanentemente vestida com cores primárias da minha marca é que fica fácil me avistar —, depois recruta seu marido envergonhado para ser o fotógrafo, dando ordens e checando os ângulos a cada nova tentativa ("Mais alto! Você consegue pegar a placa? Meus sapatos não estão no enquadramento!").

— Esse é o primeiro fim de semana de folga que Chris e eu tivemos desde que o Hadrian nasceu, há dois anos. Eu não acredito que esbarramos em você. Você é minha heroína. Você me fez acreditar em mim como mãe. Como se eu ainda pudesse ser *eu mesma*, embora tenha um bebê — exclama ela, enquanto checa as fotos. — Você é a razão pela qual eu comecei minha própria jornada de influenciadora depois que fui demitida quando estava grávida de seis meses. Só pensei: aqui está uma mãe construindo seu próprio negócio, ditando suas próprias regras. Sendo uma mãe forte com um bebê *e* com algo importante para dizer. O perfil da Mama_semfiltro é tipo minha bíblia. — Ela bate palmas e balança a cabeça.

A essa altura, Bear começou a chorar. Parece que ela também vai começar a chorar, na verdade.

— É incrível ouvir isso, Ally, obrigada, mas eu certamente não sou nenhuma santa! Me desculpe, mas preciso correr:

o Bearzinho está com fome e tenho um limite estabelecido de não colocar os peitos para fora na linha Bakerloo! Me marque na foto e com certeza vou te seguir de volta — digo, enquanto me afasto com um sorriso.

A terceira pessoa, que se apresenta como Caroline, me para na catraca para compartilhar suas batalhas com a depressão pós-parto. Tenho sido, segundo ela, uma grande inspiração. Só em saber que existe outra pessoa por aí que chegou ao ponto de onde ela estava saindo, que também atravessou noites sombrias, impediu que ela se sentisse tão sozinha. Evitou que fizesse uma burrice, que perdesse o controle. Ela tira a caneca reutilizável da #diascinzentos da bolsa e abana a capa de telefone #Mama_semfiltro para mim.

— Lembre-se sempre: você é a melhor mãe que você pode ser, Caroline. Seu ser humaninho acha que você é uma super-heroína — digo, envolvendo-a nos meus braços.

Subo com dificuldade a escada da estação com o carrinho de bebê embaixo dos braços e só a três degraus da saída alguém se oferece para ajudar. Dou um sorriso rápido e digo que estou bem, obrigada. Estou apavorada de subir os cinco andares até o escritório de Irene com esse bebê. É de se imaginar que ela, sendo a principal agente britânica das celebridades de maternidade on-line, deveria ter um escritório um pouco mais acessível. Mas, para falar a verdade, Irene nunca demonstrou nenhum sinal de interesse por bebês. É totalmente possível que ela escolhesse um escritório no topo da escada mais alta e mais estreita que pudesse encontrar nessa região superlotada de Londres como uma estratégia deliberada para desencorajar seus clientes a levar sua prole quando fossem vê-la.

Coloco o carrinho no chão e pesco meu álcool em gel e meu telefone da bolsa. Tem sete chamadas perdidas, todas do Dan. Meu Deus, penso comigo mesma, ao imaginar Dan tentando repetidamente, e com uma crescente irritação, abrir e fechar os mesmos três armários de cozinha procurando um pote de pesto enquanto Coco choraminga pelo almoço. *Qual é a crise dessa vez, Dan? Ah, você não consegue encontrar a porra do escorredor.*

Então, um microssegundo depois, me ocorre que alguma coisa *possa* realmente ter acontecido e, durante cada segundo em que o Dan não atende o telefone, meu pânico vai se intensificando.

Continua chamando. Eu digo para mim mesma que está tudo bem e que eu estou sendo ridícula.

Continua chamando. Eu digo para mim mesma que ele provavelmente só se trancou com Coco do lado de fora ou está checando se precisa pegar alguma coisa para o jantar.

Ainda chamando. Digo para mim mesma que ele deve ter ligado sem querer e é por isso que não está atendendo agora. Tenho certeza de que eles estão no parquinho e se divertindo.

O telefone continua chamando.

O telefone continua chamando.

O nome de um pub. Três letras. Um "r", um "d" e um "N" maiúsculo. Sorte que eu sempre me dei bem em palavras cruzadas. Parando para pensar, Grace também gostava. O engraçado de palavras cruzadas e desse tipo de coisa é que, mesmo quando você acha que travou, mesmo quando você larga o jornal e vai fazer outra coisa, seu cérebro continua trabalhando nas respostas que não conseguiu encontrar, maquinando, fazendo as conexões que deixaram seu cérebro perplexo. Então, quando você pega o jornal e o lápis novamente algumas horas depois, lá estão elas, as respostas, só esperando que você as escreva.

Eu avanço de forma confiante por um beco sem saída primeiro. No que diz respeito ao "r" e ao "d", eles certamente — no nome de um pub — devem ser a segunda metade de "Lord". Lord N____, pensei? Ora, deve ser Lord Nelson, é óbvio.

Minha boca está seca. Meu coração está aos pulos.

Ao ler os posts da Mama_semfiltro; ler as entrevistas de Emmy; escutá-la conversando em podcasts, acumulei com o tempo um pequeno tesouro de informações sobre onde ela e sua família moram. Sei, por exemplo, que vivem na região leste. Sei que estão a apenas dez minutos de distância do shopping Westfield. Sei que estão perto o suficiente de um parque grande para caminhar com um carrinho de bebê e que, quando Emmy trabalhava em revistas, às vezes ela ia de bicicleta para o trabalho ao longo do canal. Sei que tem uma estação de metrô e um supermercado Tesco Metro por perto, e onde eles moram é bem no vértice da área escolar de duas escolas primárias (a escola boa e a outra, como Emmy sempre as chama). Sei que não moram em nenhum dos lugares que já vi ou ouvi Emmy reclamando sobre ser muito caro. Já a ouvi falando pelo menos duas vezes o quanto desejava morar mais perto de um supermercado Waitrose. Sei que existe um posto de gasolina bem na esquina, onde ela costumava comprar fraldas e/ou revistas e/ou chocolate de emergência logo que a Coco nasceu.

Nada além disso, até agora.

De acordo com o Google, há oito pubs Lord Nelson em Londres. Três deles ficam longe demais a oeste. Um fica longe demais ao sul. Um é muito, muito fora, praticamente em Middlesex.

Isso me deixa com três possibilidades. O primeiro era promissor, quando digitei o CEP no Street View. Parecia o tipo de rua que eu poderia imaginar alguém como Emmy morando. Ficava bem na esquina de um metrô. Havia um posto de gasolina a uma distância a pé e um Tesco Metro. Era a casa em si que estava toda errada. Não havia como Emmy Jackson morar atrás daquelas cortinas de voile envelhecidas, em uma casa com uma porta da frente pintada com uma tinta vermelha brilhante. Tampouco nenhuma das casas vizinhas era boa. A que ficava de um dos lados tinha uma porção de cartazes na janela de uma instituição de caridade para o bem-estar animal; a do outro lado tinha montes de mato crescendo para fora do concreto quebrado no jardim e um carro sobre tijolos na entrada.

O segundo Lord Nelson era um pub comunitário.

O terceiro Lord Nelson tinha venezianas de metal em todas as janelas e parecia estar fechado há algum tempo.

Eu fiquei genuinamente com a pulga atrás da orelha. Retirei a revista da pilha de reciclagem para olhar novamente e checar se não tinha cometido algum erro, se eu não tinha deixado passar algum detalhe crucial. Lá estava: definitivamente um pub, definitivamente do lado oposto à casa deles e aquelas eram definitivamente as letras visíveis pela janela da frente. Não fazia nenhum sentido. A não ser que tudo o que a Mama_semfiltro tivesse sempre dito e escrito sobre seu bairro fosse um elaborado ato para despistar. A não ser que eles realmente morassem em uma parte de Londres completamente diferente daquela que contavam.

Mas nenhum dos outros cinco Lord Nelson em Londres se encaixava nas informações também. Um ficava do lado oposto a um parque. Outro ficava de frente para uma via de pista dupla. Nenhuma das fachadas de nenhum dos pubs era compatível com o que estava visível pela janela fotografada da casa de Emmy e seu marido.

Desliguei o computador com frustração e fui até a cozinha para preparar uma xícara de chá. Eram quase dez horas. O que começara como uma noite bem animada tinha gradativamente perdido a graça, depois azedado. Fui para a sala e liguei nas notícias. Só coisa ruim. Depois de cinco minutos, desliguei e fui para a cama.

Eu tinha desligado a luz do abajur e checado meu alarme e estava pensando em um assunto totalmente diferente, so-

bre algumas coisas que eu precisava fazer de manhã, quando me deu um estalo.

Lord Napier.

Havia um pub do lado oposto de uma estação de trem na cidade onde eu cresci chamado Lord Napier.

Acendi a luz de novo. Fui para o computador. Enquanto ele ligava, tamborilei com impaciência na borda do teclado.

Há três pubs chamados Lord Napier em Londres. Só um se localiza na região leste da cidade. Procurei no Google Maps.

Fica a cinco minutos de uma estação do metrô. Fica na esquina de um posto de gasolina. É uma rápida caminhada até um Tesco Metro. É relativamente perto do canal.

Chequei quanto tempo levaria para ir do pub (ou do lado oposto a ele) para Westfield. A resposta: exatos dez minutos, pela linha Central.

Cliquei no Street View. Coloquei o CEP. Peguei o jornal. Olhei da tela do computador para a fotografia e da fotografia para a tela novamente. Era compatível. Rolei a tela até ver a casa do lado oposto. Tinha cortinas novas, a porta da frente recém-pintada de cinza escuro, persianas.

Olá, Emmy.

Dan

Atenda o telefone. Atenda o telefone. Atenda a porra do telefone.

Está chamando sem parar. Chamando e chamando e então caindo na caixa postal. Emmy já deve ter saído do metrô a essa altura. Por que continua caindo na caixa postal?

Jesus Cristo.

Suspeito que todo pai ou mãe tenha experimentado isso em algum momento. Essa sensação, esse embrulho no estômago, esse sentimento de apuros, a garganta se apertando, o coração palpitando nas suas têmporas, a respiração presa na garganta e os olhos freneticamente esquadrinhando a multidão na altura da cintura, na altura de uma criança — e a criança que estava segurando a sua mão literalmente dois segundos antes não está em nenhum lugar à vista. E mesmo que metade do seu cérebro diga para você parar de bobeira, que ela só se afastou para dar uma olhada em alguma coisa na vitrine da loja de brinquedos por onde vocês passaram alguns minutos atrás, apenas viu alguma coisa que chamou sua atenção (um cartaz, um quiosque de lanches, alguma coisa brilhante) e andou até lá para investigar, a outra metade do seu cérebro já saltou para as piores conclusões possíveis.

Estamos no shopping Westfield, o que fica perto do antigo Parque Olímpico. Coco e eu já fomos a duas lojas de sapatos e agora estamos na terceira. Finalmente tendo encontrado um par de sapatos apropriados para pés sensíveis que tenha do tamanho certo e que ela não deteste totalmente, solto sua mão apenas por um segundo para pagar e pegar a sacola e, quando me viro para perguntar se ela quer um sorvete, minha filha sumiu.

Não entro em pânico de imediato. Ela provavelmente está atrás de um dos expositores. Talvez tenha voltado para olhar aqueles tênis com purpurina e luzes no calcanhar, os que ela gostou tanto mais cedo.

Não é uma loja grande. Sendo uma tarde calma de quinta-feira, não há muitas outras pessoas lá. Não levo mais do que um ou dois minutos para constatar que Coco não está mais no estabelecimento. Nesses poucos breves minutos, passei do modo não-deve-ter-acontecido-nada para ansiedade e pânico totais. Há pelo menos duas pessoas na loja, pessoas que trabalham lá, que não parecem estar atendendo ninguém. O que eu não consigo entender é por que elas estão só paradas sem fazer nada.

— Uma garotinha. A que estava comigo. — Estendo a mão para indicar a altura de Coco. — Vocês não viram para onde ela foi?

Ambas balançam a cabeça. Quando estou saindo, ouço alguém me chamando porque esqueci a sacola. Eu não volto.

Não vejo nenhum sinal da minha filha do lado de fora da loja também.

Estamos no segundo andar, no canto da loja John Lewis, bem ao lado da escada rolante, para onde corro. Tento não imaginar Coco usando a escada rolante sozinha, dizendo para mim mesmo que alguém com certeza a deteria.

As escadas rolantes mais próximas estão vazias.

É quando eu tento ligar para Emmy. Existe algum lugar, quero perguntar, que Coco gosta especialmente de ir em Westfield? Já que eu detesto esse lugar e tudo o que ele representa, normalmente Coco vem com Emmy enquanto eu passeio com Bear de carrinho no parque. Tento vasculhar meu cérebro por qualquer coisa que Emmy ou Coco possam ter falado sobre suas vindas aqui. Existe alguma loja em particular que ela sempre quer ver, que ela sempre comenta? Um parquinho em particular? Algum lugar que elas curtem ir? Nada surge na minha mente. De novo, o celular de Emmy cai na caixa postal.

Estou obviamente parecendo bem desesperado agora. As pessoas passando me lançam olhares de rabo de olho, denotando preocupação.

— Uma garotinha — digo a elas. Faço a coisa com a mão novamente. — Você viu uma garotinha?

As pessoas se desculpam balançando a cabeça, encolhendo os ombros, fazendo gestos de compaixão. Cada vez que avisto uma criança, meu coração dá um salto, depois se aperta quando percebo que ela está usando o casaco errado, ou tem o tamanho errado, ou é do gênero errado.

Tenho total ciência de que cada decisão que tomo agora, cada decisão incorreta, está me custando tempo. Será que sigo por esse corredor, para ver se ela virou a esquina? Ao mesmo tempo, Coco poderia estar desaparecendo por uma esquina diferente na direção oposta. E cada segundo que passo hesitando é outro segundo desperdiçado também. Será que Coco já está em um dos andares mais baixos? Ela pegou o elevador? Será que vagou por lá tentando encontrar um parquinho onde eu sei que ela e Emmy vão às vezes? Há um parquinho interno, não é? É nesse mesmo prédio? Ou é em outro lugar diferente? Estou visualizando um castelo inflável, mas por dentro.

Tento o telefone de Emmy novamente.

Em toda a minha volta nos corredores as pessoas transitam tratando de suas atividades rotineiras, perambulando com o que parece ser uma lentidão exasperante. Decido tentar os elevadores primeiro. Eu me espremo ao lado de um casal de mãos dadas, salto por cima da mala de rodinhas de alguém. Na vitrine de uma das lojas, vejo de relance meu reflexo quando passo correndo: pálido, olhos arregalados, à beira de um colapso.

O que não consigo entender é por que ninguém a segurou. Você não deteria uma criança de três anos de idade sozinha para perguntar aonde ela estava indo, se ela passasse por você em um shopping? Quer dizer, alguém deve tê-la notado. É de se imaginar que alguém tomaria a iniciativa de deter uma criança pequena como aquela e perguntar para onde estava indo, onde estavam sua mãe ou seu pai — ou quem quer que fosse. É de se imaginar isso. É de se esperar isso.

Aparentemente essa é uma suposição errada.

Eu me apresso para ultrapassar alguém andando distraído com a cabeça abaixada e os olhos fixos no seu iPhone e quase bato em alguém fazendo exatamente a mesma coisa vindo da outra direção.

Não há sinal de Coco nos elevadores. O visor me mostra que um elevador está no térreo, o outro está vindo para o andar de cima — o terceiro —, onde estou. Corro de volta para a balaustrada e olho por cima. Não consigo ver minha filha em lugar nenhum. A essa altura, estou cada vez mais convencido de que alguma coisa horrível aconteceu, alguma coisa realmente horrível. O tipo de coisa sobre a qual você lê e estremece. O tipo de coisa que você vê no noticiário.

É aí que eu a vejo. Coco. Parada na frente de uma livraria no térreo.

— Coco — grito. Ela não olha para cima. — Coco!

Pego a escada rolante e desço três ou quatro degraus de cada vez, me agarrando pelos lados, praticamente me jogando para baixo, me impulsionando de forma tempestuosa no meio de um jovem casal parado um ao lado do outro, sem me importar que um deles estale a língua em um ruído de desaprovação.

— Coco! — grito de novo, me inclinando por cima da balaustrada do primeiro andar. Dessa vez ela olha para cima, mas apenas para tentar descobrir de onde está vindo a voz chamando seu nome. Grito de novo. Enfim, ela olha na minha direção, sorri vagamente e acena com um braço, depois volta sua atenção para a vitrine da loja, que anuncia a última novidade daquela série de livros sobre uma família de magos e bruxas.

Graças a Deus. Graças a Deus. Graças a Deus. Graças a Deus. Graças a Deus.

Não só localizei minha filha como vejo que ela está com alguém, um adulto. Graças a Deus por isso também. Finalmente essa pessoa específica nesse shopping pelo menos mostrou bom senso suficiente e espírito de comunidade suficiente para intervir ao ver uma criança de três anos de idade desacompanhada vagando por aí. Elas estão paradas lado a lado, as duas, olhando a vitrine da loja juntas.

Sinto uma grande onda de alívio.

Desse ângulo e distância, não consigo discernir muito bem a pessoa com quem Coco está — só consigo vê-las por trás e por um vago reflexo da vitrine da loja — mas presumo, suponho que por causa da jaqueta impermeável, que é uma pessoa mais velha, alguma avó, talvez. Acho que é por causa das cores do casaco — rosa e roxo — que me dá a impressão de a pessoa ser uma mulher. Já consigo sentir as palavras compungidas e o agradecimento efusivo se formando na minha garganta.

Uma pilastra se coloca entre nós.

Passa-se um segundo — talvez dois.

Minha filha está parada na frente da livraria sozinha.

Por um momento, meu cérebro se recusa terminantemente a processar aquilo.

Por todo o caminho até o final da escada rolante mantenho os olhos fixos em Coco, como se alguma parte muito básica do meu cérebro acreditasse que, se eu tirasse os olhos dela por um segundo, até mesmo para piscar, ela iria desaparecer também. Por sorte, não há ninguém nessa escada rolante na minha frente. Aos trancos e barrancos, desço os degraus o mais rápido que consigo, uma mão pairando no corrimão de borracha no caso de eu tropeçar.

Os últimos três ou quatro degraus eu salto.

Aterrisso com um grunhido.

São cerca de seis metros do final da escada até a entrada da livraria. Deslizo até lá com três passadas derrapantes.

— Epa, papai — diz Coco.

Estou ciente de que a estou apertando muito forte, mas não consigo me controlar, assim como não consigo parar de levantá-la e balançá-la nos meus braços.

— Papai — chama ela.

Eu a ponho no chão. Ela ajeita o vestido.

Meu coração ainda está saindo pela boca.

— Coco. O que nós falamos, o que mamãe e eu sempre dizemos, sobre sair andando assim?

Meu objetivo é soar calmo, mas firme. Sério, mas não irritado.

O velho dilema: a necessidade simultânea de repreendê-lo por ter assustado você *versus* o desejo imenso de deixar o filho saber o quanto é amado.

Faço o máximo para captar o olhar da minha filha, tentando me agachar à sua altura, da maneira como os livros de orientação todos dizem para fazer quando você está tentando ter uma conversa séria com alguém da idade de Coco.

— Você está ouvindo? — pergunto a ela. — Você nunca, nunca, nunca, nunca mais deve fazer isso, querida. Entendeu?

Coco aquiesce, muito de leve, metade da sua atenção ainda na vitrine.

Ela está segura, isso é o que importa. Minha filha está bem. Quanto ao que eu acho que vi da escada...

Deve estar chovendo lá fora, porque há pessoas com jaqueta impermeável em todo lugar. Algumas são velhas. Algumas são jovens. Algumas ainda estão com o capuz. Olho ao redor, mas ninguém parece estar prestando nenhuma atenção especial em nós. Nenhum dos casacos parece familiar. São pretos, azuis, verdes, amarelos.

Talvez eu tenha me enganado, penso. Talvez Coco não estivesse acompanhada de ninguém. Talvez alguém estivesse somente olhando a vitrine na mesma hora em que ela, só estivesse passando por acaso. Talvez — *talvez* — o que eu pensei ter visto tenha sido apenas uma ilusão de ótica, um lapso do cérebro, o reflexo de um reflexo.

Acho que é justo dizer que não estou sendo capaz de pensar de forma elaborada e coerente nesse exato momento.

Dou outro abraço em Coco, mais longo dessa vez. Depois de um tempo, posso senti-la começando a perder a paciência, se contorcendo um pouco nos meus braços. Levo alguns segundos para reunir a força de vontade para soltá-la.

E é nesse momento que finalmente percebo o que minha filha está segurando.

Capítulo quatro

É impressionante o quanto você pode descobrir sobre alguém quando tem o seu endereço.

Rua Chandos, 14.

Uma vez que você tem o endereço de alguém, pode ir direto ao Zoopla e ver por quanto a casa foi vendida, algumas fotos e até mesmo a planta, se tiver sorte. Da última vez que a Rua Chandos, 14, esteve à venda, no final dos anos 2000, custava 550 mil libras. Emmy escreveu um pouco no seu blog sobre as mudanças que eles fizeram no lugar depois que ela se mudou — além da varanda envidraçada e a ampliação nos fundos, eles derrubaram uma parede na sala de estar, se livraram da lareira elétrica com carvão falso de plástico, do tapete do banheiro e dos azulejos azul-turquesa no banheiro do andar de baixo, e transformaram o quarto dos fundos do primeiro andar no quarto das crianças. O que significa que o quarto da frente em cima, que é suíte, ainda deve ser o quarto principal. É tudo tão fácil. Está tudo lá em domínio público. Dois, três cliques e, enquanto você desliza seu dedo na tela, parece que está andando pela casa deles, invisível, um fantasma digital. Emmy sempre fala sobre querer um jardim maior.

Eu posso ver por quê. Só Deus sabe como eles têm espaço para um galpão que serve de escritório.

Uma vez que se sabe o CEP de alguém, dá para descobrir facilmente onde é o café a que a pessoa costuma ir, aquele em que ela sempre fala que para durante a caminhada matinal diária, aquele onde o marido às vezes vai para se sentar e escrever. Dá para clicar no Street View e seguir a rota que eles fariam a caminho do metrô de manhã; a caminho do parque. Dá para ter um bom palpite de onde é a creche da filha, o caminho mais rápido para chegar lá de manhã. Dá para descobrir muito rapidamente em qual parquinho Emmy passa em seu caminho e em qual loja Coco sempre quer comprar doces.

É um sentimento muito estranho. Um pouco perturbador, até...

Há horas em que parece que você está olhando de cima para um lago — um lago de peixes, acho, como o que tínhamos na escola, na frente da entrada do prédio de ciências —, e todos os peixes estão nadando para lá e para cá sem preocupação ou atenção. Você pode vê-los fazendo suas atividades, suas coisas, e uma parte sua sabe que a qualquer momento você poderia jogar uma pedra ou começar a cutucar com uma vara e vê-los todos se dispersarem em pânico. Ou você poderia se inclinar e tirar um peixe da água para o ar sufocante, sem aviso, se você quisesse, e todos os outros estariam xeretando as ervas, as caudas sacudindo, virando para esse lado, para aquele lado. E há horas quando você sabe que não conseguiria fazer aquele tipo de coisa com outro ser vivo, não de verdade, não você.

E então há horas em que não tem tanta certeza.

Eu era uma garota tão boa, naquele tempo, na escola, tantos anos atrás. Uma garota tão educada. Uma garota tão gentil. Essas eram as palavras que sempre usavam para me descrever.

Ultimamente, há momentos em que os pensamentos que passam pela minha cabeça, as coisas que me imagino fazendo, o tipo de ser humano no qual pareço estar me transformando me assustam de verdade.

Dan

É absolutamente monstruoso. Essa é a primeira coisa que me vem à mente sobre o objeto que Coco tem em mãos. Não acho que estou exagerando quando digo que é o boneco de pelúcia mais horroroso e sujo que já vi. Os olhos de botão estão lascados. As orelhas estão encardidas e chupadas. Uma das alças do macacão está rasgada. A boca parece uma cicatriz. Meu instinto imediato é arrancá-lo das mãos de Coco e lançá-lo o mais longe possível, enterrá-lo na lata de lixo mais próxima, depois ver se tem lenço umedecido ou álcool em gel na minha mochila.

A segunda coisa que me vem à mente é que Coco definitivamente não estava carregando aquilo quando se perdeu de mim.

Tivemos diversas conversas sobre não falar palavrão na frente das crianças, Emmy e eu. Normalmente, gosto de salientar, é Emmy que vacila nesse assunto. Que solta um "merda" quando abre o armário e um pacote de farinha cai e estoura na bancada. Que chama alguém de filho da puta entre dentes (não baixo o suficiente para escapar de pequenos ouvidos) quando entram na nossa frente em uma fila no aeroporto. Que tem que se esquivar para explicar o que é uma pessoa escrota na mesa de jantar. Mas agora — culpe a adrenalina ainda percorrendo meu corpo, meus nervos ainda chacoalhando — sou eu que perco o controle.

— Meu Deus, Coco, onde você pegou essa merda?

Existe sempre um momento horrível depois de repreender um filho quando você vê seus olhos arregalados, úmidos, e percebe nitidamente a criança se retraindo. Aquele momento quando você quer desesperadamente recolher as palavras, impedi-las de reverberar no ar. Tarde demais, ela tenta esconder o brinquedo atrás das costas.

— Lugar nenhum — diz ela.

— Me mostre.

Finalmente, de modo relutante, até certo ponto inesperado, ela acata.

— Obrigado — digo.

Eu me ajoelho para examinar a coisa. Era para ser um cachorro? Um urso? Um macaco? Impossível dizer. Se já teve um rabo, não tem mais. Eu realmente espero que não tenha sido minha filha que tenha chupado as orelhas.

— De onde veio isso, Coco? — pergunto novamente, um pouco mais calmo, em um tom de voz que pretende mais convencer do que repreender.

— É meu — responde ela.

— Desculpa, querida, mas acho que não é seu, é?

Estou literalmente segurando a coisa com a ponta do indicador e do polegar.

— Você quer me dizer onde pegou, Coco? Você se lembra? Ela evita contato visual.

— Achou em algum lugar?

Ela encolhe os ombros sem se comprometer.

Se ela conseguir lembrar onde encontrou, eu digo, podemos botar lá de volta. Deve ser de alguém, esse ursinho, eu ressalto. De outra menina, de outro menino. E o dono deve ter deixado cair ou perdido ou talvez o bichinho tenha escapado da parte de baixo do carrinho e pergunto como ela acha que a criança se sentiria quando chegasse em casa e se desse conta disso.

— É meu — ela repete.

— Como assim é seu? — pergunto.

Ela não me responde.

— Se você não me contar onde conseguiu essa coisa, Coco — digo a ela, na minha voz paterna mais firme, mais impositiva —, ela vai direto para o lixo.

Coco faz um bico e balança a cabeça.

— Estou falando sério — insisto.

Nenhuma resposta.

— Última chance — aviso.

Ela encolhe os ombros.

Para o lixo, então.

Movimento burro. Movimento burro para caralho. Um autêntico erro paterno. Enquanto andamos pelo shopping, ela fica tentando largar a minha mão e voltar. Na escada rolante da plataforma do metrô, continua molengando. Eu preciso pegá-la no colo quando efetivamente saímos da estação. As pessoas nos lançam olhares. Quando Emmy retorna a ligação, estamos a dois minutos de casa. Ela pergunta se é a Coco que está uivando no fundo. Confirmo e completo que o teatro amador já está acontecendo há mais de dez minutos. Sua primeira pergunta é que diabos eu fiz com ela.

— Nada — respondo.

— Está tudo bem? — ela me pergunta. — Tem um milhão de chamadas perdidas. Você me assustou. Eu cancelei a reunião e estou em um Uber voltando para casa. O que aconteceu?

— Nada — repito. — Não precisa se preocupar. Está tudo bem agora.

Eu realmente não quero discutir por telefone sobre os oito minutos e meio dessa tarde quando consegui perder nossa filha de três anos.

Durante todo o caminho para casa fiquei repassando na cabeça minha conversa com Coco, as perguntas que lhe fiz, a maneira como as formulei, o jeito como falei com ela, pensando se uma abordagem diferente teria sido mais sensata. Durante todo o caminho para casa fiquei tentando me lembrar exatamente o que vi da escada rolante, as cores precisas do casaco, exatamente o que me deu a impressão de que era uma mulher. Foi o casaco, que era rosa, com partes roxas nas costas? Ou foi o inverso? E se não posso ter certeza nem sobre isso, então do que *consigo* ter certeza, quando se trata do que pensei que vi?

Com a memória funcionando dessa forma, é bastante provável que meu cérebro esteja agora tecendo fatos, preenchendo as lacunas, e que eu esteja realmente me lembrando de alguma coisa útil.

Toda vez que pergunto a Coco o que aconteceu, aonde ela foi, por que ela saiu andando, ela só fala uma palavra:

— Livraria.

Há uma parte minha que pode muito facilmente imaginar a mim e a Emmy contando isso como uma história, daqui a vinte anos, quando Coco for escritora ou acadêmica ou agente literária; que pode facilmente imaginar, em um futuro distante, os contornos incompletos do relato, e quaisquer perguntas embaraçosas que o evento possa levantar sobre minhas habilidades como pai, delicadamente contornadas e encobertas. Posso até me imaginar, ou a Emmy, imitando a entonação de Coco quando chegarmos à palavra "livraria". E uma parte de mim fica secretamente bem satisfeita por ela estar tão animada por causa de uma livraria e não por causa da loja da Disney ou do McDonald's.

Nesse exato momento, entretanto, é no brinquedo de pelúcia que meus pensamentos estão presos.

Quando voltamos para casa, levo Coco direto para a cozinha e preparo um prato de torrada com feijão, que ela come na sua cadeira especial, mal-humorada. Quando pergunto se quer iogurte de sobremesa, ela balança a cabeça vigorosamente.

— Hora do banho? — pergunto a ela.

Nenhuma resposta para isso.

— Vamos arrumar outro... urso para você, Coco. Outro ursinho. Um mais bonito. Podemos voltar na livraria outra hora.

Ela se vira na cadeira, finge que está olhando para o jardim. Uma chuva suave começou a cair, as folhas molhadas brilhando na escuridão cada vez mais intensa. Os lábios dela estão dispostos no que parece muito com um beicinho.

— O fato, querida, é que não é legal sair andando por aí pegando coisas, não é? Você não sabe onde elas estiveram.

— É meu — diz ela, novamente.

Sorrio e adoto um tom de voz comedido, calmo.

— Mas, Coco, não era seu, né? Eu não comprei para você. Mamãe não comprou para você. Então a pergunta é: onde você conseguiu?

Eu sei o que ela vai responder antes que seus lábios acabem de formar as palavras.

Puxo uma cadeira e me sento. E então viro a cadeira dela de modo que fique um pouco mais de frente para mim.

— Coco — chamo. — Eu tenho uma pergunta séria para você. Você pode olhar para mim? Olhe para mim. Obrigado. Coco, alguém deu aquele ursinho para você? Foi um presente? Você se lembra?

Ela balança a cabeça com firmeza.

— Não?

Ela balança a cabeça novamente, com mais vigor dessa vez.

— Isso significa não, você não se lembra, ou não, ninguém deu para você?

— Não — repete ela.

Eu me endireito, estico os ombros, esfrego a nuca. É hora, decido, de tentar outra abordagem.

— Coco? — chamo. — Você se lembra daquela conversa que tivemos um tempinho atrás sobre contar a verdade e contar histórias?

Ela assente, cautelosa, sem encontrar meu olhar.

— E você sabe como concordamos que é importante sempre falar a verdade?

Ela hesita, ainda evitando contato visual, depois aquiesce novamente.

— Bem, eu vou perguntar mais uma vez onde você pegou aquele ursinho...

— Eu achei — diz ela.

— Achou.

Ótimo, eu penso. *Bom*, digo a mim mesmo. Isso é um alívio, tira um peso da minha cabeça.

Eu pergunto onde ela achou e ela me diz que foi em uma loja. Uma loja?, repito. Ela hesita, me olha pensativa e depois confirma.

— Em que loja?

Coco é incapaz de me dizer.

Eu respiro fundo, conto até vinte, digo que está na hora de ir para o banho.

Parece que a grande conversa sobre sempre contar a verdade talvez não tenha sido absorvida tanto quanto esperávamos.

A creche havia sugerido que talvez fosse melhor se tanto Emmy como eu estivéssemos presentes, se todos nós sentássemos com Coco para conversar sobre as coisas — as "coisas" significando, nesse contexto, o hábito recém-desenvolvido da nossa filha de remexer na mochila de outras crianças, pegar coisas e depois dizer que tinham dado a ela de presente. De derrubar coisas e deixar outras crianças levarem a culpa. As afirmações absurdas que ela começou a fazer sobre como somos ricos e famosos ou onde passamos as férias (na Lua, aparentemente). A razão pela qual a funcionária da creche nos chamou para tentar entender se Coco fazia a mesma coisa em casa, se havia alguma coisa que a pudesse estar aborrecendo ou perturbando ou por que nós achávamos que ela estava se comportando dessa maneira.

— Ela sempre teve imaginação fértil. — Era a resposta defensiva de Emmy. — Eu era exatamente assim na idade dela.

Não duvido nada disso.

Puxamos nossas cadeiras em círculo e tivemos uma conversa muito séria com Coco sobre como é importante não inventar coisas ou exagerar ou criar histórias. Que não faz sentido tentar impressionar as pessoas fingindo ser uma coisa que você não é. Sobre como não se deve tentar enganar as pessoas para lhe darem coisas que não pertencem a você. A funcionária da creche de Coco confirmava com a cabeça de modo muito firme para tudo isso, de maneira muito enfática.

Não pense por um minuto que Emmy e eu estávamos alheios às ironias da situação. Mas o ponto que eu enfatizava, cada vez que me era dada a oportunidade, era que nada do que Coco estava sendo acusada tinha um viés de malícia. Minha filha não tem um centímetro de maldade no corpo. Não acredito nem que ela tenha qualquer dificuldade em distinguir um fato de uma fantasia. Ela gosta de divertir as pessoas, fazê-las rir. O ponto que eu queria continuar enfatizando é que ela é uma criança muito esperta. Muito mais esperta do que qualquer outra na sala. Para ser totalmente honesto, muito mais esperta do que a maioria das pessoas que vai ter a função de lhe passar ensinamentos durante toda a sua infância. Muitas das coisas que eles estavam descrevendo eram nitidamente piadas, obviamente brincadeiras. Como esconder os seus sapatos e misturar os de todos os outros. Como trocar seu prato com o da pessoa perto dela e fingir que ia comer o almoço do outro também.

Nós rimos sobre algumas das coisas mais tarde, depois que pusemos Coco para dormir. Rimos, mas pude ver que Emmy ainda estava irritada com o problema todo.

— Aquela vaca petulante. — Ela subitamente bufou, do nada, cerca de vinte minutos depois de eu pensar que o assunto tinha morrido. — Você percebe para quem foi aquilo tudo *de verdade,* né?

Eu disse alguma coisa neutra que esperava ter um efeito conciliador.

— Você acha que ela teria falado conosco, *comigo*, daquela maneira se eu fosse advogada? Se eu trabalhasse com publicidade? Se eu trabalhasse com literalmente qualquer outra coisa? Tem uma criança na sala de Coco com dois brincos em cada orelha e uma criança que se caga na calça todo dia de manhã e só fica lá sentada suja e uma criança que só come linguiça e uma criança que está com piolho desde a primavera passada e *eu* sou a mãe que é convidada para se sentir uma merda?

— É um absurdo — eu disse.

— Você está totalmente certa — acrescentei.

— Crianças inventam coisas o tempo todo — observei.

— Todas as crianças fazem isso.

Outra trégua na conversa se seguiu.

Só haveria motivo de preocupação, eu frisei, com todo aquele negócio de mentir, se nossa filha fosse boa mesmo naquilo. Para ser uma mentirosa eficiente, você precisa ser capaz de se lembrar de todas as coisas que inventou, monitorar cada mínimo detalhe da verdade, sempre contar a história igual. Emmy é excelente nisso. Coco não. Sem piscar, ela vai falar três coisas contraditórias na mesma frase. Ela vai afirmar que não fez algo que você acabou de vê-la fazendo. Eu não ficaria surpreso se ela negasse que estivesse fazendo alguma coisa mesmo se estivesse fazendo na sua frente. Se eu digo que minha filha é uma péssima mentirosa, quero dizer em todos os sentidos.

Sendo bem sincero, geralmente acho isso bastante engraçado sob circunstâncias normais. Como quando Coco conta para seus amiguinhos que existe um quarto secreto na nossa casa cheio de doces. Ou quando conta para todo mundo sobre nossas férias na Lua. Na maior parte do tempo, as mentiras de Coco são tão sem sentido e transparentes que não há nada que se possa fazer a não ser rir.

As circunstâncias atuais não são normais.

À medida que meu alívio imediato de encontrar minha filha sã e salva se esvanecia, crescia minha frustração por não saber exatamente o que aconteceu naqueles oito minutos e meio. Eu ainda não tenho ideia de por que Coco se afastou e aonde ela foi ou como ela chegou até o andar térreo do shopping. Eu ainda não tenho ideia de onde ela pegou aquele brinquedo. Enquanto dou banho nela, enquanto escovo os seus dentes, continuo fazendo perguntas e continuo recebendo respostas vagas ou que não podem ser verdade ou que contradizem a resposta que ela me deu para alguma outra pergunta dois minutos antes.

Pergunto a Coco por que, afinal de contas, ela saiu andando, e ela diz que não sabe. Pergunto por que ela estava indo para a livraria, e ela diz que não consegue se lembrar também. Pergunto se alguém tentou detê-la, se alguém tentou falar com ela. Ela boceja. Diz que não se lembra. Não estamos chegando a lugar nenhum. Já passou da hora de dormir. Consigo ouvir Emmy apressadamente tirando os sapatos no corredor e pendurando o casaco no corrimão.

Eu não deveria ter tirado os olhos de Coco. Nem por um segundo.

A verdade é que eu sempre fui paranoico com tudo isso. Cerca de três meses depois de descobrirmos que Emmy estava grávida de Coco, fomos ao cinema. Era um filme sobre um canalha que sequestra uma criança e eu tive que me levantar e tropeçar por cima das pernas e pés de todo mundo para sair. Não estou falando de um filme de terror ou nada assim. Estou falando de um filme com censura de 12 anos. Foi horrível. O filme. A experiência. Eu estava sentado lá no cinema e pude sentir minha garganta fechando, meu coração acelerando. Para ser justo, eu estava com uma bela ressaca. Mas o que não parava de passar pela minha cabeça era que existem pessoas por aí no mundo daquele jeito. Malucos. Predadores. Pedófilos. E eu era paranoico assim mesmo *antes* de decidirmos compartilhar nossa vida familiar on-line. Antes de o mundo estar cheio de pessoas que sabem ou acham que sabem quanto dinheiro ganhamos por esse trabalho, que sabem exatamente como é a nossa aparência ou como é a aparência da nossa filha e do nosso filho, que tipo de vida levamos.

Como incutir nos seus filhos a importância de não falar com estranhos quando eles veem a mamãe cumprimentar cada fã que fala oi como se fosse uma amiga de longa data?

Suspeito de que em todo casamento haja um ou dois tópicos que são impossíveis de discutir sem a conversa pegar fogo rapidamente. Tópicos que rondam por baixo da superfície e na maior parte do tempo os dois conseguem navegar em volta ou evitar completamente. Tópicos que você já discutiu tantas vezes ou com tanto afinco que cada vez que eles surgem, você sente seus pelos se eriçando de antemão, suas defesas aumentando, uma série de memórias meio reprimidas de discussões prévias ressurgindo.

Como na vez em que achei que tinha visto alguém tirando fotos de Coco escondido no café do parque e surtei, como na vez em que me convenci de que alguém a observava na piscina, já sei que a discussão que eu estou prestes a ter com Emmy — pelo menos a discussão que vamos ter depois de eu explicar o que aconteceu e parar de pedir desculpas — vai girar exatamente nos mesmos círculos de sempre. Nós cometemos um erro? Estamos fazendo uma coisa horrível? Existe alguma outra coisa que poderíamos fazer para nos deixar mais seguros? Será que, expondo nossa vida e a vida dos nossos filhos por aí na internet para todos verem, fizemos uma coisa monumentalmente idiota? Estamos colocando Coco e Bear em risco? Isso tudo é ruim para eles? Vai enviesar a personalidade deles, a maneira como veem o mundo? Vai foder com eles, de alguma forma, no longo prazo? Somos pessoas terríveis?

A conversa vai continuar em círculos, um dos dois se autoacusando, o outro tentando tranquilizá-lo, para justificar o que estamos fazendo, ambos apontando as falhas nos argumentos do outro, ambos lutando contra nós mesmos tanto quanto um contra outro, mas ainda rápidos em captar a escolha de palavras ou o tom de voz do outro, ambos ficando cada vez mais tensos, o ar no quarto progressivamente mais pesado. E vai se resumir, depois de ser tudo falado e feito, à horrível verdade, à conclusão, ao fator limitante de *todas* as nossas discussões, loucas ou não, apreensivas ou não, fúteis ou não, que é a seguinte: se deletarmos a Mama_semfiltro agora, não conseguiremos pagar as contas de jeito nenhum.

Emmy

Não posso dizer que não fui avisada.

Antes de contratar Irene, ela e eu nos reunimos e tivemos uma longa conversa sobre o que envolve ser uma influenciadora. Eu lhe mostrei minha conta pessoal do Instagram — emmyjackson, 232 seguidores, sendo que eu conhecia todos na vida real, sabia os sobrenomes de cor — e ela usou aquilo como uma demonstração para me explicar por que minhas fotos de brunch mal iluminadas, um buquê ocasional ou cupcakes, amigos não fotogênicos e selfies no espelho do banheiro com as bochechas chupadas não funcionariam. Para transformar isso em carreira, eu precisaria de hashtags planejadas com precisão, um fluxo de conteúdo e temas atuais, amigos influenciadores que eu pudesse marcar e que me marcariam também, fotos tiradas com semanas de antecedência e editadas com perfeição (ou, como acabou sendo, com imperfeição).

Ela fez parecer muito como se a Mama_semfiltro fosse similar a editar minha própria pequena revista, cada post do Instagram uma nova página. De certa maneira era assim, naquela época. Os seguidores comentavam com corações e piscadelas. Ninguém parecia perceber que podia me mandar mensagens privadas, ou, se percebia, não se dava ao trabalho. O Twitter era para críticas e sarcasmo; o Instagram era um lugar amigável para fotos bonitas e rostos sorridentes.

A mudança foi imperceptível a princípio. Lentamente, os comentários pararam de ser totalmente amorosos. Mensagens privadas começaram a pipocar, principalmente de mamães felizes, drogadas pela oxitocina às quatro da manhã. Mas logo se tornaram uma torrente, todas esperando resposta imediata, quer estivessem me dizendo que eu devia me envergonhar por vender minha família on-line ou que gostaram do meu batom. Os sites de fofoca nos descobriram. Os tabloides começaram a relatar nossas discussões e deslizes como se fôssemos celebridades de verdade.

Dan e eu costumávamos ser um casal tão requisitado que tínhamos que recusar jantares porque nossa agenda era apertada demais — a garota sexy da moda e o escritor em ascensão que você simplesmente *precisava* conhecer. Nós chegávamos dando a impressão de que tínhamos acabado de fazer sexo (normalmente era verdade), com duas garrafas de um vinho bem escolhido, dávamos a deixa para completar as histórias do outro a noite inteira, éramos os primeiros na pista de dança das festas em casa e os últimos a sair. Mas paramos de ir a essas festas há muito tempo, sabendo que inevitavelmente eu estaria com meu telefone no momento em que normalmente abriríamos a segunda garrafa de vinho, tentando me manter atualizada com as mensagens e comentários. Pensando bem, talvez nós só não sejamos mais convidados.

Finalmente, o Instagram começou a parecer menos como editar minha própria revista e mais como apresentar um talk show diário de rádio, onde mil ouvintes ligam a cada episódio e são autorizados a ir ao ar o tempo todo, por mais maldosos ou incoerentes que sejam. De um dia para o outro, em vez de adoráveis fotografias em quadradinhos discretos, graças aos stories do Instagram — aqueles vídeos de quinze segundos que consomem nossa vida —, agora parece que tenho uma GoPro amarrada na cabeça o tempo todo, dia e noite. Eu mal posso fazer xixi sem sentir a necessidade de transmitir o fato para consumo público.

Às vezes, olho para o perfil privado emmyjackson, que nunca deletei, com aqueles noventa e sete posts sem planejamento, preservado no formol da internet, e mal me reconheço. Rolo pelas fotos que mostram uma Emmy sorridente por cima de uma torrada com abacate, abraçando Polly em uma toalha de piquenique no parque, parada embaixo da Torre Eiffel com Dan ou tomando shots no dia do casamento, e sinto um pouco de inveja dela.

Quem teria previsto as proporções que o Instagram tomaria, a possibilidade de mudança de vida que ele proporcionaria? Cem milhões de imagens carregadas por dia, dizem. Um bilhão de usuários. Isso me deixa perplexa.

Ainda assim, não sou uma ingênua que acabou de tropeçar no mundo dos influenciadores para viver. Dan também sabia onde estávamos nos metendo. Nós discutimos tudo isso antes de a Mama_semfiltro nascer, mas às vezes me impressiona que, quando ele concordou que eu devia investir na ideia, nenhum de nós previu de verdade como decolaria tão rápido ou como tornaria nossa família tão famosa ou como traria essa quantidade de exposição.

Ele ficou realmente assustado ontem.

Eu disse ao Dan, eu o avisei, tantas vezes, que não dá para tirar os olhos de Coco nem por um segundo. É uma das razões pelas quais eu fico paranoica de deixar a mãe de Dan cuidar dela; pensar que, no tempo que ela leva para abrir a bolsa e pegar um lenço de papel para o nariz escorrendo de Coco, nossa filha possa ter saído da calçada com sua bicicleta e ido parar na rua embaixo das rodas de um caminhão. E além das coisas habituais que poderiam acontecer com uma criança de três anos sem supervisão — enfiar um garfo em uma tomada descoberta, por exemplo, ou engasgar com uma moeda de cinquenta centavos que inexplicavelmente decidiu colocar na boca —, há também mais de um milhão de pessoas por aí, nem todas legais, que conhecem o rosto de Coco, seu nome, sua idade, sua comida favorita, seu programa de TV preferido.

De fato, Dan sendo Dan, ele se puniu tanto sobre a história toda de Westfield — foi tão dramático sobre o que podia ter acontecido, tão enfático sobre como se sentiu horrível — que perder o controle e gritar não estava entre minhas opções. E então apenas tive que engolir qualquer irritação ou raiva ou medo que possa ter sentido sobre todas aquelas chamadas perdidas de pânico, sobre ter que cancelar a reunião com a minha agente, sobre não ser capaz de deixar a porra do meu marido encarregado de algum dos nossos filhos por míseros três minutos. Em vez disso, eu me vi massageando os ombros dele, dizendo que não foi nada tão absurdo assim, que poderia ter acontecido com qualquer pessoa que estivesse tomando conta dela.

Só que não foi bem isso, não é? Aconteceu enquanto *ele* cuidava. E só porque eu não dei em Dan a bronca que ele merecia, não significa que eu não esteja furiosa pelo que aconteceu — e quanto ao que realmente aconteceu, posso imaginar com muita facilidade. Eu estaria disposta a apostar quase qualquer coisa que ele estava digitando alguma ideia para um romance no telefone quando ela se afastou. Algum ponto da trama, alguma linha de diálogo que havia acabado de lhe ocorrer. Também posso visualizar a expressão no rosto dele naquele momento. O intenso franzir de sobrancelhas. A boca contraída. O ar de absorção completa.

Qualquer pessoa que tenha dois filhos e seja casada por tanto tempo quanto Dan e eu sabe como é ferver de raiva tendo razão sobre uma coisa que poderia ter acontecido, ou silenciosamente borbulhar de ressentimento sobre o que alguém provavelmente estava fazendo quando deveria estar fazendo outra coisa — em especial quando, como nesse caso, essa outra coisa era cuidar da nossa filha. Tarefa que, no sistema global das coisas, é bem importante, ou é o que se pensaria.

Ao mesmo tempo, não tenho dúvidas de que, na sua cabeça, Dan encontrou alguma maneira de tornar isso minha culpa.

Depois do cancelamento da reunião de ontem, eu esperava conseguir resolver as coisas com Irene apenas com uma conversa ao telefone, mas ela estava irredutível que reagendássemos. Como Bear, o bebedor de leite resmungão, não consegue ficar longe do meu peito por muito tempo, embrulhei o pequeno anti-sling em sua roupa de frio e refiz toda a viagem desagradável pelo segundo dia consecutivo. Mas, dessa vez, estabeleci como limite não carregar o carrinho Bugaboo cinco andares acima; então, no momento, um estagiário está andando com ele pelo quarteirão para mantê-lo adormecido.

Para ser honesta, sempre que posso, tento evitar o escritório de Irene. A arte em neon clichê, as pinturas de Tracey Emin e a mobília moderna e cara de meados do século nunca me deixam esquecer quanto significam seus 20% dos meus rendimentos anuais por contrato. Eu preferiria não saber quanto Irene vale, mas, como ela é a dona de um dos mais rentáveis impérios de influenciadores desse lado do Atlântico, com uma equipe de quarenta funcionários, um escritório adjacente à Liberty, um apartamento em uma construção vitoriana em Bayswater e uma casa no sul da França, não é pouca coisa.

Meu humor não melhorou após a noite de ontem — depois que consegui acalmar Dan —, trabalhando duro no que pareceu um volume ainda maior de mensagens diretas do que o normal, respondendo a cada uma com entusiasmo, mesmo que uma proporção extraordinariamente alta fosse da ala mais sinistra do meu contingente de seguidores, sabendo que, se eu não responder, vão reclamar nos comentários ou me detonar nos sites de fofoca, dizendo que estou com o rei na barriga. Então, é uma resposta alegre ao aposentado que me segue desde os dias da Semsalto e que me pede com insistência fotos dos meus pés descalços. "Ha ha, desculpe, Jimmy, meus joanetes já estão embrulhados nas minhas pantufas da Marks & Spencer!" O homem que me manda poemas sobre parto. "Muito obrigada, Chris, mal posso esperar por um tempinho para ler com calma." A mulher que quer pintar o retrato de Coco com um vestido vitoriano e fica perguntando quando ela está livre para posar.

Eu deveria saber que não podia esperar muita empatia de Irene nesse quesito.

— Emmy, você sabe que isso aí são só ossos do ofício.
— Ela ri. — Você sofreria mais abuso, lidaria com pessoas mais assustadoras, trabalhando no município ou em uma central de atendimentos.

É revigorante como minha agente pode ser direta.

O que quer que tenha acontecido ontem, qualquer impacto que possa ter provocado em Dan ou em mim, em nossa relação, Irene certamente não quer ouvir nenhum detalhe — é por isso que insiste em pagar para eu me consultar com a dra. Fairs, uma psicoterapeuta treinada, que Irene também representa. A mulher criou um nicho tratando influenciadores ansiosos e trolls raivosos, construindo ela mesma um rol de cem mil seguidores on-line, com #mantrasmindful e uma linha de #suplementosdecuidadopessoal com o seu nome. É uma cláusula em todos os contratos de Irene: que seus clientes passem pelo menos uma hora por mês no sofá da terapeuta.

Ela também manda todos os candidatos fazerem um teste de personalidade antes de assinar com eles.

— Eu gosto de saber se meus influenciadores são narcisistas ou sociopatas — Irene uma vez brincou quando perguntei a ela o motivo. — Eu não assino com eles se forem.

— Pelo menos, acho que ela estava brincando.

Para ser franca, o acordo de terapia funciona bem para todos nós. Conheço Irene há anos e ela sempre teve o calor humano de um picolé; a ambição é sua característica mais marcante. Nós nos conhecemos quando eu trabalhava em revistas e ela era a agente de todas as atrizes britânicas atraentes nas quais você pudesse pensar, me fornecendo um fluxo contínuo de suas agenciadas para fotos. Esta sempre foi a melhor parte do meu trabalho: criar confecções visuais de pura fantasia com mulheres maravilhosas e roupas lindas, todos os meses. Voar para os estúdios ou locações em Los Angeles, Miami, Mustique, passando dias com um monte de roupas de alta-costura e exércitos de fotógrafos, assessores de imprensa e maquiadores, depois vendo o resultado de nosso trabalho me encarando nas prateleiras das bancas de jornais algumas semanas mais tarde.

O prazer de ver essas imagens nunca envelhece, nem o de ler meu nome impresso. De saber que criei uma coisa real e permanente que as pessoas conseguem ver e tocar e amar e guardar. Eu costumava pensar nas garotas, como a minha versão adolescente, comprando aquelas revistas, levando para seus quartos suburbanos e saboreando cada fotografia, cada palavra, exatamente como eu fazia. Manter uma pilha ao lado da cama e folhear as páginas de coisas e lugares e pessoas lindas, quando era preciso escapar da própria vida monótona e sufocante, apenas por um momento. Mas, claro, eu sei que nenhuma garota adolescente faz mais isso, e esse é o motivo pelo qual não tenho mais aquele emprego.

Irene viu desde o início para onde tudo estava indo. Ela e eu estávamos meio bêbadas uma noite depois de uma sessão de fotos quando ela me contou sobre o seu novo negócio.

— Eu vi o futuro e ele se chama redes sociais. Eu já estou cansada de atores. Talento demais. Opinião demais. Os influenciadores estão onde o dinheiro está circulando. E eles são bem maleáveis. São *como* as pessoas, só que em duas dimensões.

Ela era sensata o suficiente para saber que não poderia competir com a moda estabelecida e as beldades, então construiu seu próprio — qual o coletivo para influenciadores? Endosso? — em certos nichos. Eu fui uma das suas primeiras clientes, e, embora ela possa ter trapaceado um pouco e meus primeiros milhares de seguidores tenham sido bots comprados por ela para me alavancar, o restante foram pessoas reais atraídas por pura dedicação. Cultivei um excelente lugar no meu grupo — meu círculo interno de cinco Instamães que alimentam os algoritmos curtindo e comentando imediatamente nos posts umas das outras, mandando-as para o topo dos feeds dos nossos seguidores — com a mesma preocupação com que um CEO mapearia a posição de sua empresa na lista de principais ações negociadas na Bolsa de Valores.

Irene tira seus óculos Chloé e os coloca na mesa, sacode o cabelo do ombro e levanta uma sobrancelha perfeitamente arqueada. Não há um único fio fora do lugar na sua franja preta retinta bem cortada, que emoldura feições fortes e a pele tão impecável que parece ter passado por um filtro Clarendon. Não que ela já tenha usado um filtro: como um traficante que não fica drogado com o próprio estoque, não existe uma única foto de Irene nas redes sociais. Ela enumera a lista dos trabalhos em curso da Mama_semfiltro, incluindo uma gravação para uma marca de papel higiênico, um podcast e um dia julgando o prêmio "Você Brilha, Mama".

— Eu tenho andado atrás deles, mas não tive resposta ainda do trabalho na BBC 3. Mantenho você informada — avisa ela, encolhendo os ombros.

Apesar de Irene dizer que apoia os meus planos de virar apresentadora de TV e usar os seguidores que consegui para construir o nome Emmy Jackson na vida real independente da Mama_semfiltro, fica bem claro que ela não acha de verdade que sou talhada para ser a próxima Stacey Dooley. Infelizmente, essa é uma visão que parece ser compartilhada pela maioria das pessoas que trabalha na TV. Admito que não é um talento natural — de alguma forma, a história da mãe franca que parece tão plausível quando escrita, soa falsa e forçada na tela, e é mais difícil de produzir algo de improviso com uma câmera apontada para o meu rosto, de modo que meus olhos vagueiam freneticamente e atropelo as palavras. Mas eu não levava jeito para o Instagram de primeira e agora veja aonde cheguei. Estou fazendo um plano a longo prazo aqui e cada teste é um pouco menos horrível do que o anterior, e cada prova de cena não é tão constrangedora.

Eu não posso continuar respondendo a 442 mensagens diárias de estranhos para sempre.

— Tem mais uma coisa que precisamos discutir. Você tem um mês cheio vindo aí e acho que você não vai conseguir administrar todos os seus compromissos e se manter no controle de todo o resto sozinha com um recém-nascido. Então pensamos numa assistente para você.

Irene pode ver que estou prestes a protestar. Ela levanta a mão.

— Não se preocupe. Não vai custar nada para você. Eu vou cuidar disso. Ela é uma das minhas novas contratações, na verdade. Apresentei o trabalho para ela como uma oportunidade de ter uma das minhas estrelas como mentora. Uma figura. Gosta de chapéus — diz ela. — Ela se chama Winter e estará na sua casa na segunda de manhã, às dez horas.

Está evidente que esse é o fim da discussão.

Irene passa os últimos cinco minutos da nossa reunião listando minhas aparições nas mídias: inserções em rádio e televisão como convidada, quando geralmente preciso apenas oferecer algumas opiniões não controversas sobre qualquer assunto relativo à criação de filhos que esteja nas notícias e então, se possível, mencionar a #diascinzentos como uma *coisa* da Mama_semfiltro. Para uma influenciadora, uma causa recorrente nos dá algo sobre o que comentar quando não temos mais o que falar sobre nós mesmas.

Porém, todo o tópico da saúde mental tem se mostrado um tanto deprimente ultimamente — meus posts melancólicos não estão tendo tanto engajamento e isso está afastando algumas marcas. É difícil vender sabonete líquido no próximo post ao lado de um monólogo profundo sobre esquecer quem você é enquanto ser humano depois de ter um bebê. Não podemos deixar a campanha toda de lado no caso de outra pessoa se intrometer no nosso território; então decidimos apresentar a vertente #diascoloridos para contrabalançar. Precisamos de um grande evento emocionante para lançá-la, uma razão autêntica para uma festa de verdade que meu grupo da lista de celebridades Instamães possa ser convencido a ir sem querer receber remuneração.

Há um evento que é o candidato óbvio: a festa de aniversário de quatro anos da Coco.

Capítulo cinco

Dan

Não discutimos com frequência, Emmy e eu. Muito cedo em nosso relacionamento, percebi que não havia sentido nisso. Quer discutíssemos ou não, ela sempre acabava conseguindo que as coisas saíssem do seu jeito e, se não discutíssemos, eu pelo menos não me veria levando um gelo ou tendo que me desculpar. E, na maioria das vezes, tenho que admitir que, uma vez baixada a poeira, ela quase sempre tinha razão, afinal. Sobre aquela aliança grossa de prata que eu queria? Ela estava certa o tempo todo. Sobre a iluminação na sala de estar? Certa de novo. Na realidade, uma grande quantidade de coisas sobre as quais tentei fincar o pé e fazer um escândalo ao longo dos anos mostrou-se absurda.

Imagino que o matrimônio de fato se resuma a fazer concessões. O que não quer dizer que eu sempre ache que estamos fazendo concessões de modo equânime ou que chegamos a um acordo de proporções iguais para cada lado; o que não quer dizer que eu sempre sinta Emmy necessariamente refletindo sobre o impacto que suas escolhas de vida vão representar no restante da família, as pressões que essas escolhas podem colocar sobre nós como uma unidade. No entanto, persiste o fato de que *somos* uma unidade, uma equipe, e, se você para de fazer parte da equipe, então o casamento deixa de ser um casamento. Se eu tivesse tido permissão de escrever meus próprios votos de matrimônio — embora, graças a Deus, Emmy tenha colocado um ponto final nessa ideia —, eu provavelmente teria dito isso.

Quando se trata da festa de aniversário da minha filha, porém, eu realmente sinto que tenho que bater o pé.

Como sempre, no momento em que encontro tempo para pensar no assunto, ele já estava na mente de Emmy por semanas. O único motivo para eu sequer mencionar a questão foi porque minha mãe me lembrou que o aniversário de Coco estava chegando e perguntou se íamos fazer alguma coisa. Respondi que não sabia ainda, mas que tinha quase certeza de que Emmy já tinha planejado alguma coisa e minha mãe riu, apesar de eu não saber exatamente qual parte da minha fala ela achou engraçada. A verdade é que, por mais que eu possa às vezes me irritar de sempre ter que perguntar à minha esposa o que vamos fazer em um determinado fim de semana, ou se estou livre em uma noite específica, como a maioria dos maridos modernos, efetivamente delego a ela a função de lembrar-se de datas, organizar nossa vida social e fazer a maioria de nossos planos.

Acontece que Emmy tinha planejado para o aniversário de Coco um *evento importante*.

— Tem certeza? — perguntei para ela.

Eu estava pensando em algo mais discreto. Algo pessoal. Algo privado. Algo envolvendo ligeiramente menos pessoas correndo por todo lado com pranchetas.

Ela e sua agente já haviam planejado, me disse. Onde seria, quem estaria lá, que marca seria a parceira, tudo por causa do conteúdo, claro. Elas estavam buscando locais e pedindo orçamentos de serviços de bufê havia séculos.

— Então vai ser uma Instafesta — eu disse a ela. — Uma Instravagância.

Ela me olhou enviesado.

— E quem foi convidado?

Ela me informou.

— E os amiguinhos da creche da Coco? E os meus amigos? Tenho permissão de convidar alguém da minha família?

Ela disse que achava que tínhamos que convidar minha mãe. Se bem que, pensando melhor, no cenário atual, talvez fosse mais apropriado considerar essa festa a oficial e depois preparar outra, mais perto da verdadeira data de aniversário da Coco, para amigos, parentes e pessoas próximas.

— Duas festas? — perguntei. — Como a rainha?

Emmy deu de ombros.

— E presumo que todas as outras Instamães vão estar na festa oficial, circulando...

— Sim, Dan, é assim que basicamente funciona — disse Emmy. — Já conversamos sobre isso.

Eu esperava que ficasse patente, pela expressão do meu rosto, como eu me sentia diante da perspectiva de passar a tarde do aniversário da minha filha com aquelas pessoas. O grupo da Emmy? Sua panelinha, melhor dizendo. Que animal vive em grupo, afinal de contas, na vida real? Não são bichos como as orcas? Juro por Deus que você nunca conheceu um bando de pessoas mais horrível na vida. O tipo de gente que está sempre olhando por cima do seu ombro enquanto conversa e nem se dá ao trabalho de disfarçar — e, na maior parte das vezes, você descobre que na verdade a pessoa está se olhando em um espelho. O tipo de gente que começa a falar com outra pessoa quando você está contando uma história e ainda não chegou ao final. O tipo de gente, para resumir, que desprezo.

No entanto, parece que estou preso a essa gente.

Ultimamente, eu devo passar mais tempo com o grupo de amigos da Emmy do que com qualquer um dos meus amigos de verdade, as pessoas que realmente aprecio e gosto de ver e com quem tenho algo em comum.

O círculo mais restrito é formado por cinco pessoas, incluindo a Emmy.

Acho que, de todas, a de que eu menos gosto é Hannah Bagshott, que também é, aliás, a principal rival da Emmy, com seiscentos mil seguidores. Perfil no Instagram: teta_e_sua_turma. O visual: cabelo bob louro, camiseta branca estampada, macacão, batom vermelho. Título estratégico: ex-doula profissional. Conteúdo dos posts: peitos vazando, mamilos rachados e os intermináveis altos e baixos de seu relacionamento com o marido, Miles (frequentemente acompanhados por fotos em preto e branco do casamento dos dois). Filhos: quatro (Fenton, Jago, Bertie e Gus). Tópico especial: amamentação em público. Para promover maior aceitação, ela organiza eventos de amamentação em massa, em locais onde se pediu a mulheres que amamentavam seus bebês que se cobrissem — pubs, restaurantes, uma vez uma importante loja de departamentos. O marido, aliás, é um completo idiota.

Bella Williams, conhecida como instrutoradeempoderamentomaterno — a mais velha do círculo mais restrito, que trabalha em meio expediente como caçadora de talentos e conta com uma babá em tempo integral que mora com ela —, é com quem tenho menos pavor de ficar preso em uma conversa. O que não quer dizer grande coisa. Solteira. Ismael, o pai de seu filho, Rumi, é um pintor turco que parece ter voltado agora para a Turquia. Nunca tive muita certeza se ele era um pintor de, digamos, retratos e paisagens ou de paredes e muros. Aparentemente eu o encontrei uma vez. Bella promove eventos de networking para mães que trabalham e lhes cobra os olhos da cara. Tópico no Instagram: síndrome da impostora ou, para ser mais específico, "síndrome da mãepostora", um termo que tenho quase certeza de que ela inventou, algo sobre sempre ter a sensação de que você está prestes a ser exposta como uma mãe horrível e uma funcionária imprestável, uma fraude tanto em casa quanto no trabalho. Evidentemente, a ironia não é o forte de Bella.

A próxima na lista é a mãe_de_hackney. Sara Clarke. Interesse: decoração. Também é proprietária de uma loja que vende cestas de macramê penduradas, bijuterias volumosas e quadros de pessoas em roupas antiquadas, mas com cabeças de animais. Fala demais sobre os dois ou três meses em que viveu em um barco no canal. Filhos: Isolde, Xanthe e Casper, todos com penteados idênticos, apesar de um deles ser menino. Curiosidade: conhece a instrutoradeempoderamentomaterno do Internato para Meninas de Cheltenham. Tópico que ela acha que todos nós deveríamos estar discutindo: incontinência materna. Desconfio que, no momento em que ela apareceu e tentou identificar um tabu materno para explodir, os bons já haviam sido tomados.

Por último, mas certamente não menos importante: oquemamaeusava. Suzy Wao. Característica marcante: parece estar usando um par diferente de óculos coloridos toda vez que você vê uma foto dela. Fora isso, usa exclusivamente vestidos vintage da década de 1950. Eu me encontrei com Suzy Wao pelo menos dez vezes antes que ela se dignasse a reconhecer que já tínhamos sido apresentados, e pelo menos vinte vezes antes que ela lembrasse o meu nome ou o que eu faço. Em diversas ocasiões, ela me apresentou a outras pessoas como "Ian". Seu marido é um homem muito tranquilo, com uma enorme barba, e costuma ficar bebendo cerveja em um canto da sala, vestindo uma daquelas jaquetas sem gola típicas dos trabalhadores franceses. Não está claro para mim no que ele trabalha, mas acho que alguém uma vez me contou que ele era ceramista. Filhas: Betty e Etta. Começando uma conversa sobre: corpo positivo.

Perguntei se tínhamos que convidar *todas* elas.

— Fomos convidados para o aniversário de todos os filhos delas — Emmy me lembrou.

Exatamente, pensei com meus botões. *Já não sofremos o suficiente?*

O aniversário de Xanthe Clarke foi em um barco estreito decorado especialmente para a ocasião com pinturas de bolas e listras brilhantes. O barco subia e descia o canal, de Islington até King's Cross e vice-versa. O trajeto levou três horas, e antes já tínhamos ficado uma hora para as várias combinações de mães e crianças tirarem fotos diante do barco. No momento em que zarpamos, começou a chover e só havia espaço para metade das pessoas na parte coberta. Eu usava apenas uma camisa. Em determinado momento, a chuva enchia minha taça de vinho mais rápido do que eu a esvaziava. Quando passamos por Angel pela segunda vez, eu pensei seriamente em nadar até lá.

Dizem — infelizmente e de maneira errada — que, quando Catarina, a Grande, imperatriz da Rússia, visitou a Crimeia em 1787, seu amante, o príncipe Potemkin, mandou construir uma série de aldeias falsas — aldeias só com uma parede, tal como cenários de peças, inteiras, com atores bem alimentados acenando, para serem avistadas da balsa da imperatriz —, com o intuito de levá-la a acreditar que a terra era produtiva, e os súditos, felizes.

Com frequência penso nessas coisas, nesses eventos, como festas de Potemkin: mero espetáculo, elaborado exclusivamente com o propósito de aparecer on-line. Esses eventos não têm a ver com brincadeiras ou com a comida e a bebida ou o fato de as pessoas estarem se divertindo. Têm a ver inteiramente com a foto com filtro de enfeites contra uma parede de tijolos; aquele instantâneo perfeito de alguém fingindo sorrir enquanto finge acertar uma pinhata; as letras nos cupcakes, os gigantescos balões de gás, o vídeo criativo do animador soprando bolhas. Sem falar no número de imagens da festa e menções ao nome exigidas por contrato, o número cuidadosamente combinado de marcações e hashtags de cada marca patrocinadora — o bufê, o florista, o maquiador, a empresa de bebidas, o animador. Tudo é uma grande exposição para eles, claro.

Só não é, para ninguém, muito *divertido*.

Nunca vou me esquecer do olhar que Suzy Wao me lançou quando apanhei um *cronut* em uma de suas festas antes que ela tivesse a oportunidade de fotografar a mesa decorada.

Quando mencionei isso para Emmy, ela me informou — com um sorriso leve e irônico — que se divertir era uma coisa que as pessoas faziam quando estavam na casa dos vinte anos.

Eu me referia, na verdade, a ser divertido para as crianças. Toda vez que você vê no Instagram a foto de uma criança que parece estar se divertindo em uma festa, apenas tenha em mente quantas fotos provavelmente foram tiradas para conseguir aquela considerada perfeita. Quantas vezes ela teve que fingir estar rindo de alguma coisa e não conseguiu. Quantas vezes ela teve que fingir estar pulando feliz no meio de um aro ou deslizando com alegria por um escorrega. Como todo o tempo que as crianças passaram fingindo fazer coisas de criança poderia ter sido passado efetivamente fazendo coisas de criança.

Pergunto a Emmy onde vai ser essa festa de aniversário e ela me conta. Resmungo e ganho um olhar enviesado.

— Escute, se você quiser organizar alguma coisa por você mesmo... — começa a dizer.

Talvez eu faça isso, retruco. Talvez eu realmente faça isso. Uma festa de verdade, com os nossos amigos de verdade, e os de Coco. O tipo de coisa que uma família normal faria. Nada de murais encomendados, nada de sacolas de guloseimas com patrocínio oficial, nada de fotógrafos profissionais, nada disso. Uma festa de aniversário como aquelas das minhas recordações dos tempos de infância: alguns cachos de bolas presos com fita adesiva por toda parte, uma mesa com lanchinhos, um monte de crianças da mesma idade animadas por causa de aditivos artificiais gritando e pulando e se divertindo até não poder mais, uma porção de adultos de pé em volta delas se irritando.

Coco vai simplesmente adorar.

Emmy

Consigo detectar uma influenciadora a centenas de passos, e aquela ali do lado de fora do Lord Napier definitivamente é uma delas. Vestido com botões na frente e estampa de florezinhas amarelas, tênis Converse brancos tinindo de novos, uma enorme bolsa de palha com pompons e chapéu-panamá. Tanto iluminador nas bochechas que está me cegando do outro lado da rua, sobrancelhas que podiam ter sido delineadas com um marcador permanente, batom nude mate que não seria removido nem em um furacão e um cabelo oxigenado, com corte chanel na altura do queixo.

O que a denunciava, porém, era o namorado diligentemente tirando fotos com seu iPhone (o que significa que ela é uma amadora — os influenciadores sérios pagam para um fotógrafo de verdade usar uma câmera autêntica). Essa aqui está realmente se esforçando — dando giros, olhando para baixo enquanto brinca com uma única mecha de cabelo, segurando a mão dele de forma a ajustar o enquadramento e fingir que está prestes a abrir a porta do pub (o que não é verdade — são nove e meia da manhã). Para ser justa, o Lord Napier é um local extraordinariamente fotogênico. As paredes externas estão quase inteiramente cobertas com vasos pendurados, explodindo de flores brancas e cor-de-rosa e folhagens caindo.

Se eu tivesse me lembrado que minha assistente contratada por Irene começaria hoje, eu teria ficado menos surpresa quando, meia hora mais tarde, abri a porta para dar de cara com aquelas mesmas sobrancelhas.

— Oi! — diz ela, estendendo um braço tilintando de pulseiras com pingentes. — Acho que você me segue, então talvez saiba quem eu sou. Irene me disse que você precisava de ajuda!

— Desculpe, qual é mesmo o seu nome? — pergunto, balançando Bear para a frente e para trás no sling de forma a mantê-lo adormecido.

— Winter! Uau, é bem legal aqui. Sempre parece bagunçado no seu feed. E você parece tão, sei lá, chique? Azul-marinho não é sua cor habitual, não é? Você é mais, tipo, mamãe arco-íris carinha feliz? Ah, meu DEUS, tudo isso é para você? Sério, que sonho! — Ela aponta para a pilha de sacolas brilhantes de presente que ainda não tive tempo de olhar, cheias de roupas, produtos de beleza e o que parece ser um NutriBullet novinho em folha. — Só um segundo, tenho que mandar uma mensagem para o meu namorado avisando que cheguei no lugar certo e que vou me encontrar com ele quando for para casa. O Becket é o melhor de todos, tão protetor. Eu vivo dizendo que ele daria um influenciador incrível, mas ele está se dedicando à música agora... — conta ela, com franqueza, enquanto digita.

Eu lhe digo para entrar apenas para que ela pare de falar e peço para tirar os sapatos, o que ela faz. Já seu chapéu permanece na cabeça o dia inteiro.

Após um breve tour pela casa, acomodo Winter na cozinha com nosso notebook reserva e meu iPhone velho, junto com as senhas relevantes de que ela vai precisar. Irene liga para me lembrar do que combinamos: Winter vai se ocupar da minha agenda e, mais importante, ser Mama_semfiltro quando eu não puder — quando eu estiver em uma sessão de fotos, ou em um almoço, lançamento ou jantar. Tenho que admitir que não tenho esperanças de que Winter esteja à altura da tarefa. Ela entrou na dispensa que fica embaixo da escada achando que era o banheiro.

Felizmente, não há nada técnico envolvido na tarefa, a não ser que você inclua imprimir as etiquetas para enviar um suéter ou uma caneca da #diascinzentos para um seguidor que queira gastar 45 libras mais custos de embalagem e postagem, mas é um serviço que demanda tempo. Todos os meus posts são fotografados e escritos pelo menos com uma quinzena de antecedência. Entretanto, embora não vá postar, Winter vai monitorar os fóruns de fofocas de influenciadores — tudo é um feedback útil, por mais malicioso ou carola que seja —, responder às minhas mensagens diretas, assim como curtir e responder aos comentários. O que significa que tenho que lhe dar um curso intensivo de como falar como a Mama_semfiltro. Winter pega o notebook e adota uma expressão séria. Procuro winteriscoming no Instagram. Com meros onze mil seguidores, sendo que pelos menos alguns milhares devem ser bots que Irene comprou, ela está na extremidade menos importante dos influenciadores. Já postou sua foto diante do Lord Napier, rodopiando o vestido enquanto olha para o chão com um ar coquete. A legenda é "Me Chamam de Mellow Yellow", com emojis em forma de ranúnculo onde deveria estar a letra "o".

— Tudo bem, a primeira coisa que você deve lembrar é que as coisas funcionam diferente para uma Instamãe. *Você pode se dar bem com uma expressão recatada e uma legenda de cinco palavras. Olhe para os seus comentários: "Sua franja está no ponto!" ou "Ei, olá, SAPATOS!" Seus seguidores só querem saber de onde é a sua bolsa. Meus seguidores querem dar uma boa inspeção dentro da minha bolsa.*

Discorro sobre o que ela pode e o que não pode fazer. Todo mundo deve ter seu comentário reconhecido, cada mensagem direta deve ter uma resposta. Às vezes, você não consegue evitar uma conversa mais extensa, mas é melhor tentar deixá-la leve e não se alongar.

"Continue sendo você mesma, mama!" funciona bem. E qualquer frase de incentivo com "mama" no final em geral dá certo. E os trolls recebem tanto amor quanto os fãs.

— Mais, na verdade — explico —, porque são as pessoas que realmente precisam.

Com o tempo, aprimorei minha abordagem para não atiçar a ira dos haters. Tenho certeza de que frequentemente são mulheres fragilizadas pela tristeza decorrente de sua vida anterior, barris de pólvora cheios de fúria com a terrível injustiça da maternidade. Elas explodem comigo — não com os maridos, os agentes de saúde, os amigos que indagam polidamente se estão bem com um recém-nascido mas não querem efetivamente saber a resposta —, porque não importa saber que elas não estão aguentando.

Uma outra lição importante que aprendi: embora eu afirme aos meus seguidores que somos iguais, preciso me lembrar de que não somos, não *de verdade*, e não posso esfregar isso na cara deles. Não somos amigos *de fato*, porque, de modo geral, no grande esquema das coisas, seus amigos são pessoas bem parecidas com você: moram no mesmo tipo de casa, ganham mais ou menos o mesmo, os parceiros são semelhantes e trabalham em ramos similares. Têm mais ou menos o mesmo número de filhos, que frequentam o mesmo tipo de escola. Existem pequenas diferenças, evidentemente, mas, na maioria das vezes, meus amigos e eu e quase todo mundo com quem interajo socialmente na vida real desfrutam do mesmo tipo de existência confortável, bastante satisfatória e financeiramente estável. Para o melhor ou o pior, isso não é verdade para todas aquelas pessoas que me seguem.

É uma simples questão de conhecer o seu público — e é estarrecedor como tantas aspirantes a Instamãe entendem isso de modo errado. Você acha que alguém com um contrato sem garantias mínimas de trabalho gosta de acompanhar uma mulher branca de classe média, bem de vida, choramingar por causa do custo da creche? Será que uma mãe solteira gosta de ver você reclamar que o seu marido não levou o lixo para fora? Será que alguém que precisa fazer render a compra semanal do mercado pensa que suas reclamações sobre os barulhos de gases provocados por seu suco verde detox #recebido são de alguma maneira charmosas?

Coisas derramadas, cocôs explodindo, birras desencadeadas pela Peppa Pig, infecções intestinais. *Essas* são as coisas sobre as quais posso reclamar sem alienar ninguém. As coisas universais pelas quais todas as mães passaram. Mas, mesmo assim, alguém sempre vai criticar e se queixar. E, quando fazem isso, tenho que lhes agradecer por seu valioso feedback e prometer que vou aprender e crescer como pessoa.

— Você pode ignorar só os pervertidos que querem tomar leite do meu peito e os trolls que querem minha família toda morta em um incêndio. — Eu rio.

Winter parece horrorizada.

— Ah, meu Deus, eu não sabia disso. Você nunca fala deles on-line! — Ela engole em seco.

— Irene diz que é melhor não fazer muito alarde sobre isso, porque são inofensivos. Eles não acham que somos pessoas reais, apenas avatares que existem em uma grade de pequenas fotos em seus telefones. Você não poderia fazer esse trabalho se não acreditasse que, não importa o que os trolls digam, eles efetivamente não *fazem* nada. É apenas triste, pessoas solitárias espreitando na internet.

Foi durante a gravidez que Grace começou realmente a passar muito tempo on-line. Não tenho como culpá-la. Em vários sentidos, Instagram, Facebook, Twitter — todos eles — foram um verdadeiro salva-vidas para ela. Quando Grace me ligou e me contou que tinha insuficiência istmo-cervical, tive que admitir que, apesar de todos os anos que passei trabalhando em um hospital, nunca tinha ouvido falar disso. O médico lhe havia dito que era uma condição extremamente rara.

— E o que significa? — perguntei, tentando não mostrar uma óbvia preocupação. — Como você está se sentindo? — Eles já tinham enfrentado tanta coisa, Jack e Grace, tentando ter um filho, passaram por tantos exames, tanta espera, tantas decepções e tanto desgosto. Dessa vez, tudo parecia estar caminhando tão bem. Grace não estava mais sentindo enjoos de manhã. Não estava tão cansada quanto antes. Porém, até comparecer àquela consulta agendada, ela não fazia ideia de que havia algo errado com o seu colo do útero. Era uma daquelas coisas que simplesmente acontece, o médico lhe dissera, um acidente genético, o colo do útero era menor do que o normal e, como consequência, poderia se abrir

cedo demais, por isso ela tinha um risco maior de dar à luz prematuramente. Será que isso explicaria...?, perguntei a ela, a voz sumindo. Ela respondeu que ele achava que podia ter sido um dos fatores, sim.

O médico lhe dera algumas opções. O procedimento habitual era uma cerclagem uterina — uma sutura para impedir que o colo do útero se abrisse e assim evitar um parto prematuro demais. Era relativamente simples, segundo o médico, mesmo que parecesse assustador. Ela disse que faria, que se submeteria, fosse o que fosse. Fez o procedimento com doze semanas. Não funcionou — ou porque o colo do útero era curto demais ou porque já estivesse aberto demais, ou ambas as coisas, não ficou muito claro. Ela já havia sido avisada que prolongados períodos em pé e qualquer tipo de esforço, por menor que fosse, tinham que ser evitados a qualquer custo.

No fim das contas, passou quase a gravidez inteira de cama. Imagine. Só imagine. Ela estava proibida de caminhar para qualquer lugar. Estava proibida de dirigir. Estava proibida até mesmo de se levantar e preparar uma xícara de chá. O máximo que podia ficar em pé eram cinco minutos, para tomar um banho de manhã.

Felizmente, o pessoal do trabalho foi muito compreensivo. Jack foi incrível. Mesmo quando ela estava no pior estado, completamente frustrada, ele conseguia animá-la, diverti-la. Estava sempre pensando em coisinhas para ajudar a passar o tempo, apanhando revistas, coisas para ela ler, olhar e fazer. Levou a televisão para cima para ela assistir, se certificou de que o quarto tivesse um ar agradável e trazia flores para casa. Cozinhava, limpava, trazia-lhe o que precisasse. A gente brincava dizendo que ia dar um sino para Grace.

É óbvio que havia momentos em que ela se aborrecia e se irritava. Havia momentos em que ficava tremendamente arrasada. Suas amigas ligavam, mandavam e-mail ou mensagens curtas, mas a maioria trabalhava durante o dia ou ficava ocupada com os filhos, os maridos e a própria vida; muitas delas ainda moravam pelas redondezas, o que significava uma hora de viagem, ou ainda mais, ida e volta, para chegar à casa de Grace e Jack.

Às vezes, me pergunto como as coisas poderiam ter sido diferentes se eles não tivessem se mudado para o interior depois de se casarem, se não tivessem visto da estrada aquele fatídico cartaz de "Vende-se" naquele dia, se não tivessem voltado no fim de semana para investigar, decidido que lá no meio de campos, fazendas e ar fresco era onde queriam criar os filhos.

Era uma bela casa, não me entenda mal. Vista linda, um jardim enorme e viçoso com um riacho na ponta. Grace e Jack deixaram o lugar todo lindo. Mas não era fácil de chegar. Não era um lugar onde você pudesse dar um pulo nos vizinhos ou nas lojas, não era um lugar onde as pessoas dariam uma passada para fazer uma visita. Mesmo o carteiro costumava reclamar por ter que subir aquela ladeira para entregar correspondência a uma única casa e deixar a caminhonete toda suja de lama. Eu a visitava o máximo possível. Nós ficávamos juntas, conversando, vendo filmes.

A maior parte do tempo, porém, ela ficava sozinha com as mesmas quatro paredes, as mesmas rachaduras no teto, a mesma porta com a mesma camisola pendurada, o mesmo pedaço de árvore e a mesma fatia de céu vistos pela janela, que era tudo o que ela conseguia ver da cama. Grace costumava passar muito tempo no celular. Primeiro, ela lia o Daily Mail, *depois checava o Facebook, depois o Twitter, depois o Instagram, depois o e-mail — e, então, havia coisas que ela não tinha lido na página do* Daily Mail, *e o ciclo se repetia.*

Ela sempre dizia que o que a atraía sobre as mães que ela seguia no Instagram era como elas eram abertas, francas sobre todas as coisas pelas quais haviam passado, suas lutas, decepções e desgostos. Realmente a faziam se sentir menos isolada, menos solitária, segundo me disse. Como se alguém no mundo entendesse o que ela estava sofrendo.

Dessa forma, foi um presente, imagino, a internet. Às vezes, é completamente horrível ficar sozinho.

Muito de vez em quando, uma ou duas vezes por mês talvez, eu esqueço por um microssegundo que a Grace se foi. Quando estou semiacordada, logo antes do despertador tocar de manhã, por exemplo, quando acabei de ter um sonho engraçado e me encontro pensando que devo contar a Grace sobre ele. Logo em seguida, sou atingida por um raio ao perceber que nunca mais vou poder contar qualquer coisa para ela de novo. E então penso em todas as outras coisas que gostaria de lhe dizer e não posso. Como o tanto que eu a amo. Como sempre tive muito orgulho de ser mãe dela. Como sinto tanta saudade dela.

E é aí que vem a raiva, a raiva de verdade.

Capítulo seis

Dan

Acontece que, quando você tem trinta e tantos anos, é realmente bem difícil combinar alguma coisa para uma tarde de sábado com uma semana de antecedência.

Acho que, de certa maneira, o que eu esperava com a festa de Coco era recapturar um pouco de como costumava ser morar nesta rua quando comprei a casa, quando eu a dividia com Will e Ben, e íamos beber no Lord Napier depois do trabalho toda santa noite. Quando Emmy e eu começamos a sair juntos, tivemos nosso segundo encontro aqui, em seguida o terceiro e possivelmente também o quarto. Mais tarde, quando estávamos juntos havia algum tempo, Emmy já morava comigo e os rapazes haviam se mudado, frequentemente atravessávamos a rua para pegar um pedido antes que a cozinha do lugar fechasse; se não houvesse nada na geladeira, simplesmente dávamos um pulo lá para pegar um hambúrguer e nem precisávamos colocar casaco. Costumávamos ir para o almoço de domingo com os jornais e ficar a tarde toda.

A festa de Coco não foi nada disso.

Era segunda-feira quando consegui descobrir com quem deveria falar para alugar um espaço no pub, e era terça-feira quando finalmente achei tempo para enviar os convites. As primeiras respostas que obtive foram dois retornos automáticos, um dizendo que o endereço de e-mail não foi encontrado, o outro dizendo que a pessoa estava fora do escritório. Tudo permaneceu em silêncio durante algumas horas e depois as desculpas começaram a pipocar. Convidei aproximadamente cinquenta pessoas no total. Cerca de vinte delas já tinham algum compromisso em Londres no sábado — apesar de metade ter se oferecido para dar uma passada rápida se tivessem oportunidade. Uma dúzia, mais ou menos, estaria ausente no fim de semana. Um dos casais me mandou uma mensagem lembrando que tinha se mudado para Dubai dezoito meses antes, o que desencadeou uma vaga memória de ter recebido um e-mail que nunca tive tempo de responder sobre uma festa de despedida. Três pessoas estavam no futebol. Dois casais estavam prestes a ter filhos — ou os bebês literalmente teriam acabado de nascer, ou estariam bem atrasados. Uma pessoa — escritor como eu, cujo primeiro romance foi publicado mais ou menos na mesma época que o meu — iria fazer uma leitura de seu novo livro em um festival literário na Finlândia. Polly tinha um compromisso de trabalho. Diversos outros responderam nos dias seguintes com entusiasmo e disseram ter achado a ideia fantástica, mas tinham que checar com os parceiros se já tinham outros planos combinados e depois nunca retornaram com a resposta. Alguns nem se deram ao trabalho de responder.

Lá pelas três da tarde, no dia da festa, apenas dez pessoas tinham comparecido — e duas delas já tinham ido embora, porque precisavam dar um pulo em uma outra festa de criança.

Por volta das quatro, o dono do pub me chamou de lado e disse que ia abrir para outras pessoas o espaço reservado. Estava abarrotado no andar de baixo, explicou ele, desculpando-se.

Eu realmente não tinha como contestar.

Pelo menos as crianças pareciam estar se divertindo, chutando os balões para todo lado, pisando em cima deles — e fiquei feliz de ver que Coco estava acompanhando a farra, se divertindo, gritando e berrando tão alto como os outros.

Enquanto as crianças brincavam e Emmy oferecia fatias de bolo, fiquei preso conversando com um colega da escola, Andrew, que viera de Berkhamsted com a esposa. Ele pareceu decepcionado por não ter encontrado mais colegas da antiga turma e ficava perguntando se Millsy viria, se eu ainda via Simon Cooper ou aquele cara, o Phil Thornton. Minha resposta foi não. Eu não via Phil Thornton desde que topei com ele em uma boate em Clapham em 2003 e ele me contou que estava trabalhando para a imobiliária Foxtons.

Andrew perguntou se eu ainda era escritor e, com um sorriso ligeiramente forçado, disse-lhe que gostava de pensar que sim.

— Trabalhando em algum romance no momento? — perguntou. Confirmei com um gesto da cabeça, sorrindo. Ainda estou trabalhando no mesmo romance que venho escrevendo nos últimos oito anos, essa é a verdade, o que às vezes dá margem a uma leve tensão em meu casamento. Houve épocas em que Emmy sugeriu que eu o enviasse ou deixasse outra pessoa ler o que já tinha ou que ela desse uma olhada e visse se podia ajudar com alguma coisa. Hoje em dia, em geral, nós simplesmente não conversamos sobre o assunto.

Em certo sentido, sou uma vítima das circunstâncias.

A verdade é que, na maior parte dos meus vinte anos ou início dos trinta, eu realmente não sentia a necessidade de me sustentar. Nunca me senti como se eu estivesse sob uma cota de pressão financeira para terminar meu segundo livro. Quando meu pai morreu, anos atrás, no verão entre o meu primeiro e segundo ano em Cambridge, ele me deixou uma quantia de dinheiro substancial, para ser administrada por uma fundação até eu atingir os vinte e cinco anos. A esse dinheiro, minha mãe acrescentou um aporte adicional com a renda do seguro de vida do meu pai. É basicamente disso que tenho vivido desde então. Uma parte considerável foi usada na aquisição da casa, claro. Uma outra parte considerável foi usada na reforma. Poupei bem o restante nos últimos anos. Vendemos os direitos do meu livro para adaptação e por um tempo parecia mesmo que ele seria filmado. Redigi alguns roteiros por conta própria, tive reuniões com produtores de televisão, tentei a sorte escrevendo contos. Passei cerca de seis meses produzindo um *thriller* sem muito cuidado, só para conseguir uma graninha — minha agente leu e não achou que estivesse à altura da minha capacidade. Quanto ao meu segundo romance propriamente dito, aquele no qual tenho labutado todo esse tempo, diversas vezes fiquei tentado a rasgar tudo em pedacinhos e começar a escrever algo novo, diferente e inovador, no lugar. Meu notebook está lotado de introduções de romances com os quais fiquei bastante animado e abandonei depois de cinco parágrafos. Houve múltiplas ocasiões, em geral no meio da noite, quando considerei abandonar o ofício inteiramente e voltar a estudar para ser professor ou advogado ou bombeiro. Na última vez em que verifiquei, minha poupança — tudo o que deixei restar dela — consistia em 1.700 libras.

Às vezes, sinto um baque ao perceber que nunca vou ser um dos melhores jovens romancistas britânicos da *Granta*.

Estou ciente que isso não é exatamente com o que Emmy diria que as pessoas se identificariam.

Por volta de quatro e meia, os últimos convidados nossos estão vestindo o casaco, tentando reunir seus filhos e perambulando pelo local, certificando-se de que pegaram tudo antes de partir. Emmy me lança um olhar indicando que já está na hora de começarmos a pensar em fazer o mesmo.

Imagino que a moral que tiro dessa história toda é que existe um motivo por que geralmente não sou eu que organizo nossos eventos sociais.

Durante a tarde toda, uma mulher — cabelos grisalhos, bem-vestida, eu daria uns sessenta e tantos anos — ficou sentada de casaco no mesmo assento na mesma mesa de canto, bebericando o mesmo copo de aproximadamente 285ml de Coca Zero, às vezes abrindo um sorriso cortês enquanto uma das crianças passava acelerada pelas costas de sua cadeira, carinhosamente observando enquanto Coco corria pela sala aos gritinhos. De tempos em tempos, nossos olhares se cruzavam e dávamos um pequeno sorriso de cumprimento um para o outro. Não tive coragem de lhe dizer que a sala estava reservada para uma festa privada. Diante da ausência de outros interessados, fiquei tentado a me aproximar e ver se ela queria bolo.

A festa de Emmy, ao contrário, a comemoração de aniversário "oficial" de Coco, é um triunfo completo.

É óbvio. Emmy fez todo o possível para garantir que seria um sucesso.

O equívoco que as pessoas sempre fazem sobre ser um influenciador como meio de vida é achar que se trata de um trabalho fácil: organizar eventos, conseguir as fotos corretas, planejar os pequenos e variados toques e destaques interessantes da decoração, da disposição e dos enfeites da sala. Acham que poderiam fazer o mesmo se quisessem, o que, obviamente, não querem. Quase nem olham o Instagram, não mais do que cinco ou seis vezes por dia, quando procuram ver o que minha mulher tem feito, o que ela postou, o que um monte de outras pessoas quis falar sobre o assunto.

Eu também pensava assim, no início. Que ser influenciador era fácil. Que tudo o que você tinha que fazer era estar razoavelmente em forma e tirar uma foto decente de si mesmo ou de uma refeição bonita e dizer alguma coisa apropriadamente banal uma ou duas vezes por dia. Que, contanto que você fosse bonita na medida certa, afável na medida certa, era só esperar que os seguidores chegariam em bandos, sendo que o único limite do seu sucesso era o valor que você colocava em sua própria privacidade.

Isso é um completo absurdo.

Não é que as pessoas devessem ser mais cínicas em relação às redes sociais e aos influenciadores — é que elas são cínicas a esse respeito de um modo ingênuo demais.

Uma concepção errada da qual levei um tempo para me livrar foi que as palavras em um post no Instagram não importam, que qualquer pessoa poderia escrever aquilo lá, que só porque a sintaxe é torta e até o clichê que se desejava saiu truncado não significa que o trabalho não exija reflexão, esforço ou planejamento.

Esse é o tipo de esnobismo intelectual que frequentemente vejo minha mãe exibir quando falamos sobre o que Emmy faz para ganhar a vida — que é algo, vale reforçar, que tento evitar.

— Bem, claro — ela poderia comentar —, não é escrever de verdade, como você faz.

Sem dúvidas, suponho que Emmy nunca passou uma manhã inteira hesitando diante de uma vírgula, nunca ficou angustiada com o ritmo de uma frase, nunca sentiu o coração apertar ao perceber que o *mot juste* que ela passou horas procurando é o mesmo *mot juste* que usou duas páginas antes. Quer dizer, imagino que seus leitores são apenas pessoas normais, olhando o celular no carro enquanto esperam para pegar os filhos na escola, que lhe avisam quando gostam do que ela está dizendo e isso repercute. Meus leitores imaginados, por outro lado, são uma combinação do fantasma de Flaubert, um professor sarcástico que não consegui impressionar em Cambridge, um monte de gente que escreve resenhas de livros (sendo que detesto a maioria), meu falecido pai e a agente que desconfio ter abandonado, algum tempo atrás, qualquer esperança de que alguma pessoa ligada à minha carreira literária estaria ganhando dinheiro. A verdade é que há algo genuíno e incrível sobre a capacidade de Emmy em encontrar as palavras certas (que sempre são, tecnicamente, as palavras erradas) para estabelecer uma conexão com as pessoas. É um talento. É uma habilidade. É algo no qual ela investiu tempo, esforço e reflexão.

Porque a outra coisa, a principal, que as pessoas não entendem é que se trata de um trabalho. Trabalho *duro*. Planejar com antecedência, saber quando, onde e como mencionar seus parceiros de marca, encontrar modos de embutir referências a Pampers, Gap, Boden, como se fossem meramente parte do estilo da sua vida, nomes de marcas que surgiram na cabeça e não que pagaram milhares de libras por uma menção. Emmy pode errar o uso do infinitivo de vez em quando, mas, se você pensa que ela está improvisando quando se trata de estratégia, está redondamente enganado. Existem planilhas de negócio, cronogramas que se estendem por meses no futuro. Possivelmente anos. Desconfio que há partes do plano mais amplo das quais nem eu estou a par.

Semelhante às outras pessoas, os Instagrammers assumem uma persona diferente quando estão no modo profissional. Assim como você faria se trabalhasse em um restaurante, em uma universidade ou em uma escola. E quando Emmy está em um desses eventos, ela está trabalhando. Ela está se certificando de que o fotógrafo consiga as melhores fotos, de que todas as pessoas que desejam ficar com ela alguns minutos façam isso (contanto que tenham algo a oferecer em troca, é óbvio). Ela pensa três passos à frente para garantir que não ficará presa conversando com a pessoa errada e que a pessoa de quem está se esquivando nem perceba isso ("Bella, criatura maravilhosa, você tem que conversar com a fantástica Lucy! Passei semanas falando de uma para a outra!"). Ela faz uma anotação mental, ao conhecer alguém, para se lembrar de alguma coisa específica que a pessoa lhe contou e que fará a outra pensar que realmente a impressionou quando se encontrarem novamente — e, quando isso acontecer, a recordação fará com que ela se lembre do nome da outra pessoa. Ela fica de olho na Coco — ou pelo menos fica de olho na pessoa que ficou encarregada de ficar de olho na Coco. Silenciosamente vai monitorando quem está conversando com quem, quais alianças estão se formando, quais tensões estão começando a fervilhar para que ela possa explorar. Ela ri. Ela brinca. Ela fala de negócios. Ela escuta. Ela faz as pessoas se sentirem especiais.

Às vezes, observo minha mulher no outro lado do recinto e fico genuinamente encantado com ela.

Emmy

Tive quase tanto trabalho para tornar esse dia perfeito quanto em nosso casamento. Os enfeites, a lista de convidados, o bolo, minha roupa — todos os elementos foram avaliados e reavaliados, cada ângulo esmiuçado e aprimorado para garantir que tudo esteja perfeitamente calibrado para o máximo compartilhamento.

Não posso levar o crédito todo, de fato. Sou a anfitriã, e foi Irene que conseguiu deslanchar uma guerra de ofertas para o patrocínio do quarto aniversário de Coco e do lançamento da #diascoloridos. Assim, além de cobrir o custo nada irrelevante do evento de hoje, uma importante marca de moda se comprometeu com uma parceria de quarenta mil libras vendendo camisetas para mães, pais e filhos com #diascoloridos nas costas e #diascinzentos na frente, revertendo uma parcela dos lucros para ajudar as mães que lutam contra a depressão.

Irene e eu ficamos aflitas pensando se um evento tão grande, obviamente tão dispendioso, faria com que meus seguidores se identificassem. Porém, uma marca importante dificilmente colocaria seu nome em um evento regado a gelatina, sorvete e jogos de salão em um salão paroquial desconfortável — nem as outras influenciadoras teriam comparecido. Decidimos pelo ângulo da caridade, e o fato de que a minha querida e generosa Coco tenha ficado tão feliz que sua festa de aniversário pudesse animar as mamas que passam por momentos de tristeza significava que a festa não atrairia muita cólera.

A marca patrocinadora aprovou a lista de convidados e está esperando hoje dez influenciadores com mais de cem mil seguidores cada um. Meu grupo tinha presença totalmente confirmada e o resto dificilmente faltaria. Há também um punhado de editores e jornalistas na lista — incluindo Jess, a repórter do *Sunday Times*, e faço uma anotação mental para agradecer pessoalmente a matéria elogiosa — e um pequeno enxame de microinfluenciadores.

Eles me assustam um pouco como grupo, esses peixes pequenos, porque, embora eu fique impressionada com sua determinação em fazer dar certo e seu comprometimento em se entrosar conosco, os peixes grandes — todos comentando e curtindo tudo o que postamos na mesma hora, inventando podcasts só para nos convidar para sermos entrevistadas —, alguns deles estão no limite de serem assediadores. Se uma de nós faz um novo corte de cabelo, ou usa um batom cor-de-rosa ou ganha um par de Nikes de edição limitada, pode apostar que pelo menos três deles vão ter feito a mesma coisa até o fim da semana. É um dos motivos por que os microinfluenciadores são basicamente indiscerníveis uns dos outros. Graças a Deus que Irene enviou a todos uma camiseta personalizada de #diascoloridos com seu nome estampado nas costas, ou seria impossível identificá-los.

Polly também está na lista, já que não conseguiu ir à festa de Dan mas estava determinada a comparecer para ver

Coco e conhecer Bear. De certa maneira, é surpreendente, pois Polly faria qualquer coisa para evitar uma festa grande. Na adolescência, eu tinha que convencê-la a usar uma blusa enfeitada e saltos grossos e persuadi-la a ir à casa de quem quer que fosse enquanto os pais do anfitrião estavam viajando. Para falar a verdade, acontecia o mesmo quando estávamos na casa dos vinte. Apesar de em geral aproveitar um pouco a festa, era ela quem sempre me arrastava porta afora e de vez em quando me levantava do chão depois que alguma saideira tinha se multiplicado por cinco. Mas, quando o assunto é Coco, ela faz um esforço.

Ainda assim, foi uma batalha difícil convencer Irene a gastar um convite valioso com uma civil, mesmo que seja alguém que saiba de cor o número do meu telefone fixo desde 1992. A ideia da minha agente sobre amizade feminina é que, se você tem algo simpático para dizer sobre outra pessoa, faça em um post do Instagram, onde todo mundo possa ler.

— Qual o sentido, Emmy? Ela é uma professora de inglês que nem está nas redes sociais. No que tange à marca patrocinadora, ela não existe. E a sala só comporta 75 pessoas. — Ela suspirou, mas a adicionou à lápis como número 76 a contragosto. — Vamos torcer para alguém ficar doente. Ela não pode levar acompanhante — acrescentou.

Ela não precisava. Seu marido, Ben, professor de matemática, nunca foi meu fã, e duvido muito que viesse mesmo que fosse convidado. Tenho certeza de que ele acha que sou má influência para Polly — a amiga engraçada que devolvia sua esposa sensata e esperta meio bêbada e dando risadinhas, sempre que saíamos juntas. Bem que tentei, até certo ponto, trazê-lo para o meu lado quando eles ficaram juntos, convidando-os para almoços de domingo e sugerindo fins de semana em chalés à beira-mar, apenas nós quatro. Ficou evidente que ele nunca estava muito a fim, e as desculpas de Polly foram ficando cada vez mais vagas e menos convincentes.

Sempre tive uma forte sensação de que Ben desaprova o modo como ganho a vida, e Dan deixou bem explícito que preferia passar uma tarde ensolarada de sábado na IKEA a ficar preso em mais uma conversa em que Ben explica em detalhes um dos seus hobbies — que incluem canoagem, escalada e krav magá — em seu tom de voz completamente monótono. Assim, não nos encontramos com frequência. Também não tenho visto muito a Polly sozinha, verdade seja dita, embora ela saiba que ainda é importante para mim, tenho certeza.

Nem todo mundo é sortudo a ponto de ter uma melhor amiga tão leal, ou tão discreta, quanto Polly.

Depois da minha mãe, Polly provavelmente é a pessoa que mais me conhece no mundo inteiro. Na realidade, dependendo da hora do dia em que você perguntar algo à minha mãe, Polly talvez me conheça melhor. Ela nunca reclama, não importa quantas vezes veja dois tiques azuis no WhatsApp e não receba retorno por uma semana, nem se eu prometo que vou ligar de volta e não ligo, nem se respondo a um de seus longos e-mails com beijinhos. De algum modo, ela sempre acaba me ligando quando estou descendo a escada do metrô ou prestes a dar o jantar para Coco ou um banho em Bear. Depois tento ligar para ela mais tarde e nos desencontramos, ou penso em ligar de volta e me esqueço.

Não tenho sido uma boa amiga para ela ultimamente. Não tenho sido uma boa amiga para ninguém, para falar a verdade. No entanto, quando toda a sua renda reside em fazer que pessoas que você nunca viu se sintam como se você as conhecesse intimamente, pode ser duro encontrar a energia para manter contato com as pessoas que você realmente conhece. E quando toda a sua *atividade* consiste em se abrir, tudo o que você quer fazer nos pequenos intervalos é se fechar.

A verdade é que nunca fui uma daquelas pessoas com um bando de amigos íntimos de muito tempo. Não tenho um grupo de WhatsApp de garotas que conheci vinte anos atrás em uma aula de balé ou no grupo de escoteiros, que enfrentam juntas namorados ruins, chefes desagradáveis, feriados horríveis e ressacas piores ainda. Sei que isso confunde Dan, que para todos os efeitos contou com o mesmo grupo de aproximadamente cinco amigos próximos desde a universidade, sendo que todos moraram juntos e foram padrinhos de casamento uns dos outros e são padrinhos dos filhos uns dos outros, mesmo que não apareçam na festa de aniversário de uma criança em uma tarde de sábado tendo sido convidados há menos de uma semana. A grande diferença, presumo, é que os camaradas de Dan são bastante diretos e suas amizades se baseiam em coisas simples. Eles se encontram, bebem cerveja, conversam sobre livros, filmes e podcasts. E não consigo imaginar ninguém do seu círculo íntimo ligando para ele em lágrimas porque foi menosprezado em uma reunião, ou mandando uma mensagem para pedir uma conversa honesta e um tonel de Pinot Grigio porque seu casamento está desmoronando. Amizades entre mulheres, a maioria pelo menos, precisam ser cultivadas. Muito cultivadas. E nunca apreciei muito isso. Nunca fui especialmente boa nisso, em trocar confidências.

Talvez seja por esse motivo que minha relação com Polly tenha durado tanto tempo. Ela não é dramática, nem nunca teve qualquer desejo de ser o centro das atenções. Na verdade, é provavelmente por isso que funcionamos como uma dupla na adolescência — Polly, quieta, de óculos e ávida para agradar, vestida pela mãe com roupas da Marks & Spencer dos pés à cabeça, e eu, toda confiante, imune a críticas, usando Kickers de plataforma e uma minissaia da River Island. Muito pouco mudou, exceto os Kickers.

Ela é a primeira convidada a atravessar a porta na festa, parecendo uma professora de inglês sob todos os aspectos, em um vestido transpassado azul-marinho, cardigã, meias nude e sapatilhas. Na verdade, parece tanto que ela está usando nosso velho uniforme da escola que não consigo evitar um sorriso, principalmente quando vejo que está segurando um ursinho de pelúcia mal embrulhado com uma orelha despontando do papel furado. Eu me dirijo até ela fazendo uma linha reta.

— Polly Pocket! — grito, lançando os braços ao redor do seu pescoço. — Muito obrigada por vir!

— Não seja boba, Ems, como eu não poderia dar os parabéns para Coco? Sinto muito não ter conseguido ir à outra festa, eu estava ajudando na peça da escola. — Polly sorri. — Mas eu realmente queria ver você, então...

Abaixo a voz, me curvando perto de seu ouvido.

— Só tenho que lidar com algumas pessoas por causa de trabalho e depois prometo que você vai ter minha atenção exclusiva. — Aponto na direção de Dan, que está perambulando perto do carrinho de Bear enquanto ele cochila. Às vezes, eu realmente me compadeço dele nesses eventos, terrivelmente entediado, tentando bater papo sobre números, impressões e alcance de engajamento. Ele ficou de mau humor logo de manhã, depois de minha sugestão para que usasse uma camisa passada para as fotos — dava para ouvi-lo pisando forte e xingando enquanto lutava com a tábua de passar roupa.

Ele vai ficar feliz de ver alguém conhecido. Polly não podia ser mais diferente da corrida desembestada das Instamães com seus tênis Adidas fluorescentes e casacos de brim que se aglomeraram por trás dela alguns segundos depois. Eu começo a dizer meus "alôs" para cada uma delas.

— Tabitha, lendária! *Não* me diga que só faz duas semanas que você teve um bebê. Você está fantástica! — digo, dando-lhe um abraço apertado e em seguida percebendo que sua camisa, que traz estampado o logo da sua marca no Instagram, gatinhosmalhados, está inteiramente coberta de leite vazado, e agora manchou minha camiseta também. Localizo Winter parada perto do bufê para garantir que as crianças não ponham as mãos em nada antes que as mães registrem o conteúdo, e atravesso a sala.

— Você trouxe minhas camisetas reserva? Não tenho certeza se essas manchas gigantescas de leite gritam #diascoloridos... — sussurro.

— Ah, merda, Emmy, desculpe. Esqueci completamente. Posso ir na sua casa pegar — diz ela, mordendo um canto do lábio inferior.

— Você se importa? Pode dar um pulo de Uber e fazer uma viagem de ida e volta. Vou chamar um carro agora — digo a ela.

Enquanto Winter sai apressada, fico satisfeita de ver que o mural para selfies perto da porta, com bolinhas, arco-íris e um enorme balão de diálogo com os dizeres #diascoloridos, está sendo usado como fundo para as fotos posadas dos convidados. Perto, há um bolo red velvet de três andares, que vai derramar M&Ms quando for cortado, mais o nome Coco escrito com enormes balões a gás e uma pinhata em forma de unicórnio pendurada no teto. Também temos uma parede de flores cor-de-rosa brilhantes com MAMA_SEMFILTRO desenhado com rosas amarelas no meio, uma ideia minha. Embora eu tenha que admitir que Irene tinha razão: se parece um pouco mesmo com uma coroa de flores para o velório da vovó.

Coco, de camiseta e tutu, usando como acessórios asas de fada e um capacete de bombeiro, está sentada em um sofá no canto da sala brincando com sua boneca. Eu me preocupo que ela possa pensar que festas desse tipo são normais e desdenhar das festas dos amiguinhos da creche, em parquinhos e com sanduíches de presunto, mas, no geral, minha filha é bastante blasé em relação a penteados com purpurinas e sacolinhas de guloseimas. Ela prefere ficar no balanço ou colocar seus bichinhos de pelúcia para dormir.

Uma vez tendo concluído a guarda de honra da Instamãe, me certificando de que todo mundo tenha obtido sua gravação e seu story, localizo Polly novamente em um canto conversando toda animada com Jess, do *Sunday Times*. Começo a me dirigir até elas, justo quando minha mãe chega. Mesmo atrasada e pra lá de bêbada, Virginia está perfeitamente arrumada. Ela passou a última semana exigindo que a marca que patrocina a festa de hoje enviasse, a partir de sua sede em Londres, uma vasta seleção de trajes para sua casa, uma construção imitando o estilo Tudor perto de Winchester, para que ela aprovasse algum. Também cavou todo tipo de tratamento de beleza que pudesse pensar ("Querida, o que você acha de microblading? O pessoal todo do Instagram tem sobrancelhas grandes, espessas. Como assim, é tatuagem? Não seja tola, quem na face da terra *tatuaria o rosto*?"), telefonando para RPs que ela não conhecia e se apresentando como mãe da "Mais Importante Instamãe do Mundo", com sua própria cota de 54 mil seguidores.

Irene, que normalmente não fica constrangida, me ligou para perguntar se podíamos conversar, mas ela sabe muito bem que Virginia não pode ser controlada.

Irene sabe disso porque ela é agente da minha mãe também.

Instavós se tornaram uma atividade paralela bastante rentável para Irene, e minha mãe entrou nas redes sociais como se tivesse nascido para aquilo. Ela não precisa do dinheiro, mas isso não a impede de juntar brindes alegremente, como um estoque de feijão em lata para algum necessitado, e insistir em descontos para jantares, noites grátis em hotéis com spa e, certa vez, difícil de esquecer, um Range Rover novo em folha, acenando seu iPhone e dizendo: "Não sabe quem é a minha filha?" Sua dedicação é impressionante — fico triste que ela nunca tenha tido uma carreira para investir tanto esforço e energia. Com seu cérebro e sua beleza, ela poderia ter feito qualquer coisa a que tivesse se proposto, se papai não tivesse sugado toda a sua energia. Jurei que nunca desperdiçaria minha vida desse jeito.

A ironia, claro, é que somos idênticas em muitos sentidos. Ou, pelo menos, ela é responsável pelas características que me definem. A dra. Fairs afirma que quase todos os traços de minha personalidade remontam diretamente a Ginny e suas bebedeiras. Questões de confiança?

Confere. Obsessão em evitar conflito e confronto? Sim, confere também. E o medo de abandono e a necessidade de controlar tudo e todos ao meu redor. Imagino que seja fácil culpar um alcoólatra pelos efeitos negativos nas pessoas que o amam, mas o que a dra. Fairs não vê é como Ginny é um meteoro, como ela pode mudar a temperatura de uma sala, como ela atrai as pessoas, assim como um tubo de M&Ms atrai crianças pequenas. Ela pode ser uma completa e perfeita pentelha, mas é impossível não gostar da minha mãe.

Há uma onda de excitação entre os convidados quando percebem quem é esse turbilhão tamanho 40 de Chanel Nº 5 e Chablis. Ela estava tão ocupada fazendo gestos exagerados em direção à pinhata que não vê a neta chegar para um abraço. Acidentalmente dá uma trombada na cabeça da criança, que sai voando. Coco volta a se levantar, a testinha franzida e o lábio inferior fazendo beicinho. Finalmente, minha mãe me localiza e se aproxima.

— Querida! Quase escolhi essa saia! — ela grita. — Mas achei que era um pouco deselegante. Bom Deus, que manchas horrorosas são essas na sua camiseta? Agora, onde está a minha linda Coco?

Ela atravessa o salão desfilando até a parede de flores e a olha de cima abaixo com ar desaprovador.

— Meio fúnebre, não é?

— Mamãe, essa é a jornalista que escreveu aquela matéria linda sobre nós. E você se lembra da Polly, né? Somos amigas de escola. Ela foi minha madrinha de casamento.

Com algum esforço, as sobrancelhas de Ginny, que acabaram de passar por um procedimento de microblading, se unem.

— Ah, céus, sim, Polly. Você não mudou nem um pouquinho! Sempre tão bonita, não que você soubesse disso. Eu sempre dizia a Emmy que *você* seria a mais bonita se tentasse só um pouquinho mais!

Polly cumprimenta minha mãe com o sorriso de lábios fechados de que me lembro bem, enquanto Virginia se esquiva habilmente de uma criança pequena de roupa estampada floral fazendo uma linha reta em disparada até a mesa do bolo.

— As crianças se comportavam melhor na minha época. — Ela faz um som de desaprovação. — Onde estão os seus pequenos hoje, Polly?

— Ah, nós não... Na verdade, eu não...

Percebo, com uma pontada de remorso, que não sei se Polly e Ben estão tentando ou não, e estou prestes a mudar de assunto quando avisto Irene pelo canto de olho de braços dados com a pessoa de RP da marca. Ela fala algo só mexendo os lábios e faz um gesto para que eu me junte a elas. Por sorte, Winter finalmente chega com uma camiseta limpa um segundo depois. Aperto o braço de Polly ao mesmo tempo que aponto as manchas de leite que secaram parecendo aros de giz.

— Desculpe, Polly, com licença, vocês duas. Volto em um segundo. Só vou resolver isso aqui antes de cortarmos o bolo!

Quando a procuro, dez minutos mais tarde, ela já tinha ido embora.

— Meu Deus, mãe, o que você disse para ela? — pergunto, como se estivesse brincando, o que não é exatamente o caso.

Virginia finge estar ofendida.

— Como assim, o que eu disse para ela? Absolutamente nada. Estávamos batendo um papo superamigável e então a Coco chegou com a boneca e perguntou se ela queria brincar de mamãe e bebê, e sua amiga não conseguiu se livrar a tempo. Saiu atravessando o salão voando parecendo prestes a chorar.

Virginia indica com um dedo a direção tomada por Polly.

Fito minha mãe estreitando os olhos.

— Tem *certeza* de que você não disse nada?

Ela jura por Deus, gesticulando, o vinho balançando perigosamente na taça.

— Sabe de uma coisa? Sempre achei que tinha alguma coisa meio esquisita com aquela garota.

Westfield foi um teste. Um teste para mim mesma, para ver até que ponto eu estava disposta a avançar. Até que ponto eu era capaz de avançar.

Eu poderia tê-la levado comigo. Simples assim. Uma das coisas que me surpreendeu foi como tudo correu tão tranquilamente. Eu os segui de casa até a estação, descendo a escada até a plataforma, entrando no metrô. Estávamos sentados em assentos opostos no vagão. O pai, Dan, lia uma cópia do Metro. *Ela assistia a alguma coisa no telefone do pai. Em determinado momento, levantou o olhar, viu que eu observava e franziu a testa de leve. Dei-lhe um sorriso amplo e amistoso. Ela voltou a atenção para o que estava assistindo.*

Imagino que, se você é Coco Jackson, está acostumada a olhares curiosos, de reconhecimento, de surpresa. Por ser uma mulher na casa dos sessenta anos, obviamente recebo o tratamento exatamente oposto. Durante três dias, me acomodei confortavelmente em um canto do Lord Napier com uma xícara de café ou um bule de chá ou um sanduíche, observando-os ir e vir — Emmy lutando para puxar o carrinho pela porta da frente; um deles levando

Coco à creche de manhã e o outro trazendo-a de volta para casa de tarde. Vendo os pacotes chegarem, todas as entregas. Ninguém nunca me olhou uma segunda vez. As pessoas vinham e se sentavam na mesa próxima à minha, riam, conversavam, bebiam suas cervejas, almoçavam e saíam, e duvido que metade deles chegasse a notar a minha presença.

Dan também não notou.

Enquanto ele e Coco esperavam na fila do Starbucks pelo café de Dan naquele dia, eu estava duas pessoas atrás na fila. Quando passearam pela livraria Foyles — ele verificou se tinham o livro dele em estoque; não tinham —, nunca fiquei mais do que a um corredor de distância. Eu fingia verificar o navio de pirata na vitrine enquanto ele e Coco davam uma olhada na loja da Lego. Quando pararam para comprar um pretzel e sentar um pouco na praça de alimentação, fiquei a uma mesa de distância.

Na sua terceira sapataria, Dan estava visivelmente cansado. Ele vinha checando as horas no celular de cinco em cinco minutos o dia todo. Agora estava fazendo isso com mais frequência. Em sua defesa, parecia mesmo que a pessoa que desceu ao estoque demorou uma eternidade para voltar com os sapatos no tamanho certo e depois aconteceu algum problema com a leitora de cartões, que não estava funcionando direito na primeira vez que tentaram.

Coco estava de pé junto da porta da loja, ao lado da vitrine onde estavam os tênis com solados que acendem quando você caminha ou pula ou corre com eles.

— São tão lindos — comentei.

Ela não ergueu o olhar.

— Ei — eu disse. — Encontrei isso jogado logo aqui e pensei que alguma menininha devia estar brincando com esse ursinho e deixou ele cair. É seu?

Ela olhou de mim para o ursinho, depois de novo para mim. E refletiu um pouco.

— Acho que pode ser — disse ela, afinal.

Grace realmente adorava esse ursinho. Dá para ver pelo estado do boneco quantas vezes eu tive que lavá-lo ao longo dos anos. Quantas vezes ele caiu no chão do ônibus ou foi arrastado em uma poça ou conseguiu cair da cestinha da bicicleta e acabou coberto de marcas de pneus cheios de lama. Mesmo depois que ela cresceu e saiu de casa, acostumei-me a deixá-lo na cama para quando ela vinha passar uma noite em minha casa. Costumávamos brincar, nós duas, que algum dia ela teria um filho, que ganharia esse ursinho. Não posso dizer que essa era minha intenção original — pelo menos não conscientemente —, mas me surpreendeu ver Coco com o ursinho nos braços, seguran-do-o exatamente como Grace fazia, exatamente como eu poderia imaginar uma Ailsa de três anos fazendo. Havia uma certa ironia terrível, uma certa adequação sombria, para aquela escolha específica de ursinho de pelúcia, esse uso específico.

Ninguém nos olhou uma segunda vez quando Coco e eu seguimos de mãos dadas ao longo do corredor ou quando do eu a peguei no colo para descer pela escada rolante. A única pessoa que cruzou o olhar comigo foi uma avó empurrando um carrinho com um bebê adormecido, e ela me deu um breve sorriso de solidariedade. Retribuí, mas, logo que o fiz, me ocorreu mais uma vez — com o mesmo sentido brusco e latejante de perda, raiva e dor de sempre

— que nunca vou fazer nada disso. Nunca vou passar a tarde tomando conta de minha neta; nunca vou observá-la passeando pelo parquinho, nunca vou poder empurrá-la no balanço e ouvir seus gritinhos de felicidade, nunca vou vê-la descendo corajosa pelo escorrega sozinha pela primeira vez. Nunca vou fazer nenhuma dessas coisas. Nem a minha garotinha.

Deixei Coco parada, com o ursinho, diante da vitrine da livraria. Imaginei que, se a deixasse lá, seu pai acabaria a encontrando.

Originalmente, logo no princípio, esse tinha sido o plano. Apenas levá-la por meia hora, talvez uma hora, para assustá-los. Afastar-me com ela, ir a algum lugar seguro e deixá-la lá para que, em algum momento, fosse encontrada. Fazê-los experimentar esse sentimento, esse sentimento repugnante e repentino de que alguém que você ama se foi. O pânico. A autorrecriminação. O pavor de fazer o estômago revirar. Era tudo o que eu queria. Que eles passassem pelo que passei. O que Grace passou.

Mas aí mudei de ideia.

Quando descíamos a escada rolante, eu podia sentir Coco relaxando nos meus braços. Ela descansou a cabeça no meu ombro, brincando com um dos botões do meu casaco, conversando sobre os diferentes lugares por onde havia passado naquele dia, todas as coisas que estava ganhando de aniversário.

— Você parece ser uma menina muito sortuda — eu disse a ela.

Ela não fazia ideia. Em uma outra hora, com o humor mais sombrio, eu admitiria que pensei em não deixá-la em um lugar seguro para ser encontrada, mas sim levá-la comi-

go. Eu sei. Houve uma época em que eu ficaria horroriza-
da por essa confissão, assim como você. Horrorizada que
eu pudesse sequer considerar isso. Horrorizada por não ser
uma pessoa boa o suficiente para me erguer além do próprio
sofrimento e ver que a vingança não resolve nada; que pro-
vocar dor em outra pessoa, um inocente, não faria nada para
consertar as coisas, e provavelmente não evitaria a minha
dor no fim. Talvez eu tenha mudado. Sinto há muito tempo
que, com o que aconteceu, algo se libertou dentro de mim,
que não sou mais a mesma pessoa de antes. Lembro-me de
falar sobre isso séculos atrás com um dos conselheiros de
luto que meu clínico me indicou. Consigo me lembrar de
contar a eles que senti que eu não era mais uma pessoa intei-
ra ou uma pessoa real ou uma pessoa igual a todas as outras.
Que era como se o luto tivesse explodido e criado um bura-
co dentro de mim, e algo tivesse saltado para fora e eu não
conseguisse impedir, e talvez, ao mesmo tempo, outra coisa
tivesse entrado pelo buraco.

Ao pegar aquela criança nos braços, sentir o suave pal-
pitar de seu pulso, sua cabeça tão perto do meu rosto que
eu podia sentir o cheiro do seu xampu — o mesmo xampu
que eu usava para lavar o cabelo de Grace, me lembro disso
—, eu me perguntei se realmente seria capaz de fazê-lo. Se
eu seria capaz de machucar de verdade um ser humano ino-
cente. E sendo franca, sabendo quem ela é, sabendo quem
é sua mãe e o que fez comigo, me senti inteiramente capaz,
naquele momento, de arremessar aquela criança pela late-
ral da escada rolante, deixá-la cair de uma sacada, lançá-
-la de cabeça para baixo no meio do tráfego, sem pensar
duas vezes, sem um pingo de remorso. E a verdade é que
o único motivo pelo qual não fiz nenhuma dessas coisas, o

único motivo pelo qual a deixei ilesa naquele local não foi porque tive um momento de insegurança ou compaixão ou mesmo dúvida.

Foi porque tenho algo muito pior planejado para Emmy Jackson e sua família.

Capítulo sete

Dan

Voltamos da festa para descobrir que nossa casa foi invadida. Assim que entramos na rua, ouço um alarme tocando e digo algo como "Espero que não seja o nosso". Emmy ergue o olhar do celular.

— O que é isso?

Desligo o rádio. No banco de trás, Bear e Coco dormem profundamente em suas cadeirinhas. À medida que nos aproximamos do fim da rua, o alarme fica mais alto. Posso ver um sujeito na frente da sua casa, do outro lado da rua, quando nos aproximamos. Alguns outros vizinhos de casas mais distantes estão na calçada.

— Já chamei a polícia — grita um deles quando saio do carro.

Não há sinais de tentativa de arrombamento na frente da casa. Os painéis de vidro fosco ainda estão intactos, todas as janelas fechadas. Dou a volta pela entrada lateral e testo o portão; está trancado. Pulo por cima e dou uma examinada para ver se consigo ver algo. Não consigo.

— Há quanto tempo está tocando? — pergunto a um dos que estão aglomerados por ali.

Ele dá de ombros.

— Meia hora talvez?

Depois de desligarmos o alarme e dispersarmos o grupo de vizinhos preocupados, mas curiosos, não levamos muito tempo para acomodar Coco e Bear e procurar entender o que havia acontecido. A casa estava intacta quando Winter saiu após apanhar três camisetas reserva para Emmy. Assim, sabemos que foi após as três da tarde; Emmy checou a hora no recibo do Uber. O intruso invadiu pela porta de trás, provavelmente escalando o portão e atravessando o jardim. Depois de colocar um pedaço de papelão com fita adesiva na vidraça que está faltando, fecho as portas do fundo o melhor que posso com barbante ao redor das maçanetas internas e um tamborete da sala de estar pressionado contra elas. Em seguida, começo a vagar pela casa, verificando uma vez mais se algo fora mexido ou retirado. Não parecia faltar nada. Não havia pegadas de lama, nada fora do lugar na sala ou na cozinha.

Tem havido uma porção desses furtos oportunistas na área ultimamente, um agente nos conta, quando a polícia aparece depois de um tempo. Garotada apenas, quase sempre. À procura de eletrônicos, dinheiro vivo. Notamos a falta de alguma coisa, algo desse tipo?

Digo-lhes que, pelo que pude ver, nada foi levado. Menciono que tirei fotos da porta dos fundos com a janela quebrada, o vidro no chão da cozinha, e lhe passo o meu telefone. Ele rola as fotos sem grande interesse.

— Vocês tiveram sorte — diz. — O alarme deve ter assustado os invasores.

Pergunto se ele acha que há chance de pegar a pessoa que fez isso. Ele me responde que a polícia normalmente nem se dá ao trabalho de investigar furtos desse tipo hoje em dia.

Provavelmente a melhor coisa a fazer, se estou preocupado, é instalar uma câmera; isso costuma afugentá-los. Prestar atenção para não deixar nenhum objeto valioso jogado. Depois nos dá um número de ocorrência do crime em um pedaço de papel e vai embora.

O pensamento que estou tentando reprimir é que isso possa não ter sido uma invasão ao acaso. Que a pessoa que fez isso, seja quem for, sabia exatamente de quem era a casa e o que estaríamos fazendo a tarde toda. Não era tarde quando pularam o portão, se infiltraram no jardim dos fundos e bateram em uma das vidraças da porta de trás com um vaso de flores. Ainda estava mais ou menos claro quando Emmy e eu colocamos Coco e Bear no carro para voltar para casa.

O que tenho repetido para mim mesmo é para não ser paranoico.

Eu me lembro das regras e de como Emmy é cuidadosa com elas; como é obsessiva sobre nunca escrever nada ou postar nenhuma foto que possa denunciar a localização exata de onde moramos. Digo a mim mesmo para me acalmar. Esse tipo de coisa pode acontecer com um jogador de futebol de um time importante, ter a mansão esvaziada em um dia de jogo, mas mal consigo imaginar um ladrão comum tendo ouvido falar de Mama_semfiltro ou vendo nossa casa como algo especialmente tentador — quer dizer, a não ser que desejem uma montanha de brinquedos de plástico sujos de iogurte, uma porção de produtos de beleza, uma televisão não muito grande e três notebooks, nenhum deles particularmente novo e o meu tão velho e ferrado que notei alguém rindo dele em um café no outro dia. Nem era um café elegante e moderno. Um Costa, daqueles pertencentes a uma rede, acho.

Emmy verifica os cômodos depois de mim, tentando perceber se havia alguma coisa que eu tinha deixado passar. O que rapidamente se torna evidente é que — sem contar aparelhos eletrônicos óbvios — ela tem pouquíssima ideia do que efetivamente possui, talvez porque não tenha pagado por todas aquelas coisas. Algumas das sacolas ainda fechadas de brindes, que podiam ou não incluir um Nutri-Bullet, pensa ela, poderiam ter sumido. Um punhado das bijuterias recebidas, que ela deixa enroladas no fundo de uma tigela, talvez? Um par de botas da Burberry que ela vagamente se lembra de ter deixado perto da porta da frente para trocar o salto, embora não consiga recordar se já as levou para o conserto ou não e para onde teria levado, além de um casaco de pele de carneiro Acne de duas mil libras que, parando para pensar, ela pode ter deixado no banco de trás de um táxi seis meses antes.

Enquanto ela começa a investigar na internet a situação do nosso seguro, perambulo pelos cômodos, incapaz de me tranquilizar, verificando todo tipo de coisas inúteis, como se o intruso ainda está na casa, dentro do armário ou embaixo da escada ou atrás da porta do banheiro do térreo. Seria horrível saber que alguém tentou entrar na casa mesmo que fosse em outros tempos. No entanto, a presença de uma criança de quatro anos e um bebê torna a situação infinitamente pior, e sinto que tenho que circular lavando e limpando tudo.

Há uma pequena parte de mim que teria adorado apanhar o maldito em flagrante, teria adorado colocar minhas mãos nele. Uma parte de mim que, enquanto vagueio de um cômodo para o outro, está decidindo como poderia proteger o resto da casa, planejando todo tipo de armadilha.

Resolvo não mencionar nada disso para minha mãe. Desde o princípio, quando contei a ela sobre esse negócio no Instagram, sua resposta imediata foi começar a enumerar todas as coisas que possivelmente poderiam dar errado. Eu tinha certeza de que era seguro? Eu tinha certeza de que não era uma coisa da qual nos arrependeríamos mais tarde? O que aconteceria se Coco quisesse entrar na política algum dia? E se ela se ressentisse de publicarmos todas essas fotos de nossa família quando ela ficasse mais velha? Observei que uma porção de pessoas publicava fotos das famílias no Facebook. Quando eu era criança, eu me lembro de vê-la sempre mostrando álbuns de fotos minhas quando tinha visitas. E se...?

— Chega, mãe — tive que falar em um dado momento.

Sempre fazíamos piadas sobre nossas mães, Emmy e eu: que não conseguiríamos encontrar duas pessoas mais diferentes, mesmo que tentássemos.

Minha mãe, Sue, é atenciosa e irritante, boa e até certo ponto desajeitada, cuidadosa em não se impor sobre nós, mas sempre ávida para oferecer ajuda se precisarmos. Posso ver por que ela dá nos nervos de Emmy de vez em quando. Ela dá nos *meus* nervos de vez em quando. Sempre parece ligar em horas inconvenientes e, mesmo quando você diz que está no meio de alguma coisa, ela continua a história que estava contando, seja o que for, até o final. Às vezes, baixo o telefone e me afasto até o quarto contíguo e, quando volto e pego o telefone de novo, ela nem notou. Ela tem muita dificuldade em disfarçar quando desaprova algo ou quando fazemos alguma coisa com a Coco que não é a maneira como ela teria feito.

A mãe de Emmy é um pesadelo do caralho.

Emmy

É sempre culpa da mãe, não é?

Mas se é para apontar o dedo para alguém, realmente deveria ser para o meu pai. Foi ele quem transformou o fingir e distorcer a verdade em uma parte integrante de quem éramos como família. Ele fez da mentira uma forma de arte, ocultando suas pequenas indiscrições sexuais com tamanha petulância que era impossível não ficar impressionado. No entanto, ele era esperto, engraçado e magnético. Eu queria ser como ele; por isso, eu guardava seus segredos e contava suas mentiras também.

Será que ele estava cruzando os dedos nas costas quando prometeu estar com a minha mãe na riqueza e na pobreza, até que a morte os separasse? Duvido que ele tenha pensado dessa maneira. Estava fazendo somente o que o vi fazer tantas e tantas vezes: falar aquilo que alguém queria ouvir. Melhor mentir e se dar bem com uma pessoa do que ser odiado por dizer a verdade, essa é a sua estratégia geral na vida. Meu pai é uma metamorfose ambulante. Aquele que agrada todo mundo. Até ser pego. Capaz de ser qualquer coisa que precisem que ele seja. Salvo um marido e pai decente.

Quando minha mãe suspeitou que meu pai estava transando com a secretária, ele conseguiu convencê-la de que ela estava paranoica. Eu sabia a verdade; fui arrastada em excursões secretas nas manhãs de domingo para comprar perfume e lingerie sexy, meu silêncio comprado com Barbies e balas Haribo. Quando ela desconfiou que meu pai tinha um caso com uma amiga da família recém-enlutada, ele inventou que apenas oferecia o ombro para ela chorar. Eu, por outro lado, entreouvia telefonemas tarde da noite, com falas sussurrantes que sugeriam fortemente que outras partes do corpo também estavam envolvidas.

Então, a bebida não é culpa de Ginny. Talvez ela fosse uma mãe melhor se tivesse se casado com um médico ou um professor. Ou se tivesse aproveitado seu diploma de direito e também seu intelecto impressionante, mas lamentavelmente subutilizado, para alguma outra coisa que não fosse verificar o acordo de divórcio. Porém, quando se é bonita como ela e se casa com um banqueiro rico e arrogante como ele, imagino que entenda aquele contrato também. Talvez você faça a opção consciente de trocar uma vida real, em que seu marido quer que você seja feliz, onde você tem o direito de reclamar quando as coisas não vão bem, por um estilo de vida — os carros, as roupas, as viagens de férias. Talvez ela tenha entrado naquilo sabendo que sua função era nos dirigir para representarmos a família perfeita — e que nunca poderia deixar a máscara cair, nem comigo.

Eu costumava estudar a maneira como as mães das minhas amigas agiam com elas, conscientemente guardava na memória todos os abraços e beijos, e as conversas de família na mesa do jantar na casa de Polly, sobre as aventuras que tiveram naquele dia. Não acho que eu tivesse inveja exatamente: era mais uma observadora interessada. Eu costumava arquivar mentalmente as melhores partes e construir um tipo de mamãe Frankenstein na minha cabeça — que agendava aulas de balé e levava a filha às aulas de piano, que não se importava quando você a tocava com mãos imundas. Que estava em casa toda noite para ajeitar a filha na cama e dar-lhe um beijo na testa.

Mesmo quando meu pai finalmente largou minha mãe para ficar com uma modelo mais jovem, ela não conseguiu suportar contar para ninguém — nem para mim — que a vida conforme a conhecíamos tinha acabado. Simplesmente mudamos de casa e recomeçamos em outro lugar. Suponho que o dinheiro tenha ajudado a amenizar a sua dor. Acho que provavelmente ela era mais feliz sem meu pai. Será que ele era mais feliz sem ela? Quem sabe? Nunca mais o vi.

Percebo que mal fiz uma pausa para respirar.

— E como você se sente com isso? — pergunta a dra. Fairs.

— Não tenho certeza se sinto *alguma coisa* — digo, despreocupada. — Tudo isso aconteceu há vinte e cinco anos. Tenho certeza de que meu pai está bem. Minha mãe parece estar muito bem, quando está consciente.

— Você diria que foi um lar feliz? Diria que você tem um lar feliz agora? — pergunta.

— Sim — respondo, sem hesitar. — Com certeza. Obviamente, nunca é *agradável* ser roubada e saber que alguém mexeu nas suas coisas, tocou nelas, mas temos seguro e pode acontecer com qualquer pessoa, não é, mais cedo ou mais tarde? Só nos deixa um pouco mais sobressaltados durante alguns dias, um tanto mais conscientes de como é frágil a pequena bolha em que vivemos. Fico grata porque nenhum de nós estava em casa quando aconteceu.

A dra. Fairs expressa sua solidariedade, apesar de ficar claro, pelo tom de voz, que ela considera que deliberadamente me esquivei de sua pergunta.

— Devemos falar mais sobre isso daqui a pouco — diz ela. — No momento, porém, se não se importar, eu gostaria de me ater ao tópico que estávamos discutindo.

— Tudo bem — concordo.

— Então, deixe-me reformular minha pergunta original. Como você acha que a sua criação afetou seus sentimentos em relação à família?

— Ah, bem, essa é fácil. Eu não queria uma família — respondo simplesmente.

Nunca, nunca, nunca. Eu tive uma fase de pôneis. Tive uma fase quando queria ser bailarina. Tive até uma breve fase gótica. Nunca tive uma fase de bebês.

— E quanto ao seu marido? — pergunta ela.

— Bem, o Dan passou os primeiros cinco anos de nosso relacionamento fazendo teste para ser pai. — Dou uma risada com a recordação.

E eles fazem isso, não é? Foi encantador no início. Desde cedo, sempre que estávamos cercados por crianças, Dan cumpria um papel exemplar mostrando como era bom com elas. Se íamos a um casamento e havia crianças, ele se abaixava até elas oferecendo-se como cavalinho antes mesmo que eu tivesse conseguido apanhar uma taça de prosecco. Ele insistia continuamente em segurar os bebês de outras pessoas para que elas pudessem ir ao banheiro, conversava com os outros empurrando carrinhos de bebê no supermercado e perguntava a idade da criança. Em diversas ocasiões, eu o peguei contando a alguém que nós não tínhamos filhos *ainda*.

Ele não fazia ideia do que a paternidade ia exigir, claro. Aquela sensação opressiva de que nada pode ser igual a antes. Que mesmo quando eles começam a dormir a noite inteira, *você* não será mais capaz de fazer isso, vai se manter acordado ruminando a certeza de que nunca mais será responsável apenas por você mesmo.

Lembro-me de quando Coco era bem pequena e Dan costumava se sentar na cozinha depois que ela já tinha pegado no sono — depois que ele havia passado o dia inteiro escrevendo e eu ficara empurrando o carrinho pelo parque para que ela dormisse ou me aborrecendo até as lágrimas na massagem para bebês — e rolava sem parar as fotos de Coco enquanto eu preparava o jantar. Aqui uma foto dela arrotando. Aqui outra foto que *pode* ser um sorriso. Olhe a roupinha que coloquei nela! Ela é um pinguim em miniatura. Ele não conseguia acreditar que tínhamos feito uma pessoinha, que era metade ele, metade eu. Depois, claro, íamos nos deitar e era eu que me encarregava das mamadas noturnas e das trocas de fralda às duas da manhã.

É de se admirar que eu tenha adiado a maternidade? Quando eu era adolescente, minha mãe incutiu em mim a noção de como era fácil ficar grávida, que eu sempre teria que tomar muito cuidado se não quisesse arruinar minha vida. Como *ela* certamente não ia tomar conta da criança se eu fosse idiota a ponto de engravidar por acidente de qualquer bonitão inútil que estivesse namorando na época. A primeira vez que fiz sexo foi na universidade. Usamos camisinha *e* um diafragma *e* uma dose generosa de gel espermicida. Dan estava totalmente ciente disso, achava muita graça e com frequência brincava com essa minha paranoia em relação à procriação (conforme ele via). Quando começamos a namorar, naqueles primeiros meses de paixão, uma de suas marcas na cama era perguntar, logo antes da penetração, se eu tinha me lembrado de tomar a pílula. A resposta era sempre afirmativa.

Foi apenas quando parei a pílula anticoncepcional — eu suspeitava que ela fosse responsável pelos poucos quilos excedentes que não conseguia perder antes do casamento — que ele começou a sugerir que "corrêssemos o risco" quando eu ia pegar a camisinha. Muito de vez em quando eu estava embriagada demais e concordava. Sempre que viajávamos no fim de semana, ele passava o tempo todo fazendo comentários do tipo "Não seria incrível ter um filho para levar para a praia?" e discorria sobre as viagens em família que ele recordava de sua infância. Depois, quando voltávamos para o quarto de hotel, ele tinha esquecido de comprar camisinhas.

E aí um dia aconteceu.

Eu soube no segundo em que vi a linha azul que não havia possibilidade de levar a gravidez adiante. Estávamos juntos havia tempo suficiente para ter um filho, acho que dois anos, e provavelmente nem daria para ver no casamento. Mas, por mais que Dan estivesse desesperado para ser pai, eu tinha bastante certeza de que não queria ser mãe. Eu queria uma carreira. Queria viajar. Queria vestir roupas bonitas, portar bolsas caras, comer refeições gostosas e beber bons vinhos em lugares descolados, ter coisas interessantes para conversar enquanto fazia isso tudo. Do que exatamente Dan abriria mão para ter uma família?

Polly foi comigo à clínica.

Mais tarde, veio uma surpreendente sensação de alívio. Talvez o único sentimento que me permiti. Não tenho certeza.

Na segunda vez, fui sozinha.

Fiz uma pausa ligeiramente mais longa talvez, mas tenho certeza de que não fiquei angustiada. Eu ainda deveria sofrer o luto, para sempre conflituoso, de minha difícil decisão. Sei disso. Mas fiz uma escolha consciente de que não teria culpa nem tristeza por aqueles minúsculos conjuntos de células. Às vezes, sinto um espasmo involuntário quando leio um post no Instagram de uma mulher descrevendo a dor que ainda carrega por fazer essa escolha, mas, fora isso, não deixo entrar na minha cabeça. Simplesmente não é algo que procuro cutucar.

Talvez Dan se sentisse de maneira diferente, se soubesse.

A expressão da dra. Fairs está absolutamente impassível. Assim como o seu rosto no gigantesco cartaz na parede atrás dela, anunciando seus suplementos de cuidados pessoais. (Já mencionei que frequentar essas sessões faz parte de minhas obrigações contratuais?)

Ela não é exatamente uma fraude, acho que não — mesmo que esteja tentando me vender um frasco de suas pílulas de mindfulness aditivadas com ômega 3 ou que mencione suas palestras do TEDx e seu livro da lista dos mais vendidos do *Sunday Times* com maior frequência do que seria correto. Ela parece ter os certificados relevantes emoldurados na parede. Isso não quer dizer que eu não sinta um puta de um ressentimento e um leve pavor de ter que me arrastar até Marylebone regularmente para passar uma hora em sua clínica, no subsolo de um prédio, para falar de sentimentos que ela quer que eu tenha.

— E o que fez você mudar de ideia, Emmy, sobre ter filhos?

Dou de ombros.

— As circunstâncias mudaram, acho — respondo. — Finalmente pareceu ser a hora certa.

17.586 curtidas

mama_semfiltro Passam muito rápido, não é? Os anos, as lágrimas, os medos de será-que-estou-fazendo-a-coisa-certa. Mas os pequenos humanos não se importam se você está ligeiramente suada, totalmente coberta de Cream Cracker e todas as suas roupas tão amassadas que parece que alguém sentou em cima de você. Os #diascinzentos podem surgir nos recônditos da sua mente, mas às vezes, das maneiras mais milagrosas, aparece uma pausa cintilante, como um unicórnio, e as nuvens se dissipam. Chamo isso de os #diascoloridos — quando você se sente uma super-heroína e as companheiras mamas do seu círculo são suas competentes aliadas. A turma que faz você recordar que tudo se resume a celebrar as pequenas vitórias. E hoje, quando Coco completa quatro anos, é um desses dias. Assim, com amor e bolo e apenas os melhores dos melhores amigos presentes, gostaria de saber sobre o seu próprio #diacolorido. Me conte sobre ele aqui embaixo e marque sua equipe de mães para cada uma ter a chance de ganhar um vale-presente de mil libras. #diacolorido #MamaGanha #Coco4Anos #publi

Estavam todas na festa. Todas as mamas. Parece que elas não postaram sobre nada mais nas últimas 48 horas. Aqui estão a instrutora, a de Hackney, a das tetas e uma outra mãe com quem nunca topei antes, todas segurando flutes de champagne e rindo com a cabeça jogada para trás. Ali está outra, posando com uma criança vestida de dinossauro. Lá, mais algumas crianças com o rosto pintado, imitando garras com as mãos e fingindo rosnar para a câmera. Eu navego pelos feeds, olhando fixamente para uma única foto durante um tempo e depois checando de novo para ver se Emmy postou alguma novidade. Posso passar horas fazendo isso. Dias, quase. E o que você percebe, ao fazer isso, é como tudo é cuidadosamente coordenado. As hashtags. A maneira como todas curtem os posts das outras e deixam comentários. A maneira como estão sempre promovendo umas às outras, mencionando umas às outras, marcando umas às outras. A maneira como estão sempre reprisando as mesmas mensagens, os mesmos assuntos. Hoje o tópico obviamente é amizade entre mulheres, a importância de as mães se apoiarem. Mama_semfiltro lança a bola, com uma foto de cinco ou seis Instamães de costas, braços dados, olhando por cima dos ombros, com uma legenda sobre como ela tem a sor-

te de contar com amigas tão queridas. Em dois minutos, todas já reagiram.

Mas querem saber de uma coisa esquisita?

Nenhuma dessas pessoas compareceu ao casamento de Emmy, que aconteceu cinco anos antes. Ela postou uma foto há uns meses, no aniversário de casamento, e a primeira coisa que me surpreendeu foi quem diabos são todas essas pessoas? O marido eu reconheci, é óbvio. Mas nem uma única das cinco ou seis pessoas sorrindo ao redor do feliz casal nos degraus da igreja parecia levemente familiar. E quanto à garota alta, que segura a cauda de Emmy, a madrinha? Nunca vi ou ouvi Emmy mencioná-la em lugar algum, jamais.

Um fato que, francamente, me parece meio peculiar. Até um pouco suspeito.

Uma das coisas que foi mais difícil para Grace, após o ocorrido, foi a maneira como tantas amigas a abandonaram, como algumas das pessoas que achou que fariam parte de sua vida para sempre simplesmente sumiram.

Minha filha sempre foi alguém que faria qualquer coisa pelos amigos, alguém que tinha fotos dos colegas na porta da geladeira, era sempre a motorista da vez, aquela que se certificava de que todos tinham voltado para casa sãos e salvos. Jamais se esqueceu de um aniversário.

Metade das pessoas que convidamos para o velório nem se deu ao trabalho de responder.

Houve algumas pessoas que fizeram um esforço para visitá-la, principalmente no início, claro. No entanto, era sempre estranho; dava para ver, disse Grace, que elas se preocupavam se diriam alguma coisa errada, temiam que falassem alguma coisa que pudesse aborrecê-la. Havia *longos períodos de silêncio. Ela as pegava olhando para o relógio.*

O pior disso tudo, como eu muitas vezes costumava pensar, a coisa mais cruel, era que, depois que o George morreu, quando fiquei sozinha primeiro, Grace foi a pessoa que sempre soube o que dizer. Ela sabia como me animar se eu estivesse deprimida e não conseguia mais ver nenhum propósito em nada. Ela contava uma história ou uma piada para me fazer rir, exatamente como ele teria feito. Ou me dizia que o pai dela não teria gostado de me ver passar o resto da vida me lamentando, suspirando abatida pelo sofrimento. Ou, se a hora e o humor fossem certos, ela me relembrava todas as pequenas coisas que ele costumava fazer pela casa que me deixavam louca. Outras vezes, apenas estendia o braço, apertava a minha mão e me indicava que também sentia saudades dele.

O fato de que eu, a mãe dela, não conseguia fazer o mesmo, não conseguia nunca encontrar as palavras certas ou o gesto certo quando ela estava enfrentando seu luto, que, não importa o que eu dissesse ou fizesse, sempre parecia irritá-la — isso tudo me arrasava. Eu sugeria que ela saísse — para jantar fora, ir ao cinema, até mesmo realizar uma ou duas tarefas, apenas para mantê-la longe de casa —, mas ela dizia que não queria. Que não achava apropriado, que não ia parecer certo. Ela dizia sentir que, sempre que saía, estava sendo julgada. Captava o olhar de alguém que depois afastava o rosto. Passava por pessoas que estavam conversando e imediatamente se calavam. Uma ou duas vezes teve certeza de que alguém havia gritado alguma coisa para ela do outro lado da rua. Eu lhe disse para não ser boba, que ela estava sendo paranoica.

Coloquei muita pressão sobre ela e Jack.

Eu me lembro de um dia em que fui vê-los. Era um domingo, final de novembro, um daqueles dias quando o sol nunca realmente chega a surgir por trás das nuvens. Eu tinha combinado de ir para o almoço de domingo e levei um bolo para a sobremesa. Quando cheguei na casa e fiz a volta na entrada de carros, avistei o carro de Jack no meio do caminho, parado em um dos lados. E quando me aproximei, pude ver Jack curvado sobre o assento do motorista, a cabeça baixa, os braços cruzados no volante, e, quando cheguei mais perto ainda, pude ver que seus ombros estavam tremendo, e, quando ele levantou o rosto, vi que estava coberto de lágrimas. Passei por ele e continuei dirigindo até a casa. Grace ouviu meu carro nas pedrinhas e veio até a porta da frente para me deixar entrar. Fomos até a cozinha, onde a mesa estava posta e a comida pronta para ser servida, e Grace assim o fez. Cerca de vinte minutos depois, quando ambas tínhamos terminado, Jack entrou, nos cumprimentou, se sentou e se juntou a nós, e nem uma palavra foi proferida sobre o ocorrido.

É estranho como as pessoas vêm e vão na vida, tão rapidamente, tão facilmente. Quando você é jovem, pensa que todo mundo vai estar por perto para sempre.

Primeiro éramos eu e o George. Depois, éramos eu, o George e a Grace. Depois, éramos eu, o George, a Grace e o Jack. Depois éramos eu, a Grace, o Jack e a Ailsa. Depois éramos só eu, a Grace e o Jack. Depois éramos só eu e Grace. Depois era só eu.

Capítulo oito

Emmy

— Estou falando com Holly, do prêmio Você Brilha, Mama? Oi, aqui é Emmy Jackson. Olhe, eu estou dez minutos atrasada, tivemos um probleminha aqui em casa. Pelo menos você não precisa se preocupar com cabelo e maquiagem; meu visual é privada-de-sono e manchada-de-pasta-de-amendoim! — Eu rio, acordando o Bear, que tirava uma soneca no banco do carro do meu lado. Posso estar preparada para deixar Coco com Winter, mas largar um recém-nascido que precisa ser amamentado de hora em hora seria forçar a barra.

Não era a melhor maneira de começar o dia: acordar descobrindo que alguém postou o nome e o endereço da creche de Coco em um fórum de fofoca. Foi Irene que nos alertou. Dan estava no quarto quando atendi à ligação da minha agente, e ele pôde ver pela minha expressão que era uma coisa séria. Durante todo o tempo que Irene explicou o que tinha acontecido, ele permaneceu parado, a testa franzida e o olhar preocupado, em silêncio articulando sem parar a pergunta "O que foi?".

O fórum removeu o post — que também incluía um discurso moralista sobre eu ter o descaramento de me chamar uma mãe *real* quando minha filha frequentava uma creche em horário integral, discorrendo sobre a minha audácia em lucrar com uma família com a qual eu nunca passava tempo de verdade — assim que Irene reclamou. Só que a internet nunca esquece — se alguma coisa foi postada, mesmo que por pouco tempo, ela existe para sempre. Nada prestativo, o fórum não tinha informação de quem havia publicado aquilo, a não ser que era uma pessoa que estava escrevendo no site pela primeira vez. Por pior que pareça, de imediato me ocorreu que pudesse ser facilmente uma das outras mães da creche.

Eu sei que elas fofocam sobre mim e me alfinetam — posso sentir a mudança no clima quando passo pelos portões, ver os sussurros abafados por trás das mãos nos grupinhos que se reúnem perto dos limites do pátio. São todas agradáveis na minha frente, mas tenho certeza de que pelo menos algumas atiçam coisas contra mim na internet. Uma ou duas podem até ser as trolls sem seguidores e nenhuma foto de perfil que falam coisas terríveis sobre os meus filhos. Quem sabe? Com certeza algumas delas espreitam meu perfil sem nunca me seguir de fato e, depois de umas taças de vinho, pegam o celular para mostrar às amigas *aquela péssima mãe influenciadora da creche*, enquanto cochicham, os olhos arregalados, que procuraram por meu negócio no registro nacional de empresas e *você acredita no quanto ela ganha? Elas* nunca venderiam *suas* famílias na internet. *Quer dizer, aquela foto de Coco fazendo birra! Ela vai sofrer bullying, com certeza, se já não sofre. As crianças às vezes são bem cruéis.*

Talvez, mas suas mães às vezes são bem piores.

Pode ser alguma pessoa conhecida; pode ser que não — não somos anônimos, afinal. Qualquer um poderia ter nos avistado na vizinhança. Pode ser um seguidor cujas mensagens Winter não respondeu de forma entusiasmada o suficiente e agora quer vingança — e, para tanto, bancou o detetive. Pode ter sido qualquer um, mas, dadas as implicações de segurança para Coco e como Dan tem andado com os nervos à flor da pele desde o arrombamento, está nítido que precisamos tomar uma providência imediata.

O resultado, a única opção pelo menos por hoje, é deixar nossa filha com Winter. Coco não pode ir para aquela creche de novo e Dan estava totalmente inflexível em não cancelar *de maneira nenhuma* seu compromisso absolutamente vital com sua editora para lá de importante. Eu a teria levado comigo à premiação, mas ela se recusou a sair de casa. Então, com uma criança de quatro anos à beira de um chilique total e um recém-nascido chorão, as opções eram limitadas.

Embora não haja risco de minha assistente *matar* minha filha, essa solução está longe de ser a ideal. Fiquei no telefone com o pessoal da premiação por um total de noventa segundos, mas, quando desligo, tem cinco novas mensagens de Winter, me perguntando como lidar com as demandas de Coco por Percy Pigs, pinturas com dedo e mais um episódio de *Patrulha Canina*.

Está sol, leve a Coco ao parque, rapidamente digito enquanto o carro entra no lugar da premiação. Vejo que Polly mandou uma mensagem no WhatsApp, respondo com um aceno e um emoji de beijo e faço uma anotação mental para olhar melhor mais tarde.

Minha filha em geral é bem-comportada, apesar de recentemente ter desenvolvido uma obsessão com o meu telefone. Dependendo do humor, ela oscila de maneira selvagem entre pedir que eu tire fotos enquanto posa — depois passando as fotos de maneira interminável até encontrar uma em que ela esteja "bem bonita" — e tentar tirar o aparelho da minha mão, gritando "Eu quero que você olhe para MIM, mamãe! Olhe para MIM!". De forma alguma sou imune a essa crise de culpa em particular, mas as idas e vindas são desconcertantes.

E embora Winter possa ser uma assistente mais competente do que imaginei a princípio, ela não é nenhuma Mary Poppins. Parece um pouco confusa com todo o conceito de filhos e por que alguém gostaria de ter um, abordando Coco da mesma maneira que um dos seus muitos chapéus: um acessório útil para uma pose. Pensando bem, ouvi por acaso a mãe de Dan criticando que eu faço a mesma coisa.

Passo outra camada de batom, despenteio o cabelo para dar a impressão de que eu possa ter entrado no táxi pelo teto solar, esguicho no meu rosto a Água Termal Evian Brumisateur, olho para o meu telefone e aperto o botão de gravar.

— Algumas coisas que eu aprendi sobre fazer planos quando você tem filhos. Primeiro, *não faça*. Segundo, tenha um esquema para deixar as crianças quando precisar, a não ser que queira ser um bicho suado como eu... quer dizer, olhe para isso. — Enxugo o rosto e estendo um dedo brilhante para o telefone. — Quando exatamente um brilho hidratado vira um desastre? Estou só perguntando para uma amiga...

"E terceiro, se você tem um evento para ir, certifique-se de contar com um vestido extra de reserva já que alguém com certeza vai te dar um beijo de iogurte a caminho da porta. Quer dizer, você é uma mama de verdade se não precisou trocar três vezes de roupa antes de sair de casa? Mas estou usando essa camiseta #diascoloridos por cima de um vestido de festa, certo? Ah, aqui estamos nós!

Chegamos na ClubHouse, um clube fechado e hotel butique para "mamas da mídia e papais da publicidade" (palavras deles, não minhas) na parte oeste de Londres. É exatamente como se poderia imaginar: uma Soho House para pessoas que produziram alguns filhos. Há super-heróis de gênero neutro em sombras cinzentas de bom gosto pintados nas paredes, nuvens de luz neon penduradas do teto e uma sala inteira foi transformada em uma piscina de bolinhas em rosa millennial. Brinquedos de madeira clara do tipo que apenas pessoas que não têm filhos dão de presente estão espalhados de forma artística pelo chão. Estaciono o carrinho e, quando as garotas de prancheta vestindo macacões de cor pastel percebem quem eu sou, somos imediatamente conduzidos ao andar dos eventos e então às coxias.

Avisto Irene imediatamente. Quatro de cinco do meu grupo ganharam prêmios hoje, e parece que ela até mesmo se deu de presente uma roupa nova para comemorar — eu certamente não tinha visto esse poderoso tailleur Gucci de veludo vermelho antes. Olho para baixo para meu par de tênis Stan Smith gasto e sinto uma pontada de nostalgia pela minha antiga vida.

O resto do grupo está todo aqui, e levanto o polegar para elas. Hannah ganhou a Mãetivista do Ano e fico feliz por ela (embora sem dúvida os trolls vão reclamar que botar os peitos para fora em público para amamentar uma criança velha o suficiente para se servir um copo de leite nem é uma campanha). Suzy e suas túnicas esquecidas no tempo receberam o prêmio de Mais Bem-Vestida, e Bella foi reconhecida com o prêmio de Mãechefe, então ela pode provavelmente dobrar os preços novamente para sua carreira de coaching Essa Mãe Pode.

Sinto uma estranha onda de orgulho, observando-as posar para fotos com seus prêmios, uma fralda dourada em um pedestal rosa de acrílico. Não importa o que pensem sobre o que fazemos, não importa como julguem a forma como nos sustentamos, é impossível alguém não ficar impressionado. Conseguimos ser mães *e* mulheres de negócios, construímos impérios de histórias e selfies, fortunas de fotos de família e vídeos de quinze segundos. As Instamães de segundo e terceiro níveis, principalmente aquelas que não precisam do dinheiro, para quem essa vida é um agradável trabalho secundário, conferindo-lhes alguns brindes e férias ocasionais, nunca atingirão a primeira divisão desse jeito. Esse é o Oscar para sua atuação amadora.

— Graças a Deus, Emmy, pensei que você não fosse conseguir chegar. Cadê a Coco? — pergunta Irene.

— Deixei com a Winter — digo em um sussurro alto. — Realmente não tivemos escolha. Coco se recusou a sair de casa.

Pelo olhar que Irene me lança, é evidente que ela não acha que foi uma boa ideia.

— Nunca vou entender por que você não contrata uma babá — diz ela, exasperada. — Ah, eu sei, eu sei, Dan quer que Coco fique com crianças *normais* da própria idade, para manter os pés no chão.

A maneira como Irene fala essa última parte sugere seu ceticismo — e nos meus próprios momentos mais cínicos, me ocorreu que Coco estando na creche o dia todo também significa que Dan com frequência fica sozinho em casa para se concentrar na sua preciosa escrita.

Irene franze a testa, seu olhar focado em algo no ombro da minha camiseta.

— Você percebeu que o Bear acabou de dar uma golfada de leite em você? — Ela aponta para o meu filho, alegremente arrulhando no seu sling personalizado com estampa de onça. Eles chamam meu nome, e eu dou de ombros e adentro o palco, com um sorriso aberto e levantando a mão para a multidão quando alcanço o pódio.

— Primeiro, me desculpem pela poça de golfada do Bear — digo, apontando para o ombro —, mas querem saber? Esse pequeno acidente me proporciona a analogia parental perfeita. Porque ser mãe é continuar mesmo quando a merda atinge o ventilador, ou o vômito atinge a dragona, não estou certa?

Tiro uma toalhinha da bolsa fazendo uma firula e tento ao máximo limpar a sujeira. Ouço gritos de deleite do público.

— O que torna uma mãe perfeita? Quem sabe? E na verdade, quem se importa? Certamente eu não sou. E não tenho certeza se algum dia conheci uma mãe perfeita. Somos todas apenas mulheres; mulheres tentando fazer o suficiente, ser o suficiente, ter o suficiente sem nunca ter tudo. Mulheres sorrindo por entre lágrimas, tentando não acrescentar seus próprios soluços frustrados aos gritos de pirraça, elevando esses preciosos seres humaninhos acima das próprias necessidades, cada hora de cada dia. Oferecendo colo e pomada antisséptica quando os joelhos ralam, ganhando o pão para botar a comida na mesa, localizando as asas de anjo de purpurina debaixo do sofá até mesmo quando sua criança querida está sendo um diabinho. Querendo que tudo pare por um momento e chorando porque isso — fecho os olhos e beijo o topo da cabeça de Bear — não pode durar para sempre.

Posso ver uma mulher na fila da frente assentindo furiosamente enquanto enxuga uma lágrima.

— Acho que são todas essas coisas. E mais. E é isso que estamos celebrando hoje. É por isso que eu comecei a campanha #diascoloridos. É para mães que fazem tudo e mais um pouco, mães que nos inspiram, mães que conseguiram algo notável de verdade e cujas histórias merecem um alcance maior. Mães com uma carreira. Mães de primeira viagem. Mães de tempo integral. Mães diversas. Mães que também são pais. Significa o mundo para mim ser escolhida a Mama do Ano, mas de verdade vou aceitar esse prêmio por todas aqui. Porque estamos todas juntas nessa jornada louca!

A ideia de que alguém deu a Emmy Jackson um prêmio por seu papel de mãe me faz rir alto. Eles devem estar de brincadeira. Ela só pode estar de brincadeira. E de mau gosto. Quem julga essas coisas? Quem se senta em uma sala e decide que alguém é A Melhor Nova Mama ou A Mama do Ano ou A Melhor Vovó? Quem indica essas pessoas? O negócio todo está sendo transmitido on-line, obviamente. A mãe_de_hackney ou a oquemamaeusava já contribuíram com suas ideias do que faz uma mama perfeita.

Desde quando começamos a chamar as mães de mamas neste país?

Grace era uma mãe maravilhosa, bem como eu sabia que ela seria. Ela me dizia sempre: "Mãe, eu não sei se eu consigo fazer isso. Eu não sei se vou ser boa." Eu lhe dizia sempre: "Você vai ser maravilhosa." E eu não estava errada. Consigo me lembrar dela me contando daquela primeira noite depois que Ailsa nasceu, ela mal dormiu, só ficava a encarando; ela era tão linda, tão preciosa, uma responsabilidade tão maravilhosa. O que faz de uma mulher uma ótima mãe? A mesma coisa que faz de um homem um óti-

mo pai. Colocar seu filho em primeiro lugar — e não apenas quando convém ou quando uma oportunidade de foto aparece ou quando você está com vontade. Significa tomar decisões e pensar sobre coisas e estar preparado para dizer não quando precisar (e não apenas quando é conveniente). Significa se preocupar. Significa cuidar. Significa andar constantemente em uma linha tênue entre alegria e terror. Significa se perguntar toda hora se você está tomando as decisões certas e pelo benefício de quem você as está tomando de verdade. Significa ser mãe ou pai todo dia, o dia todo, e a noite toda também, não importa onde você está ou o que mais está acontecendo. Era isso o que tornava Grace uma ótima mãe.

E então existe a abordagem de Emmy.

A abordagem do tipo de maternidade tome-outra-taça-de-vinho-provavelmente-está-tudo-bem, onde o único conselho prático é um truque barato para lhe dar mais cinco minutos na cama de manhã ou ocupá-los enquanto você faz outra coisa. E continuamente reclamar que você não vai mais a bares nem bebe drinques até três da manhã nem vai a lugares sofisticados nas férias nem faz mais sexo na sala. O método bom-o-suficiente, isso-vai-servir, somos-todos-heróis-apenas-por-colocar-cereal-em-uma-tigela-e-não-deixar-que-eles-se-afoguem-no-banho na tarefa de criar um filho. A abordagem de como-posso-tornar-a-maternidade-uma-profissão e deixe-que-eles-comam-batata-frita-o-dia-todo-se-os-mantêm-quietos-e-as-batatas-forem-orgânicas.

Adivinhe qual dessas pessoas ganhou um prêmio — um prêmio de verdade — por sua abordagem em relação à maternidade? Adivinhe quem agora é paga para discorrer *sobre a maternidade para outras pessoas? É uma coisa horrível de se dizer — e uma coisa horrível de se pensar —, mas às vezes eu acho que algumas pessoas não merecem de verdade seus filhos.*

Dan

Os almoços com minha editora têm tido uma trajetória constante de redução de grandeza. Eles começaram, após eu assinar (e mandar por fax) o contrato para o meu primeiro livro, em um lugar oposto ao Garrick — com a equipe toda de aventais brancos, guardanapos que você mal consegue dobrar e cardápios em papel grosso impressos com letras rebuscadas, como o plano de distribuição de assentos na entrada da área de refeição de um casamento chique. Pedi a codorna. Minha editora estava lá, minha agente, diversas outras pessoas da editora, todos rindo das minhas piadas e me falando como estavam animados com o livro, como quando estavam lendo os manuscritos na cama, os namorados perguntaram do que estavam rindo e como agora eles também leram e adoraram; sobre o burburinho que estava no departamento de marketing a respeito do livro.

Depois do almoço, todos subimos para o escritório e as pessoas ficavam saindo das suas mesas e das suas baias para me conhecer e dar um oi. Depois que o livro foi publicado, seguiram-se diversos almoços de importância ligeiramente menor, só eu e minha nova editora, apenas o intervalo do almoço, uma taça de vinho cada e uma entrada e prato principal antes que ela tivesse que voltar para o escritório, uma chance de nos atualizarmos e conversar sobre o próximo livro e como estava indo. Depois de dois ou três desses almoços, percebi que eu era o único pedindo uma taça de vinho. Depois de um tempo, paramos de pedir a entrada. A editora saiu. Ganhei uma nova editora. Tivemos um almoço para nos conhecermos — em uma Pizza Express. Ela não mostrou nenhum sinal de ter lido meu primeiro romance ou de ter qualquer interesse particular no segundo. Quase metade do almoço consistiu nela me contando sobre a casa que estava planejando comprar junto com o noivo em Crystal Palace. Isso foi há dezoito meses. Não almoçamos desde então.

Eu pareço amargo? Assim seja.

Você pode imaginar minha surpresa quando a mesma editora de repente entrou em contato do nada e me disse que gostaria muito de marcar um encontro. Eu estaria livre na próxima segunda? Não havia nada na minha agenda, eu disse, sem olhar. Afinal, não é como se Emmy me consultasse cada vez que ela marca alguma coisa de trabalho. A editora sugeriu que nos encontrássemos às 13h em um lugar novo que servia tapas indianas perto de King's Cross. Soa intrigante, escrevi no e-mail. Foi só depois que respondi que ela me pediu para mandar o que eu já tinha do romance, para ela poder dar uma olhada no fim de semana.

Um soco gelado de medo atingiu meu estômago. Eu tenho mostrado trechos do romance às pessoas ao longo dos anos. Quando comecei, costumava ler para Emmy pedaços do que eu escrevera no dia dos quais eu me sentia especialmente orgulhoso. Minha agente e eu tínhamos conversado muito sobre o projeto, no início, e eu tinha mandado a ela alguns capítulos. Ela tinha sido prudentemente positiva, embora tivesse acrescentado que era difícil comentar de verdade até que visse mais. Isso foi há cinco anos.

Uma coisa que preciso explicar é que não estou tecnicamente *travado* quando se trata de escrever. Nem sou preguiçoso. Não passo o dia todo encarando uma tela em branco, nem passo meu tempo vagando por aí de cueca comendo batata frita. Na verdade, sou bem esforçado e aplicado, para um escritor. Provavelmente coloquei no papel palavras suficientes ao longo dos anos para encher quatro ou cinco romances. Meu problema é que eu volto e deleto todas.

O que ninguém conta sobre seu primeiro romance é que ele é de longe o mais fácil que você jamais escreverá. Você é jovem. Você é arrogante. Você tem uma ideia um dia e se senta naquela noite e começa a escrever e o que está escrevendo sai muito bom e então continua e no final da semana você tem cinco mil palavras e no final do mês já tem vinte mil palavras. Você mostra para alguns amigos próximos e eles gostam de verdade; então, você continua escrevendo. E termina. E fica encantado consigo mesmo só por ter terminado o romance. E quando manda para um agente e ele também gosta, você está tão encantado com o livro e consigo mesmo que anda por aí cantarolando por dias. E então alguém diz que quer publicá-lo. E então, de repente, você é um escritor, um escritor de verdade, um escritor que-será-publicado-em- -breve. E talvez seja por isso que escrever um segundo livro seja tão difícil. Porque só escrever um livro de repente não parece mais uma conquista tão grande. E alguns dias você vai escrever algo de que realmente gosta, mas então fica se questionando se é parecido demais com o que escreveu no primeiro livro. E em outros dias você vai escrever algo de que gosta, mas fica se questionando se esse novo romance vai acabar diferente demais do primeiro livro. E quanto mais tempo se gasta em um livro, mais a pressão cresce, e mais alta será a expectativa de todos, você imagina...

Mandei o que eu tinha às cinco horas da sexta, acompanhado por um e-mail de desculpas. Durante todo o fim de semana estou checando para ver se há uma resposta de confirmação, para ver se ela leu alguma coisa, para ver se ela gostou. Nada. Estou tentado a mandar uma mensagem apenas para me certificar de que ela recebeu — e talvez, já que mandei, perguntar casualmente se ela tem algum pensamento inicial —, mas consigo me conter.

Uma coisa boa sobre ser pai e escritor, eu acho, é que há sempre alguma coisa para te distrair de ficar obcecado com coisas desse tipo.

Obviamente, não há possibilidade de deixar a Coco na creche esta manhã. Não há possibilidade de deixá-la voltar àquela creche nunca mais, na verdade. O que é ótimo, dada a dificuldade de encontrar vaga em uma creche — encontrar qualquer tipo de esquema confiável para cuidar das crianças — nesta parte de Londres. Nem hoje é o dia ideal para algo assim explodir, se posso ser totalmente honesto. Eu lembro a Emmy que tenho esse almoço. Ela me lembra que tem o Prêmio Você Brilha, Mama. Ligo para a minha mãe. Ela está levando seu vizinho Derek, de oitenta anos de idade, ao hospital para fazer um check-up da perna, e aí vai esperar por lá para levá-lo de volta para casa. Sugiro que telefonemos para a mãe de Emmy. Por um momento, Emmy parece que está realmente considerando a ideia, o que mostra o nível de desespero que alcançamos.

Meu telefone apita e é uma mensagem da minha mãe dizendo que pode chegar em casa por volta das quatro, se isso seria de alguma ajuda para nós. A verdade é que não, na verdade não.

Todo esse tempo, Coco está andando pela casa chutando as coisas e girando nos calcanhares e dando grandes suspiros de irritação e perguntando por que ela não pode ir para a creche e ver os amigos. Ela já deixou bem explícito que não quer ir ao negócio do prêmio com Emmy, esfregando o rosto e cerrando os dentes e balançando a cabeça com tanto vigor quando Emmy sugere que em algum momento ela perde o equilíbrio e cambaleia na direção da parede.

— Tenha cuidado, Coco — digo, dando um passo à frente e a agarrando.

— Não — ela me diz, com firmeza, pisando forte para longe de forma desequilibrada. — Não, não, não, não, não.

Na hora em que Winter entra pela porta, minha filha está à beira de um ataque completo.

— Eu posso ficar com ela — sugere ela enfim, parecendo aterrorizada.

Mesmo quando Emmy está checando se ela realmente está falando sério, os olhos da minha mulher encontram os meus e silenciosamente me perguntam se isso é bom, se é a coisa certa a se fazer, se vamos nos arrepender. Em resposta, ofereço o que quer que seja o semblante equivalente a um encolher de ombros. Quer dizer, com certeza até mesmo Winter é capaz de fazer um sanduíche e levar nossa filha de quatro anos ao parque aqui perto. Nós dois agradecemos efusivamente e voamos porta afora.

Eu acabo chegando ao restaurante bem na hora — embora isso envolva correr a maior parte do caminho até o metrô e depois fazer meu caminho da estação King's Cross até o restaurante em um trote bastante urgente. O cumprimento da minha editora é encorajadoramente entusiasmado. Ganho um grande aceno quando estou sendo guiado até ela, um largo sorriso. Quando chego junto à mesa, recebo um abraço de verdade.

— Dan — diz ela, inclinando a cabeça ligeiramente para um lado, me olhando de alto a baixo, ainda sorrindo.

O garçom puxa minha cadeira. Eu me sento.

— Há quanto tempo, não é? — diz minha editora.

Respondo afirmativamente. Será que isso significa que ela gostou do que eu mandei? Ela com certeza parece muito mais afável do que da última vez em que nos encontramos, quando chegou atrasada, me informou que precisava estar de volta ao escritório em quarenta e cinco minutos e passou a tempo inteiro olhando o relógio. Dessa vez é como se ela fosse uma pessoa diferente — ou se eu fosse. No meu peito, algo parecido com esperança bate. Ela me fala qual entrada está pedindo, comenta que vai comer algo leve como prato principal porque quer deixar espaço para a sobremesa. É pela sobremesa que esse lugar é mesmo famoso, ela me informa. Será que devemos ser atrevidos e pedir uma taça de vinho? Ela diz que pedirá se eu pedir. Eu digo que eu pedirei se ela pedir. Ela acena para o garçom e pede alguma coisa que fica mais embaixo no cardápio.

É um almoço muito agradável. Conversamos sobre as últimas mudanças de pessoal e estrutura na empresa, as últimas tendências no mundo dos livros. Ela comenta sobre alguns romances que eles estão lançando em breve que ela acha que eu vou gostar e promete me enviar.

É só na hora do cardápio de sobremesas que minha editora menciona Emmy. Ela é, segundo me conta, uma grande admiradora da escrita da Mama_semfiltro. É tão engraçada, tão revigorante, tão real, diz ela. É tão autêntica. Faço uma piada sobre ser bem diferente do tipo de escrita que eu faço. Ela sorri de leve.

— Quantos seguidores Emmy tem agora? — ela me pergunta. Eu digo, arredondando ao milhar mais próximo, de acordo com a última vez que chequei. Ela me pergunta se Emmy já pensou em escrever alguma coisa tipo um romance ou uma autobiografia. Eu digo que acho que não. Tomo um longo gole de vinho. Tenho certeza? Ela está convencida que Emmy teria um talento natural para isso, que seria uma coisa que as pessoas realmente gostariam de ler. Talvez eu pudesse sugerir a ela. Talvez eu pudesse colocar as duas em contato. Ela adoraria ouvir quaisquer ideias que Emmy pudesse ter.

Fico tentado a perguntar por que, se ela quer conversar com Emmy sobre escrever, foi a mim que convidou para almoçar.

Ou mesmo questionar quando foi que ela descobriu que sou casado com a inspiradora Emmy Jackson, que um volume fino de suas abobrinhas, ilustradas com uma enxurrada de fotos e apresentadas fora de ordem (suponho) para o Dia das Mães, configuraria nitidamente uma proposta comercial muito mais animadora do que o romance no qual tenho colocado meu coração e minha alma semana após semana pela maior parte da última década.

Fico tentado a chorar ou a rir ou a gritar.

Em vez disso, simplesmente digo que vou comentar com ela. Minha editora parece encantada. O que me apetece no cardápio da sobremesa?, pergunta. Respondo que provavelmente vou passar a sobremesa, na verdade; que eu talvez tenha superestimado meu apetite.

De improviso, casualmente, enquanto estamos esperando a conta chegar, pergunto o que ela achou dos capítulos que eu mandei. Ela me diz que ainda não teve tempo de vê-los direito. Desculpe por isso.

Do lado de fora, está chovendo. Quando tiro meu celular do bolso para chamar um Uber, vejo uma mensagem de WhatsApp da Winter.

Aconteceu um acidente.

Capítulo nove

Emmy

A mensagem de voz estava apressada, apavorada, truncada. Muitos segundos de choro abafado, depois de Winter me contando que ela e Coco estavam no hospital, que eu precisava ir com urgência, depois Winter estava pedindo a alguém do outro lado da linha para repetir o nome do hospital em que estavam.

Um acidente, Emmy. Coco. Emergência. Venha agora.

É impossível explicar a qualquer um que não tenha filhos como é a sensação de ouvir algo assim.

Enquanto eu saio correndo do prêmio, enquanto estou chegando na rua e acenando com um braço por cima da cabeça para chamar um táxi, ouço a mensagem sem parar, várias vezes, atrás de alguma pista do que possa ter acontecido, para saber como Coco está. E no meio de tudo aquilo, estou barganhando com um deus no qual não acredito, prometendo que, se Coco estiver bem, eu não me importo de morrer. Qualquer coisa que possa ter acontecido com meu bebê, em vez disso que aconteça comigo. O que soa como o tipo de coisa que as pessoas apenas falam da boca para fora, mas é absolutamente, visceralmente verdade.

Perco a noção, às vezes, de como somos sortudos por termos duas crianças saudáveis, felizes, quando estou pisando em uma pequena e pontuda coroa de princesa ou ela está negociando uma história extra na hora de dormir. Mas pensar na minha filha — ou em qualquer um dos meus filhos — se machucando é pior do que qualquer coisa que um dia pudesse acontecer comigo. Ela é minha filha, minha primeira filha, que eu segurei no colo antes até mesmo de ela saber o que é dor ou medo. Eu me lembro quando Coco era recém-nascida e Dan e eu tivemos que cortar suas pequeninas unhas e ele de alguma maneira pegou a ponta do dedinho. Eu me lembro do seu uivo confuso e de observar aquela meia-lua de sangue aparecendo na ponta do seu dedo, e do seu olhar para nós, como se nós a tivéssemos traído de alguma forma, e ela percebendo que era a primeira vez que experimentava a dor e que era nossa culpa.

Eu me lembro de Coco girando para me impressionar uma vez em uma plataforma alta em um parquinho, e tropeçando e caindo. Ela bateu o queixo em uma barra quando caiu, cortando o lábio superior com o dente, e eu senti com tanta nitidez quanto a própria Coco aquela transição abrupta de alegria e euforia para tristeza e dor súbitas. E as noites quando Coco estava doente e com febre e sem saber qual a melhor maneira de ajudar, e se eu deveria levá-la à emergência ou apenas deixá-la dormir. Saber que alguma coisa tinha acontecido com ela agora é como experimentar todos aqueles momentos simultaneamente e é tudo ainda pior porque eu não sei o que aconteceu nem a gravidade do ocorrido.

Cada vez que avisto um táxi se aproximando, começo a acenar com mais energia até ver que a luz está apagada e ele já está com passageiro. O Uber mais próximo está, por incrível que pareça, a dezessete minutos de distância. Quando finalmente um táxi disponível para, eu passo vinte minutos no trânsito ligando sem parar para Winter sem obter resposta.

Passando de maneira estabanada pelas pessoas na minha frente na fila da emergência com Bear no carrinho, agarro a primeira enfermeira que vejo e exijo que ela me leve até minha filha.

— Se acalme, mãe. Está procurando Coco Jackson? Ela está bem. Venha por aqui.

Ela me guia pelo corredor. Só quando ela coloca a mão no meu braço que percebo que estou tremendo.

— Espere um minuto, mãe, antes de ver sua filha — diz a enfermeira, parando perto de uma mesinha com um jarro e me servindo um copo de refresco. — Seu rosto está completamente pálido. Ela vai se assustar. — Respiro profundamente algumas vezes e dou alguns goles no refresco de laranja aguado enquanto a enfermeira explica o que aconteceu.

Quando chegamos perto da sua cama, encontro Coco alegre encostada nos travesseiros, assistindo *Octonautas* no celular de Winter, tendo aparentemente despachado minha assistente para pegar um lanche. Ela está com o pulso direito enfaixado. Eu não consigo evitar, mas caio na risada.

— Docinho, o que diabos você fez? — pergunto, me inclinando e pressionando meus lábios contra sua testa. — Você deu um susto na mamãe!

— Mamãe, a Winter estava olhando no telefone como você faz, mas eu queria que ela olhasse para mim indo alto no balanço. Eu me levantei no banco para ela poder me ver, mas caí e bati a mão — explica ela. — Foi sem querer. Foi um acidente.

Posso ver que por dentro ela está um pouco orgulhosa de si mesma e provavelmente está gostando da sua primeira ida ao hospital.

Winter chega à enfermaria com pelo visto todos os itens da máquina de venda automática. Ela para mortificada quando me vê, provavelmente presumindo que está prestes a tomar uma bronca. Posso ver que seus olhos estão vermelhos e inchados, o rímel desenhando uma linha pelo seu rosto.

— Me desculpe mesmo, Emmy. Eu não sei o que aconteceu. Em um segundo ela estava no balanço e no outro ela estava no chão. Eu só estava olhando o meu telefone um segundo, juro, e então eu... eu... — Winter gagueja e começa a chorar. — A enfermeira disse que acha que ela não quebrou nada, mas precisam fazer um raio X para checar. Ela está... — Winter não consegue falar mais nenhuma palavra antes de se debulhar em grandes, ranhosos soluços.

Abro a boca para lhe dar a bronca épica que eu estava mentalmente ensaiando no táxi, mas não sai.

— Ah, Winter, pelo amor de Deus. Não precisa chorar. Coco parece bem. Você está bem, não está, Cocopop? — pergunto. Um pouco irritada com o estado de Winter, percebo que eu vou ter que consolá-la.

Coloco os braços em volta dos ombros trêmulos da garota.

— Nós nunca devíamos ter pedido a você para ficar com a Coco, não é parte do seu trabalho.

— Não é isso, Emmy. Bem, é isso. Mas é também... a razão por que eu estava olhando o meu telefone, a razão por que eu estava distraída... Becket terminou comigo. Ele

181

diz que só quer se concentrar na música neste momento. Não tem espaço na cabeça para mais nada — ela lamenta, enquanto balança o celular na minha frente. — O que eu vou fazer? Onde eu vou *morar*?

O sensível e atencioso Becket terminou com Winter e pediu para ela se mudar por mensagem. Uma mensagem muito, muito longa. Mais um poema na verdade, pela aparência. Eu vou ter que oferecer conselhos amorosos enquanto esperamos o médico aparecer, percebo. Verifico se Bear está dormindo no carrinho, deixo Coco pegar um pacote de Maltesers do carregamento de Winter, distraidamente acariciando a nuca enquanto coloca o chocolate na boca.

— Venha aqui. — Faço um gesto para Winter se sentar do meu lado na ponta da cama. — O que aconteceu? Vocês dois brigaram?

— Não, Emmy, foi só isso. Eu pensei que estava tudo indo tão bem. Nós nunca brigamos, nós somos... nós éramos totalmente a fim um do outro. Eu não entendo. Eu só não sei o que eu vou fazer. — Ela começa a soluçar e me entrega o telefone para eu ler.

Eu não consigo suportar ler toda aquela coisa lamurienta, egocêntrica, solipsista, mas rapidamente pego a essência. Winter está tentando construir uma carreira para si e não está dando a ele — o artista — atenção suficiente. Ela tem andado distraída com o novo trabalho e não está passando tempo suficiente o bajulando. Existe uma lista de shows que ela perdeu, um set de DJ para o qual ela se atrasou, aquela vez em que ela disse que não poderia postar uma foto da capa do EP dele no Instagram porque interferia com o conteúdo patrocinado que ela tinha agendado. E ele também parece que achou que ela talvez pudesse fazer mais no apartamento dele, como cozinhar ou algo assim, sabe? Para que ele pudesse se concentrar na criação?

Nossa, esse cara parece um babaca.

— Winter, eu sei que parece o fim do mundo agora. Mas, sinceramente, passei pela mesma coisa que você várias e várias vezes quando eu tinha vinte e poucos anos, e tudo acabou dando certo. São só treinos, sabe, esses idiotas bonitos que partem nosso coração. Eles nos ajudam a entender o que queremos, do que realmente *precisamos*. E se você é de alguma forma como eu, e acho que é em diversos aspectos, o que você precisa é de alguém que proteja você. Alguém que não está sempre competindo com você. Que deseja apoiar você totalmente em tudo que queira fazer, mesmo que ele não entenda completamente o que é. E que não se sente ameaçado quando você é competente e as pessoas percebem — digo, apertando o joelho dela. — E eu prometo: existem homens por aí que não acham que estar em uma relação com uma mulher bem-sucedida de alguma maneira diminua ou ofusque eles.

Ela enxuga uma lágrima.

— Está falando de você e do Dan? Meu Deus, eu nunca realmente pensei em vocês dessa maneira. Eu só achei que vocês fossem, sabe, uma mãe e um pai — diz ela, me olhando com curiosidade, e consigo ver que está tentando nos imaginar como um casal mais jovem, tentando imaginar o tipo de pessoas que costumávamos ser quando tínhamos a idade dela.

Ah, fala sério, eu penso, é tão difícil assim?

— Você vai encontrar outra pessoa — digo a ela, colocando a mão no seu braço. — Alguém que sai do próprio

183

caminho para fazer você se sentir especial, que olha para você como se fosse a única mulher do mundo, que escuta e ri e ama você da maneira como merece ser amada. Você vai encontrar seu Dan.

Por alguma razão, isso desencadeia seus soluços novamente. Eu ofereço um lenço de papel. Ela esfrega os olhos e depois assoa o nariz.

— Ah, meu Deus — ela geme —, isso é muito romântico e tudo o mais... é só... é só... os pais do Becket são donos do nosso apartamento. Eu não ganhei nada na verdade desde que larguei meu emprego para ser influenciadora em tempo integral e já estou com tantas dívidas que nem posso olhar a fatura do meu cartão de crédito. Todo mundo dizia que era fácil, tudo isso. Irene fez parecer como se houvesse montanhas de dinheiro desde o início. Quer dizer, eu recebo *coisas*. Mas nunca é, tipo, coisas que você realmente quer, não é? Bolsas na cor errada, vestidos que não cabem. E alguns dos chapéus — ela enruga o nariz —, eles são tão horríveis que não dá para vender nem no eBay. Você não pode comer roupas grátis ou pagar o aluguel com elas. E as férias e os *lattes* de cúrcuma e os *smoothie bowls* para o brunch com as outras garotas, e os gigantescos buquês de flores para acessórios de filmagem, as coisas de beleza e cabelo, e você precisa estar diferente em cada foto e... e... eu nem tenho uma câmera apropriada... — Ela está agora assoando grandes bolhas de catarro, lágrimas pingando do queixo. — Todo mundo tem uma Olympus PEN! — Ela literalmente uiva com a injustiça.

Sinto vontade de beijar o médico quando ele chega para fazer um exame rápido em Coco, me dando a desculpa de que eu precisava para abraçar Winter mais uma vez e mandá-la para casa. Ele diz que tem quase certeza de que o pulso não está quebrado, mas quer checar. A enfermeira voltará daqui a pouco para descer com Coco o para raio X, e até lá nós vamos apenas ficar sentadas esperando.

Tiro o iPad e os fones de ouvido da bolsa e os entrego a Coco, que encosta para assistir aos *Octonautas* novamente. Bear ainda está dormido e, quando pego meu telefone, vejo que tenho diversas chamadas perdidas de Dan e uma de Polly. Mando uma mensagem de texto ao Dan para falar que está tudo bem, e à Polly para dizer que ligo mais tarde já que Coco está no hospital. Ela se oferece para vir direto para cá para ajudar, pegar o Bear ou trazer um jantar ou uma muda de roupas, mas eu a tranquilizo dizendo que é só uma torção leve.

— Agora, Coco — digo —, fique aqui por cinco minutos enquanto mamãe encontra algumas roupas para você que não estejam cobertas de lama!

Empurro Bear no carrinho até a loja do hospital, onde só consigo encontrar um pijama superfaturado e horrendo da Peppa Pig no tamanho dela. Compro umas canetas hidrográficas também, por via das dúvidas, caso ela realmente precise engessar e nós possamos desenhar figuras de princesas.

Volto para a cama de Coco e a encontro dormindo, o rosto pressionado contra o iPad. Um calor enche meu peito. Toda a sua atitude de menina grande se dissipa quando Coco dorme e ela volta a ser minha garotinha. E junto com aquele turbilhão de sentimentos, outro pensamento chega. Cuidadosamente, tiro o iPad de debaixo dela, puxo a cortina para fechar toda a volta da cama e puxo o cobertor aveludado azul-claro até o seu queixo. Paro por um segundo e pego meu telefone e tiro uma foto. Seguro sua mãozinha na minha e tiro outra. Depois subo na cama ao lado dela e tiro outra onde ela está deitada, enrolada como uma bola, de conchinha comigo.

Obviamente, não planejo postá-las nunca, mas são uma política de segurança útil. Eu sei por causa de muitos escândalos de outras pessoas do Instagram que distração é sempre a melhor tática quando as coisas vão muito errado. Peça desculpas pelo que quer que a internet a esteja acusando, depois rapidamente dê sequência com uma crise pessoal de qualquer tipo. Por que quem continuaria a chutar uma mãe com uma criança doente no hospital?

Dan

Quando eu finalmente consigo checar as mensagens, Emmy já está no hospital e assumiu o controle. Devo mudar a direção do Uber e encontrá-las?, pergunto. Em qual hospital elas estão mesmo? Meu motorista olha para mim pelo espelho retrovisor. Emmy me diz para não me preocupar, elas já estão quase terminando, Coco torceu o pulso bem de leve e logo estarão de volta.

— Para casa mesmo — digo para o motorista. — O endereço original, ok?

Fico um pouco surpreso quando chego em casa e encontro a porta trancada em apenas uma das fechaduras. Já falei especificamente para Winter sobre isso. Desde o arrombamento, tenho sido mais exigente do que o normal quando se trata de garantir que a porta da frente esteja duplamente trancada, o alarme ligado, luzes acesas toda vez que saímos. Não é só a ideia de que alguém entrou na casa, é que alguém estava observando de antemão, sondando a vizinhança. De que a pessoa que invadiu antes, seja quem for, possa tentar a mesma coisa novamente.

Vou desligar o alarme e descubro que já está desativado.

— Olá?

Assim que piso no hall de entrada, já sei que há alguém dentro da casa. Eu sei que sim. Uma espécie de instinto animal. Alguma coisa na pressão do ar.

— Winter?

Nenhuma resposta. Na cozinha, ouço alguma coisa se mover.

— Emmy?

O movimento para. Eu também paro. Prendo a respiração. Tenho certeza de que consigo ouvir um armário na cozinha sendo fechado — ou uma gaveta sendo aberta.

Três passos rápidos e estou na porta de entrada, pronto para atacar um bandido, pronto para gritar, assustado mas também impulsionado por certa agitação arrogante. Meus punhos estão cerrados. Minhas unhas estão enterradas nas palmas das mãos.

Minha mãe está fazendo um sanduíche.

Ela leva um susto.

Suavizo o rosto e adoto uma expressão mais normal.

— Olá, querido — diz ela. — Tudo bem?

Então me ocorre que eu me esqueci completamente de ligar para a minha mãe e pedir para ela não vir.

— Espero que você não se importe que eu prepare alguma coisa para comer — diz ela, dando uma mordida.

Eu digo que lógico que não. Ela come, se desculpando. Ela veio para cá direto depois de deixar Derek em casa após a consulta no hospital e não teve a oportunidade de comer nada o dia todo.

— Gogo nã istá cum cê?

Hesito antes de responder.

— Não, mãe, Coco não está comigo. Não se apavore, mas na verdade ela também está no hospital.

Ela engole em seco e coloca o resto do sanduíche na bancada, empurrando o prato para longe com um toque rápido dos dedos.

— O quê?

— Não é nada sério. Foi uma bobeira, ela foi ao parque com uma pessoa que estava cuidando dela e a pessoa se distraiu...

Mamãe pergunta quem estava cuidando dela.

Eu digo. Com um ar pensativo, ela limpa uma migalha de pão do lábio inferior.

— E quem é Winter?

Eu explico que Winter é a assistente de Emmy.

— E onde estava a Emmy?

— Em uma premiação. E eu tinha um almoço com a minha editora.

Minha mãe está olhando para mim cada vez menos impressionada.

— Para qual hospital levaram a Coco? — pergunta ela.

Ignoro a pergunta.

— Eles acabaram de dar alta e ela está bem, mãe.

Acrescento que Coco está a caminho de casa agora, que em breve ela mesma poderá confirmar isso.

Minha mãe sendo minha mãe, a primeira coisa que ela faz é se culpar por tudo isso. Se pelo menos ela pudesse ter estado lá, se pelo menos tivesse cancelado com Derek e dissesse para ele pedir para outra pessoa o levar à consulta; ela se sente péssima. Eu continuo tentando tranquilizá-la afirmando que não foi culpa dela, que nada terrível aconteceu, que está tudo bem.

— Mas podia não estar — ela continua dizendo. — Quer dizer, graças a Deus que Coco está bem. Mas, mesmo assim, pense só se todas aquelas pessoas na internet ficassem sabendo. As coisas que diriam. Sobre Emmy, sobre que tipo de mãe que ela é. Todas essas coisas terríveis, injustas.

Uma das coisas que preocupam muito a minha mãe é a instabilidade do trabalho de Emmy. Como isso tudo é repleto de competição, a luta desesperada por anúncios pagos e parceria de marcas e todas as coisas de que você precisa para transformar seguidores em dólares (como Irene fala). Quanto tempo nós vamos poder girar esse pião — até que as duas crianças estejam na escola? Como vai funcionar quando os dois tiverem aula o dia todo? O que acontece quando eles começarem a ler e entender o que Emmy escreve?

Eu tento — nós dois tentamos, Emmy e eu — manter os pés de Coco no chão o máximo que conseguimos. Estamos sempre recordando a ela que não é normal receber tanta coisa de graça, ser reconhecido aonde quer que vá, completos estranhos agirem como se conhecessem você. Frequentemente conto histórias sobre como era quando eu estava crescendo (sem iPhones! Sem iPads! Sem desenhos animados sob demanda!) e lembro a ela que garota sortuda ela é quando você compara a vida dela com a vida de muitas pessoas ao redor do mundo — e neste país também, a propósito. Uma noite por semana tento garantir que os telefones sejam deixados de lado, e conversamos durante o jantar e todos nós lemos uma história juntos antes de dormir. Quando ela ganhou uma quantidade ridícula de coisas no Natal passado (dois cavalos de balanço da Hamleys, diversos ursos de pelúcia do tamanho dela, uma casa de bonecas com metade do tamanho do meu galpão), colocamos alguns no sótão e redistribuímos ou doamos o restante.

Temos cuidado com o quanto gastamos do dinheiro que a Mama_semfiltro ganha.

Mas quando a minha mãe se preocupa com a rapidez com que tudo isso pode desmoronar, eu tenho que admitir que ela tem certa razão.

De fato, algumas das coisas que Irene definiu para Emmy parecem como um monte de dinheiro para muito pouco trabalho de verdade. Se você olha as contas da empresa (a Mama_semfiltro é, claro, uma companhia limitada), parece que as coisas estão indo muito bem para nós. Então você ouve as histórias. Então você lê sobre o que aconteceu com outras pessoas. Eu vi um artigo no *Guardian* recentemente sobre como todos os seguidores de uma influenciadora foram roubados no intervalo de cinco minutos. Sua conta do Instagram foi hackeada, seu nome de usuário e sua senha mudaram. E foi isso. O Instagram não ajudou. Ninguém nunca mais conseguiu recuperar a conta. Anos construindo o rol de seguidores e bum, eles simplesmente não existem mais.

Quando não estou me preocupando com a segurança de Coco, ou com o que podemos estar fazendo com ela psicologicamente, ou com algum som que ouço lá embaixo e possa ser do arrombador de novo, o que mais me faz perder o sono de noite é o seguinte: que um único movimento em falso, uma pisada de bola, um comentário mal interpretado, uma sinalização de virtude desastrada poderia fazer com que a coisa toda desmoronasse. Os cachês de presença, as filmagens, as campanhas, tudo. Acontece com as pessoas. Acontece da noite para o dia. Você se lembra da apenasmaisumamae? Acho que não. Dezoito meses atrás ela era tão grande quanto Emmy. Provavelmente maior. Ela estava conseguindo comerciais de TV, tinha um grande contrato agendado com a Pampers, tinha seu próprio programa matutino (muito cedo) no rádio. Então, em uma única noite, ela estragou tudo. Para além do fato de que seus gêmeos eram umas graças e eles moravam no interior, e, por isso, havia muitas oportunidades para fotos saudáveis das crianças ao ar livre saltitando por fazendas com botas enlameadas e pulando nas poças, a grande coisa da apenasmaisumamae é que ela era realmente *legal*, realmente *saudável*, realmente *doce*. Então uma noite, por uma razão qualquer — talvez tenha sido um longo dia e as crianças estavam brincando na hora de dormir ou talvez ela tenha recebido alguma má notícia ou talvez houvesse algum comentário particularmente terrível de um troll que a atingiu em cheio —, ela se sentou com uma taça de vinho (talvez não a primeira da noite) e começou a responder às mensagens diretas e perdeu o controle. Quer dizer, perdeu completamente o controle. Começou a dar aos haters uma bronca. Uma dose do próprio veneno deles. Xingando e falando palavrões. Chamando as pessoas de pervertidos, babacas e punheteiros. Dizendo às pessoas para cuidarem da porra da própria vida. Perguntando por que eles eram tão filhos da puta. Eu só posso imaginar a satisfação que isso deve ter dado a ela, apertar enviar, imaginar a surpresa deles, atirar neles com artilharia pesada. Todos nós já fizemos isso, durante discussões, dissemos alguma coisa, pensando *eu definitivamente não vou me arrepender de manhã por ter falado isso*.

Em cerca de quinze minutos, prints começaram a aparecer — no Instagram, no Twitter, no Mumsnet. Em três horas, já tinha sido escolhida como uma daquelas historinhas caça-likes do BuzzFeed. Na manhã seguinte, fizeram um relato da sua "fúria boca suja", com prints e fotos da linha do tempo dela, no MailOnline. Naquela tarde, as fotos haviam sido complementadas com outras granuladas de longo alcance em que ela entrava em uma Land Rover e a história era sobre ela perder a parceria com a Pampers e ter conversas com os chefes da rádio sobre se eles ainda queriam que ela continuasse apresentando um dos seus programas. Eles não quiseram, como se revelou. Provavelmente, agora ela voltou a fazer o que quer que fazia da vida antes de se tornar uma influenciadora — se isso ainda fosse uma opção para ela. Da última vez que olhei no Instagram, ela havia deletado a conta. Não da maneira *Desculpe, gente, vou me afastar desses quadradinhos por alguns dias por conta da minha saúde mental* que todos parecem fazer toda vez que estão sendo criticados por algo ou querem uma dose extra de atenção e conforto. Da maneira que você provavelmente deletaria sua conta se você se candidatasse para um programa de treinamento de professor ou um curso de introdução ao direito.

E essa era alguém que costumávamos ver nos eventos e falar oi e que uma ou duas vezes estava entre as duas ou três na competição por coisas com Emmy, apenas um ano e meio atrás. Alguém cujos filhos eu conseguiria distinguir em uma fila, cuja cozinha eu poderia descrever.

Sugeri a Emmy uma vez de mandarmos um e-mail para ver como ela estava, e minha mulher me perguntou por que faríamos isso com o que pareceu uma perplexidade genuína.

Vinte e três anos. É isso que as pessoas ficam me dizendo, me lembrando. Vinte e três anos no mesmo hospital, no mesmo departamento; pelos últimos dez anos, o mesmo trabalho. Parecia ser difícil para alguns dos meus colegas mais jovens entenderem. Às vezes, para falar a verdade, eu mesma achava difícil entender.

Eu não estava com pena de estar me aposentando. Era um trabalho difícil, ser enfermeira do CTI. Essa é a primeira coisa que a maioria das pessoas diz quando eu conto no que eu trabalho. No que eu trabalhava. Que deve ser difícil. Certamente é intenso, algumas vezes eu lhes dizia. Saber que, quando alguém chega de uma cirurgia de grande complexidade, seu rosto será o primeiro que eles verão. Saber que você vai lidar o dia todo com pessoas que estão assustadas, confusas, sofrendo. Saber que, através de cada uma das pessoas que você está cuidando, seu zelo, sua experiência, seu instinto de que quando alguma coisa não está bem poderiam literalmente significar a diferença entre vida e morte.

Isso é importante, não é? Nem todos podem falar isso. Que o trabalho que fazem, todos os dias, todos os plantões, literalmente salva vidas.

Às vezes, quando eu penso em todas as pessoas que mantive vivas ao longo dos anos profissionalmente, e em todas as pessoas que me foram tiradas pessoalmente, quase parece que estaria entre os meus direitos acertar as contas um pouco com o universo. Ou quase isso.

Às vezes, eu olho para mim mesma no espelho e me pergunto no que me tornei, que tipo de pessoa pensa assim.

Às vezes, sinto que era realmente o meu trabalho que estava me mantendo firme, o tempo todo. Quando George morreu. Quando perdemos Ailsa. Quando perdi Grace. Talvez tenha sido isso que me deu força para enfrentar os dias, ser capaz de ir trabalhar e focar em lidar com o sofrimento de outra pessoa, a dor de outra pessoa. Não sobra muito tempo para lamentação e introspecção em uma unidade de tratamento intensivo. Não sobra muito tempo para pensar sobre os seus próprios problemas.

O que não quer dizer que a tristeza ou a dor ou a raiva foram embora.

Falei diversas vezes para todos que eu não queria uma festa de aposentadoria. Por semanas e semanas fiquei deixando pistas de que eu não queria uma coisa grande, com discursos e balões e um bolo e tudo. Sempre detestei ser o centro das atenções nos melhores momentos, e eu tinha minhas próprias razões, muito boas, para querer evitar os holofotes nos últimos meses.

Eles fizeram assim mesmo. Uma festa surpresa, não menos que isso. Ou esse era o plano de qualquer maneira. Eu tinha acabado de me trocar no fim de um plantão e alguém me mandou uma mensagem e me perguntou se eu podia aparecer na grande sala de reuniões no sétimo andar e meu coração se apertou, porque eu sabia, antes de abrir a porta, que um bando de pessoas estaria sentado lá no escuro, todas prontas para acender as luzes e gritar: "Surpresa!" E assim foi. E, como eu suspeitava, todos eles fizeram uma vaquinha, me compraram flores, alguns chocolates, uma caneca com uma piada sobre aposentadoria, alguma coisa a ver com jardinagem. Houve discursos. E em todos os discursos, as pessoas falavam sobre como eu era "gentil" e "atenciosa" e "paciente" e "doce" e "amável", como se estivessem dizendo coisas sobre nunca terem me visto em uma crise, como se nunca tivessem me visto perder a cabeça, nunca tivessem me ouvido ser ríspida ou falar uma palavra irritada sobre alguém, eu continuei olhando de rosto em rosto em rosto e continuei pensando, se eles soubessem.

Porra, se eles soubessem...

Capítulo dez

Dan

Em alguns dias tudo parece dar errado desde o início. Esta manhã, por exemplo. Por alguma razão, completamente fora do normal, Bear decidiu acordar às quatro e meia e começar a gritar. Fui até ele, chequei a fralda e o acalmei. Quinze minutos depois, ele começa a gritar novamente. Emmy vai até lá. Por cerca de meia hora consigo ouvi-la através da parede balançando o bebê e tentando fazê-lo ficar quieto e o acalmando para voltar a dormir. No instante em que ela tenta deitá-lo de novo, ele recomeça a gritar. Do quarto de Coco, pela porta, posso ouvir uma voz queixosa perguntando o que está acontecendo. Agora são cinco e quinze e, já que Emmy tem um ensaio fotográfico mais tarde, eu me levanto e me ofereço para tomar conta do bebê por algumas horas.

Antes de Bear chegar, acho que tinha esquecido como é ter um bebê muito pequeno. A inexorabilidade da situação. O fluxo constante de coisas para se preocupar. A interminável lista de tarefas relacionadas ao bebê. A quantidade de pressão no casal mesmo nos melhores momentos.

Quando estou cansado, fico rabugento e desajeitado. Não é uma boa combinação. A primeira coisa que faço quando desço até a cozinha é abrir a porta de um armário para pegar uma mamadeira e preparar o leite de Bear, me virar para pegar alguma coisa da geladeira, depois dar meia-volta e bater a cabeça na porta aberta do armário, bem entre os olhos.

Emmy grita para saber o que está acontecendo. Eu grito de volta: nada. Ela pergunta o que é toda aquela gritaria.

Levo cinco minutos para encontrar a mamadeira de plástico vazia que tirei do armário, que parece ter desaparecido imediatamente. Finalmente a encontro, bem na minha frente na bancada.

Nessa altura, Bear está ficando com fome, reclamão e irritado.

Em manhãs assim que eu me pego refletindo com espanto como eles cuidavam tão pouco dos bebês, os homens da geração do meu pai. Será que meu pai alguma vez trocou uma fralda? Talvez uma vez, mal. Eu sei que ele costumava reclamar às vezes do cheiro do lixo de fraldas, o que ficava perto da porta dos fundos, e contavam uma história na família sobre uma vez que ele estava saindo para o trabalho com seu melhor terno (eu o imagino bem largo, de tecido sintético, com lapelas amplas) e conseguiu chutar o lixo e pisar nele. Mas não consigo me lembrar de ouvir sobre ele se levantar no meio da noite para dar uma mamadeira ou empurrar o carrinho pelo quarteirão para me fazer dormir. Ou até mesmo me levar a um parque sozinho. E é do começo dos anos 1980 que estamos falando, não dos anos 1950. Minha mãe fez faculdade, leu *A mulher eunuco* e trabalhava em horário integral — e ainda preparava todos os jantares. Eu só não consigo entender como os homens costumavam se safar dessas coisas naquele tempo.

Quando Emmy e Coco levantam e começam a escolher as roupas para o ensaio de hoje, são oito e quinze e eu me sinto como se já tivesse passado por um dia inteiro de trabalho.

É óbvio que Emmy e eu precisamos resolver nossos arranjos de cuidado das crianças, urgente.

Entre as muitas administrações das tarefas domésticas que fui designado a fazer enquanto Emmy está fora nesse ensaio com Coco e Bear hoje, uma delas é encontrar uma babá. Nós afinal decidimos procurar uma candidata apta da maneira convencional, depois de Emmy e Irene investigarem sem sucesso uma parceria em potencial com uma agência de babás e eu ter vetado a sugestão de Irene de lançarmos uma competição no Instagram para encontrarmos uma. Dado que a agente de Emmy provavelmente estava meio brincando, talvez eu tenha sido um pouco mais ríspido sobre essa última proposta do que a situação demandava. Emmy me deu uma encarada longa, fria.

— Bem, por que *você* não encontra uma solução então? — perguntou ela.

Aí ela foi fazer alguma coisa no quarto que envolveu muito barulho e um monte de gavetas batendo enquanto eu pisava forte na cozinha para fazer uma xícara de chá e pegar meu laptop. Cerca de vinte minutos mais tarde, enfio a cabeça pela porta do quarto para contar a Emmy que nos inscrevi em um novo serviço on-line de arranjos para famílias à procura de babás e babás à procura de famílias. Nos sentamos mais tarde naquela noite com uma taça de vinho na frente da tela e preenchemos um formulário on-line sobre quem nós somos e que tipo de pessoa estamos procurando.

Enquanto Emmy está arrumando o Bear e Coco está vendo desenho na mesa da cozinha no seu iPad, me reconecto ao site e descubro que tivemos sete respostas durante a noite. Excluo uma que tem longos e misteriosos intervalos no currículo. Assim como outra que tem três erros de ortografia na descrição pessoal. Não gosto muito da figura que tem piercings no nariz, olhos ligeiramente divergentes e cabelo roxo. Me julguem. Ainda sobram quatro perfis promissores. Dessas, três estão sorrindo e uma parece muito séria. Das três sorridentes, uma tem vinte e dois anos, uma tem quarenta e cinco e a terceira está na casa dos sessenta. Eu só posso imaginar a reação de Emmy se eu escolher a de vinte e dois. A de quarenta e cinco menciona no seu perfil que se considera espiritualizada. E então, no espaço de menos de dez minutos, rolando e clicando, temos uma vencedora. Annabel Williams, sessenta e quatro anos, moradora de Londres, nascida em Edimburgo, cuidadora de crianças com três décadas de experiência. Seu visual? Nenhuma esquisitice. Com cara de babá, digamos assim. Alguém sério, confiável, inabalável. Bem o tipo de pessoa que estamos procurando. Ela tem qualificações e referências. Pode começar imediatamente.

Bom trabalho, Dan, eu penso.

Clico no botão "aprovo" e o sistema nos combina e me convida para requerer um horário para um encontro cara a cara, uma entrevista. Confirmo.

Já estou imaginando a maneira casual e convincente com a qual vou entrar nessa conversa com a Emmy.

Dois minutos depois, recebo uma mensagem automática dizendo que fomos rejeitados, sem mais informações.

Enquanto estou esperando a chaleira ferver e pensando no que fazer em seguida, Winter aparece. Ela está atrasada, como sempre. Evidentemente sem esperar que nenhum de nós esteja em casa, ela irrompe na cozinha, leva um pequeno susto, fala bom dia, olha para o relógio, finge estar surpresa pela hora, coloca o copo do Starbucks na mesa da cozinha, pergunta à Coco como ela está.

— Bem — Coco responde, sem olhar para cima.

É quando aquele dia realmente vai por água abaixo.

É quando — tendo tirado o casaco e se posicionado diagonalmente no lado oposto de mim na bancada da cozinha, colocado o telefone para carregar e depois tomado um gole de café — Winter me pergunta onde está seu notebook.

Pergunto onde ela deixou.

Ela gesticula de maneira vaga em direção ao canto da bancada onde estão todos os carregadores.

Nesse exato momento, Emmy chega, carregando Bear (que está usando, eu noto, uma roupa de urso).

— O quê? — pergunta ela.

Eu digo.

A meia hora seguinte é passada com todos nós revirando a casa de cabeça para baixo até termos certeza absoluta de que o notebook definitivamente sumiu. Enquanto Winter vagueia em volta procurando em todos os lugares improváveis (cesta de roupa suja, cesto de pão), eu examino as caixas de brinquedo e quebra-cabeças e os livros de criança no quarto de brinquedos e Emmy sobe para verificar os quartos de cima.

O notebook com certeza não está aqui. A conclusão inevitável é de que foi levado pelo invasor — Winter, é óbvio, por ser fim de semana e depois por causa de todo aquele drama de ontem, não tinha precisado dele até agora; e nem Emmy nem eu o usamos.

Enquanto Emmy está no telefone com Irene, explicando o que aconteceu, fico me lembrando que as coisas poderiam ser piores. Não é como se aquele notebook fosse particularmente caro. Todos os conteúdos são protegidos por senha. Quem quer que o tenha roubado — sem dúvida algum drogado — provavelmente a essa altura já o limpou e vendeu. Irene tem dinheiro para substituí-lo. Só precisamos informar a polícia, atualizar nosso pedido de seguro. Não foi culpa da Winter, de verdade. Eu provavelmente deveria ter guardado o aparelho em algum lugar, em uma das gavetas, antes de sair.

Quando Emmy sai do telefone, ela já está quase uma hora atrasada para a sessão de fotos.

— Certo — diz ela, para Winter e para mim. — Dan, você precisa ligar para a polícia e para o pessoal do seguro, certo?

— Claro — digo. — Isso já me ocorreu, na verdade...

— Winter?

Winter abaixa o telefone.

— Irene está mandando outro notebook para cá; então, você pode continuar com as coisas aqui. Tudo bem? Mesmo nome de usuário, mesmas senhas de antes. Quando chegar, você pode começar.

Winter parece confusa.

— Algum problema?

O problema são as senhas, diz Winter.

— Você não se lembra?

Ela balança a cabeça.

— Eu sempre tinha as senhas escritas — explica ela. —
Eu escrevi todas as senhas, todas as diferentes senhas que
você me deu.

— Escreveu onde? — pergunta Emmy.

— Em um Post-it.

— E onde você grudou o Post-it?

Winter nos diz.

— Meu Deus — diz Emmy.

— Me desculpe mesmo — diz Winter.

Tem algumas vezes, penso, que a palavra "desculpe"
realmente não é o suficiente.

Emmy

Cada. Uma. Delas.

Cada uma das senhas estava naquele Post-it.

E para que não se perdesse, ela grudou o Post-it na porra da tela do computador.

O que significa que quem quer que o tenha roubado teve três dias de acesso irrestrito a tudo que Mama_semfiltro já fez; tudo salvo de mão beijada no meu desktop ou na nuvem. Milhares e milhares de fotos, e-mails, contratos. A tarefa que atribuí para Dan e Winter esta tarde é sentar e fazer uma lista de absolutamente tudo em que o invasor pudesse colocar as mãos. Que não são apenas as coisas do notebook em si, é lógico. É cada foto que tenho no meu telefone ou Dan tem no telefone dele. Cada mensagem direta que Mama_semfiltro recebeu. Mensagens de texto. Mensagens de WhatsApp. Cópias do passaporte. A lista de convidados da festa de Coco.

Eu literalmente não tenho tempo para lidar com essa merda hoje. Nem para pensar nisso. Eu seria capaz de estrangular Winter, com certeza seria. Se eu tivesse mais tempo, eu provavelmente faria isso.

E logo hoje.

No banco de trás do táxi a caminho da filmagem, ligo para Irene de novo. Ela me promete que vai falar com Dan e com Winter, assumir o controle, dar instruções. Ela pensa por um minuto.

— Talvez seja melhor eu ir lá pessoalmente — diz ela.

Serão muitas senhas para mudar, para começar. Serão muitas pessoas para avisar. Ela me pergunta como eu estou me sentindo. Ela me lembra sobre hoje, como é importante. Tem certeza de que eles não vão se importar que eu chegue um pouco atrasada, contanto que eu faça um bom trabalho quando chegarmos lá.

Eu digo para não se preocupar. Uma coisa que aprendi muito cedo, crescendo na minha família, é a compartimentar.

De qualquer forma, Irene não precisa me lembrar como eu sou sortuda de participar dessa sessão de fotos. Eu vou ser — e acredite, isso representa um sucesso maior do que parece — um dos rostos da campanha de Dia das Mães #atéofimlimpadorsupremo de uma grande marca de papel higiênico.

Também é uma espécie de triunfo pessoal para Irene.

Ela agendou, para essa filmagem, todas as cinco do grupo, além de nossas próprias mães e filhos. Não é por acaso que, como grupo, cobrimos um largo espectro, em termos de personalidade, como um tributo moderado às Spice Girls. Tem a Hannah com seu estilo de mãe terra, Bella e seu empoderamento, Sara dona-de-um-pequeno-negócio e o gênero vintage de Suzy. Nossas próprias mães são uma miscelânea ainda maior — apenas a minha abraçou totalmente a coisa de influenciadora.

Virginia está me mandando mensagens há cerca de uma hora, querendo saber onde estou.

Tendo sempre sido bem desdenhosa sobre a minha carreira em revistas — sem falar da minha escolha de marido, um romancista em vez de um investidor —, quando ela percebeu o que sobrava para ela, minha mãe ficou encantada com minha transição para as redes sociais. Estar no Instagram como uma *grande dama* cai como uma luva em minha mãe e, para ser justa, ela se mostrou uma extensão muito útil da marca Mama_semfiltro.

Tem sido fascinante ver Ginny dividir suas pérolas de sabedoria materna nos seus próprios quadradinhos (imprensados entre um número crescente de #publis pagas de creme antirrugas, tinta para cobrir os cabelos grisalhos e casacos Windsmoor —, embora seja um pesadelo para ela que somente as "marcas de velhas senhoras" têm rendido dinheiro). Ouvi-la fazer uma cena lírica sobre todas as músicas infantis que cantava para mim, todos os bolos que assamos juntas, toda a diversão que costumávamos ter quase *me* faz acreditar que eu tive uma infância idílica.

No álbum de família, a minha foto com seis anos apontando a janelinha onde o dente da frente deveria estar com a longa legenda sobre colocar cinquenta centavos e um poema escrito à mão embaixo do meu travesseiro? Tenho certeza de que não estou enganada me lembrando dela, de ressaca, jogando uma nota de cinco libras no meu rosto quando eu chorei porque a fada do dente não tinha aparecido. E as palavras calorosas que ela compartilhou em 25 de dezembro, sobre como eu acreditei em Papai Noel até os treze anos porque ela sempre deixava pegadas tamanho 44 com uma neve feita de açúcar no portão? Minhas únicas memórias dessa época festiva são de minha mãe aos abraços com a aguardente do Papai Noel, queimando as couves-de-bruxelas e acidentalmente mostrando seus dentes de vinho tinto quando me mandava ficar quieta para ouvir o discurso da Rainha.

Eu gostaria de poder dizer que ela é uma avó melhor do que foi mãe, mas as fotos de abraços e sorrisos e soprando as velas do bolo de aniversário de Coco são todas para o Instagram. Minha mãe sempre aplicou nos relacionamentos o que a dra. Fairs chama de abordagem-se-uma-árvore-cai-na-floresta. Mesmo antes de se tornar uma Instavó, frequentemente parecia que era mais importante para ela ter uma foto dela com Coco para mostrar para suas amigas no Clube de Bridge do que realmente passar um tempo com a neta. Ela nunca liga só para perguntar como estamos, nunca passa para ver os netos sem avisar. Pelo menos, ela me deu um exemplo incontestável de como não deixar as aparências interferirem na vida real da família — não que eu mesma sempre acerte, nem de longe. Mas pelo menos eu tento.

Quando chegamos ao estúdio, ela está nos esperando do lado de fora faz mais de uma hora para entrarmos juntas. Ela não me pergunta por que nos atrasamos. Eu preciso cutucá-la para que diga oi para Coco, e quando ela a cumprimenta, o rostinho de Coco se ilumina pela atenção da avó. Por uma fração de segundo, eu vejo meu eu de quatro anos no lugar da minha filha e meu coração se parte um pouco por nós duas.

A primeira coisa que nos confronta quando entramos é um rolo de papel higiênico de um metro de altura. Virginia o avista, finge dar uma segunda olhada.

— Ah, meu Deus, querida, você realmente nos recrutou para essa merda? — Ela gargalha da própria piada. A RP parece não achar graça.

O cenário de hoje foi arrumado para parecer um banheiro enorme, com os rolos bastante superdimensionados, uma seleção de penicos e gigantescos vasos sanitários decorados como tronos onde vamos nos sentar para nossas entrevistas. Só precisamos repetir os clichês usuais: o trabalho mais difícil do mundo; não há nada mais precioso do que uma mama; ela sempre foi minha melhor amiga; ela me disse que eu podia fazer qualquer coisa... enquanto os menores de dez anos estão reunidos nos papéis de quatro camadas como filhotes de golden retriever. Pelo menos é isso o que o diretor acha que vai acontecer. Eu suspeito que ele não tenha filhos.

Com exceção de Bear, que está recebendo muita atenção da maquiadora, todas as doze crianças no set estão no momento correndo enroladas, como múmias, em papel higiênico, agitadas pelo *pain au chocolat* surrupiado do buffet de café da manhã. É um caos total, ensurdecedor. Nós, mães, estamos fazendo o máximo para ignorá-las enquanto nos movemos de forma confusa pelo buffet do café da manhã gravando cumprimentos teatrais para stories do Instagram munidas de torradas com abacate.

— Sara, maravilha cintilante, eu estou tão empolgada por poder aproveitar minha amiga-irmã o dia todo! — exclama Bella, se filmando ao soprar um beijo entusiasmado.

Eu vou em direção à máquina de café para encher uma caneca com a marca #diascoloridos — Irene nunca perde uma oportunidade de inserir o merchandising. Sara se encaminha para lá também, deixando sua mãe engatar uma conversa com Suzy Wao, cujos brincos gigantes ficam balançando perigosamente perto dos seus óculos bifocais. Ela pega o telefone e levanto minha caneca para um brinde, jogando a cabeça para trás com uma gargalhada. Sara posta imediatamente com a legenda: "É um milagre: mama bebendo uma xícara de café enquanto ainda está quente!"

Há uma arte nisso. Não estou falando que é uma das artes eruditas, mas é uma arte.

Quando é nossa vez de pegar nossos lugares nos tronos, recolho Bear e chamo Coco para se sentar no colo da mamãe.

Ela não quer.

Uma das assistentes se aproxima e tenta convencê-la, aponta para mim e para Bear, os tronos.

Coco vira as costas para nós, cruza os braços, se agacha.

Ciente de que estou sendo observada, mantenho o sorriso paciente no rosto, entrego Bear para a minha mãe e ando até ela.

— Docinho — digo.

Coco não responde. Entendendo quantos pares de olhos estão em nós agora, quantas pessoas estão escutando, eu me agacho para que meu rosto fique no mesmo nível do da minha filha. Seu lábio inferior está tremendo.

— Qual o problema, docinho?

Ela sussurra alguma coisa tão baixinho que eu não consigo ouvir.

— Eu não entendi, Coco. O que você está dizendo?

— Mamãe, eu não quero. Estou com vergonha.

— O que você está dizendo, querida? — grita minha mãe, que conseguiu entregar Bear para uma das maquiadoras. — Diga para ela que todo mundo está esperando.

— Só nos dê um minuto, mãe — eu grito em resposta, com o máximo de alegria que consigo passar.

— Você se lembra? — pergunto a Coco. — Conversamos sobre como isso seria divertido. Sentar em um trono. Contar histórias divertidas sobre a mamãe e a vovó. Você se lembra, nós até ensaiamos as histórias.

Anos atrás, quando a Mama_semfiltro nasceu, uma das primeiras coisas que Dan e eu concordamos foi que, quando nossa filha tivesse idade suficiente para falar não, quando ela não quisesse mais fazer isso, seria aí que pararíamos. Eu me lembro que discutimos isso em uma saída a dois, apertamos as mãos, juramos. Sem "se", nem "porém", eu prometi a ele.

No entanto, o problema é que, quando você tem um filho, rapidamente percebe que o tempo todo precisa mandá-los fazer coisas que eles não querem fazer. Usar fralda. Usar casaco. Entrar no banho. Tomar o remédio. Beber o leite. Escovar os dentes. Ir para a cama. Se você nunca fizesse nada que seu filho não quisesse fazer, você nunca sairia de casa e eles só ficariam lá na frente de um canal infantil comendo chocolate e usando um vestido de princesa o dia todo.

E não haveria tanto conteúdo compartilhável naquilo.

Eu consigo certamente me lembrar de ter que fazer um monte de coisas que eu não queria quando era pequena. Permanecer sentada em longos jantares sem ficar inquieta. Responder pronta e claramente quando alguém me fazia uma pergunta. Falar oi para todos os convidados nas festas dos meus pais; uma sala cheia de homens com vozes grossas e mulheres com risadas horríveis, uma camada de fumaça de cigarro na altura da cabeça, alguém com mau hálito sempre insistindo em dar um beijo melado na minha testa. Eu me lembro de implorar para não passar as férias no mesmo lugar todo ano, duas semanas em uma casa na Provence onde eu ficaria deitada na cama ouvindo meus pais brigando no quarto ao lado, esperando pela porta bater e os pratos quebrarem. Eu me lembro de ter que ir a um colégio interno com sete anos. Eu me lembro de voltar do primeiro semestre e descobrir que minha mãe tinha dado meu porquinho--da-índia porque dava muito trabalho para cuidar.

Isso me causou algum mal? Bem, provavelmente. Sem dúvida, se você realmente pensar nisso a fundo (como a dra. Fairs sempre está tentando fazer), você pode conectar meu medo de ficar sozinha em uma casa no escuro com aquela vez que minha mãe me trancou no quarto porque eu ficava descendo a escada enquanto ela estava com visitas. E você pode quase com certeza ligar meu desejo de fazer sucesso publicamente à economia de elogios de ambos os meus pais e meu prazer completo, de inflar o peito, nas raras ocasiões em que eu recebia um gesto de cabeça de aprovação de um dos dois. As pessoas amam encontrar uma bonita explicação psicológica para tudo, não é?

Nem precisaria de um gênio para conectar minha escolha por Dan como marido à minha confiança de que ele nunca me trairá nem nunca me deixará. Enquanto eu crescia, eu percebia que minha mãe e eu nunca poderíamos estar certas de nenhuma dessas coisas, quando se tratava do meu pai. E uma das razões por que eu estava consciente disso era porque ela costumava entrar no meu quarto à noite e me dizer, cuidadosamente colocando sua taça de vinho na mesa de cabeceira e levantando a voz para que ele pudesse ouvir tudo o que ela estava falando, quando tudo o que eu queria era só dormir. E sim, minha mãe provavelmente se fodeu na mão da mãe dela também, de quem nunca foi a filha preferida, e que sempre encontrou alguma maneira de dizer que ela não era a mais bonita nem a mais inteligente, e que por alguma razão que eu nunca entendi bem (não importa quantas vezes eu ouvi a história ser recontada) se recusou até a sair do carro no casamento dos meus pais, e só ficou lá sentada com seu casaco de pele no fim do caminho da igreja enquanto todos esperavam e meu avô batia na janela, implorando para ela ser razoável.

Talvez a verdade seja que eu venho de uma longa linhagem de mães muito ruins. E isso, de fato, é o que toda essa merda dê-um-tapinha-nas-suas-costas-você-merece ou faça-o-que-achar-melhor serve para esconder. Que no final das contas, todas as mães não são super-heroínas. Que se tornar uma mãe não atribui automaticamente uma canonização se você era uma babaca antes de empurrar um bebê para fora das suas partes íntimas. Que, no fim das contas, todas as mães ainda são apenas pessoas. Algumas de nós são amáveis e gentis e sempre generosas. Outras, rancorosas e frustradas e cada vez mais convencidas de que cometeram um erro terrível. Algumas vão passar cada dia e fazer o seu melhor, enquanto outras só vão passar pelas ações esperando o gim-tônica das sete e meia da noite. Haverá algumas mães por aí que pensaram que iam detestar ser mães e se surpreenderam, e outras que pensaram que amariam e simplesmente não amam. Algumas de nós são maravilhosas. Algumas de nós são imbecis. A maioria de nós é uma mistura de todas essas coisas em qualquer dia.

Tudo isso, eu acho, é uma maneira de dizer que, enquanto estiver bem nítido que minha filha não está querendo fazer esse comercial, eu não estou a ponto de fazer uma coisa heroica e dizer a todo mundo que o negócio está cancelado, pegá-la no colo e levá-la para uma longa caminhada de mãos dadas em um campo com uma luz suave. Sobretudo porque, até chegarmos ao carro, ela já teria mudado de ideia e decidido que queria fazer sim, na verdade, e então passaria a viagem inteira para casa gritando e chutando o meu banco e mandando voltar. Mas também porque eu mal posso especular quanto custou alugar esse lugar e todo o equipamento, e juntar todas essas pessoas e servir comida a todos; montar o cenário, o equipamento de iluminação e o restante. Eu não vou prejudicar o futuro financeiro da minha família por causa de um choramingo de uma criança de quatro anos que na maior parte do tempo não consegue decidir se quer ou não usar um cachecol quando sai de casa. E, finalmente, porque se eu sei de uma coisa com certeza é que, se nós sairmos desse estúdio agora, não entraremos mais em nenhum desses estúdios de novo.

Que é precisamente o motivo pelo qual todos aqui estão prendendo o fôlego. Eles sabem disso. Eu sei disso. A única pessoa que não sabe é Coco.

E então eu faço o que qualquer mãe trabalhadora chateada faria em circunstâncias assim.

Eu digo a Coco que, se ela entrar no jogo agora, podemos parar no McDonald's a caminho de casa — um lugar que antes sempre recusamos levá-la — e ela pode comer absolutamente qualquer coisa que quiser, e depois ficar no iPad o tempo que quiser antes de dormir.

Ela reflete por um momento.

— Um McLanche Feliz com um brinquedo? — pergunta.

— Combinado! — digo, imaginando como ela sequer sabe o que é aquilo.

Todos nós tomamos nossos lugares no trono, minha mãe e eu lado a lado com Bear no meu colo e Coco no dela. O diretor começa a filmar. Minha fala é polida, meus gestos seguros. Assim que ele me faz a primeira pergunta sobre Virginia, eu estendo a mão e pego a parte de cima do seu braço.

— Essa mulher — digo, olhando para a câmera, os olhos um pouco marejados — é meu *tudo*. Minha rocha. Meu farol. — Faço uma pausa. Eu já sei que essa tomada vai ser usada. — Minha mãe — concluo.

Em algum lugar, além das luzes Klieg, ouço alguns aplausos dispersos.

Então é a vez da minha mãe. Embora eu saiba que Irene escreveu para ela e depois ela decorou, fico levemente irritada ao descobrir que sinto uma ponta calorosa de felicidade quando ela tece pilhas de elogios para sua filha incrível, linda, inteligente.

Eu vejo alguém sussurrar no ouvido do diretor e ele grita:

— Corta!

— Podemos tentar uma tomada onde a garotinha pareça um pouco menos infeliz? — diz ele com um suspiro irritado.

Era preciso basicamente três coisas para o que eu ia fazer. Duas delas eram muito fáceis de colocar as mãos. A terceira requeria um pouco mais de subterfúgio.

Você não passa o tempo que eu passei em um CTI sem acumular um entendimento completo dos aspectos práticos da sedação. Passei 23 anos monitorando pulsos, checando níveis de oxigênio, medindo níveis de dióxido de carbono expirado, assegurando que as vias aéreas estivessem livres e os soros fossem colocados corretamente e os capnógrafos e as sondas funcionassem direito, e que nada estivesse entupido, torcido, frouxo ou obstruído. Passei 23 anos aprendendo os sinais de aviso iniciais de que alguma coisa estava errada.

É um negócio complicado, manter alguém vivo mas inconsciente. Não importa o que vai ver nas séries de crime, nos filmes de Hollywood, não dá para simplesmente apagar uma pessoa com uma dose imensa de alguma coisa, deixá-la amarrada por alguns dias e então esperar que ela acorde grogue, mas sem consequências. Simplesmente não funciona assim. Primeiro, porque, se você errar a dose e exagerar, a tendência é que a pessoa pare de respirar — e se você exagerar muito, há uma boa chance de o coração parar de bater também. Segundo, porque, se você dá a alguém uma dose considerável de algum sedativo aleatório em que você conseguiu colocar as mãos — digamos, um punhado de comprimidos sedativos, engolidos com um frasco de Nytol, ou amassados e jogados dentro da taça de vinho de alguém no jantar — então a maneira mais provável que o corpo vai reagir é tentar rejeitá-lo, isto é, a pessoa vai vomitar. E vomitar quando você está inconsciente é uma ótima maneira de sufocar e morrer. Eu realmente costumava irritar Grace e seu pai, quando estávamos todos vendo TV juntos, a maneira como eu sempre apontava exatamente onde o vilão estava errando, farmacologicamente, ou fazendo uma observação explicando por que o que eles estavam tentando fazer não funcionaria.

Acho que eu sinto em algum nível que devo a todos nós não estragar isso.

Mesmo na minha posição, entretanto, botar as mãos em todas as coisas de que eu precisava estava longe de ser simples. Não era só uma questão de pegar emprestadas as chaves da despensa do posto das enfermeiras e sair na hora de ir para casa com uma caixa de benzodiazepinas debaixo do casaco.

O propofol não era problema. Estocar aquilo era quase preocupantemente fácil; nós usamos tanto nas cirurgias e no pós-operatório que não é nada prático manter trancado a chave. Peguei o máximo que eu talvez pudesse precisar do carrinho de reanimação e saí do edifício com a droga na bolsa. Fácil? Duvido que, se você estivesse me monitorando, eu chegasse a apresentar um batimento cardíaco acelerado. Era como sair do lugar com um monte de canetas do armário de papelaria.

O cilindro de oxigênio e a máscara que o acompanha eu só tirei do estoque, coloquei em uma bolsa esportiva e guardei no meu armário. Então esperei até que eu estivesse saindo tarde do plantão uma noite e carreguei para o carro quando não havia quase ninguém em volta. Ninguém levantou uma sóbrancelha. Algumas pessoas me desejaram bom dia. Houve uma batida ligeiramente estranha quando enfiei no porta-malas, mas não havia ninguém perto o suficiente para escutar e comentar alguma coisa.

A bomba infusora eu comprei na internet, embora provavelmente pudesse ter roubado uma se quisesse.

O midazolam era um assunto diferente. Em parte, acho, porque, como relaxante muscular e agente ansiolítico e sedativo, há pessoas por aí que se divertem usando de forma recreativa e que estão preparadas para pagar pelo privilégio. Na nossa enfermaria, eles mantêm muito bem trancado, fazem você assinar ao pegar. Certificam-se de que somente certas pessoas tenham o código de acesso à geladeira trancada.

Claro, nem tudo é usado. Se, por exemplo, você é anestesista e precisa sedar um paciente e pede 10ml de midazolam para isso, você ainda vai lá (ou manda alguém como eu ir) e pega o frasco padrão de 50ml.

Agora, um cirurgião cuidadoso, uma equipe diligente, sempre vai se certificar de descartar os outros 40ml de midazolam antes de jogar fora o frasco.

Alguém que seja ligeiramente menos diligente, um pouco menos cuidadoso, pode pensar que uma das enfermeiras fará isso.

Na noite que eles deram a festa de aposentadoria para mim, eu tinha tudo de que precisava.

Capítulo onze

Emmy

Oi, querida.

Tentei ligar e mandar mensagem algumas vezes, mas eu sei como você está ocupada. Eu só queria conversar mesmo. Pensei que fosse conseguir roubá-la um pouco no aniversário da Coco, mas você estava ocupada demais. Sinto muito se eu pareci um pouco desanimada. Talvez você tenha suspeitado. Você sempre foi tão boa em ler as pessoas, saber a coisa certa para se falar — então talvez você soubesse, mas não achasse que fosse a hora certa de perguntar. Acho que não era mesmo.

Eu tenho pensado há muito tempo sobre como dizer o que estou prestes a dizer — ou se devo sequer compartilhar. Vai parecer loucura, mas eu acho que estou um pouco constrangida, talvez, um pouco envergonhada. Mas preciso me abrir agora, já que sinto que existe uma parte imensa da minha vida, uma parte enorme de mim, que você não conhece. Eu sinto que, ao negá-la, estou negando que aquelas vidinhas que perdemos tivessem ao menos o direito de existir. Quando na verdade elas são tão importantes quanto se estivessem aqui agora.

Nós sofremos três abortos, Em. E aquela dor, e a culpa e o desespero — eles não desaparecem simplesmente. Eu posso ficar feliz um minuto, ou talvez não exatamente feliz, mas não triste de um jeito doído, e então, de repente, me assola. Três pessoas que teriam sido parte da nossa vida simplesmente foram embora. A primeira gravidez não passou das doze semanas. Um aborto retido, como eles chamam. Não houve sangramento, nada. Lá estávamos nós na primeira consulta, um segurando a mão do outro, esperando para ouvir os batimentos cardíacos. E não havia nenhum. É incrível como o rosto das pessoas que fazem as ultras é impassível, não é? Acho que devem ver isso o tempo todo. Eu tive que fazer um procedimento dessa vez.

Então, aconteceu de novo. Tínhamos viajado para Norfolk no fim de semana, e comecei a sangrar enquanto caminhávamos na praia. O seguinte perdemos com vinte semanas. Ninguém pôde nos dizer o que aconteceu. A esperança é o pior, eu acho. A esperança que você tenta não nutrir do momento em que aquela pequena linha azul aparece, mas que aparece à noite, quando você começa a sonhar como vai ser ficar lá deitada com seu bebê no colo. Eu não tinha falado nada até agora porque é difícil demais encontrar as palavras. Talvez não haja palavras. Quem sabe se essas realmente eram as certas? Tudo o que eu sei é que tenho tentado qualquer outra coisa — então talvez contar à minha amiga mais antiga seja a única maneira de me curar.

O sistema público de saúde não cobre fertilização *in vitro* onde moramos e não temos dinheiro para pagar, e de qualquer maneira, não acho que eu consiga passar pela dor de perder outra vida. Mas será que é isso mesmo? Para sempre?

Eu não sei. Eu não sei por que estou mandando esse e-mail para você. Talvez possa parecer menos como divagações loucas se nós pudermos conversar cara a cara? Eu realmente estou com saudades de você. Podemos nos encontrar em breve para um café ou um drinque?

Eu realmente estou precisando da minha melhor amiga agora.

Bjs,
Polly

Inspiro profundamente, começo a digitar uma resposta, apago, depois leio o e-mail novamente enquanto ando em direção ao parque com um Bear bêbado de leite dormindo no canguru enquanto caminho. Eu tinha esquecido, antes de ele nascer, como os recém-nascidos passam pouco tempo acordados. Alimentar, arrotar, dormir e tudo outra vez. Olho para sua cabecinha, coberta por um gorro de cashmere, embaixo do meu queixo. Sinto seu coração no meu peito. Tento imaginar como a vida seria sem ele, sem Coco. Como seria estar no lugar de Polly. Pressiono meus lábios contra a cabeça dele e penso em toda aquela tristeza, em tudo o que Polly deve ter passado sem nunca dizer uma palavra para mim.

Eu também preciso abafar uma sensação bem fraca que sinto — de uma maneira enjoativa — de um pouco de inveja.

Às vezes, eu me pergunto o que as garotas da nossa escola pensam sobre onde Polly e eu estamos na vida. Quando estou sendo gentil comigo mesma, acho que devem sentir inveja e admiração de ver aonde cheguei — um milhão de seguidores, o maior nome em questões de maternidade. Quando estou no meu pior humor, penso que a maioria delas provavelmente não tem ideia de quem ou o que é a Mama_semfiltro. Que ser famoso no Instagram é como ser bilionário no Banco Imobiliário, e são Polly e seu marido, seu lindo chalé fora da cidade e seus empregos estáveis em uma prestigiosa escola particular que as impressionariam mais.

A terrível ironia, a coisa que agora me apunhala, é que eu às vezes tenho inveja do que Polly tem, ou não tem, de como sua vida parece descomplicada e confortável. Mas será que toda mãe às vezes não imagina como seria seu mundo sem os filhos? Bem, obviamente eu não estaria andando para uma reunião da #diascinzentos. Mas o que eu *estaria* fazendo? Em um universo paralelo estou editando a *Vogue* e casada com um ganhador do Man Booker Prize. Isso — esse parque ermo, o céu nublado, o lixo espalhado pelo vento, uma criança amarrada na minha frente, essa porra dessa legging, essa camiseta com um slogan — certamente não é como eu achava que minha vida seria, mas é assim que são as coisas, não é? Você toma uma série de pequenas decisões nos seus vinte anos e elas lentamente a limitam até que se tornem uma camisa de força. Ficar ou não para aquele terceiro drinque. Dar ou não o número para aquele cara. Atender ou não quando ele liga. Apaixonar-se ou não por ele. Ter ou não ter bebês e quando.

Eu não diria nada disso para Polly, é óbvio. Mas, no momento, não consigo pensar em *nada* para falar para ela.

Porque, na verdade, o que há para se falar? Eu já vi tudo no Instagram — todos os conselhos estúpidos, ignorantes, grosseiros que as pessoas dão para as mulheres que não conseguem ter bebê. Pelo menos você sabe que pode engravidar... Você já pensou em adoção? Tentou acupuntura? Tomou ácido fólico? Virou vegana? Fez yoga? Enfiou um ovo de quartzo rosa na sua vagina e apertou? Eu não posso tranquilizá-la de que vai ficar tudo bem, porque às vezes os corpos das mulheres não combinam com essa merda. As coisas nem sempre resultam da melhor forma.

Ela não é uma seguidora esperando um emoji ou um chavão — melhor mandar alguma coisa escrita com cuidado e reflexão do que disparar uma resposta superficial apressada ou insensível sem querer. Assinalo o e-mail e coloco meu telefone de volta na bolsa.

Às vezes levo um minuto, no mundo real, para passar de Emmy Jackson para Mama_semfiltro. Para diminuir o cinismo e amplificar a empatia. Atenuar ligeiramente meu sotaque de escola particular. Inspirar profundamente e me preparar para a hora do show. Porque não é exagero dizer que, para o tipo de mulheres que estou encontrando hoje, sou basicamente uma estrela do rock.

Esses encontros da #diascinzentos começaram logo depois que lancei a campanha para que eu pudesse conhecer minhas seguidoras na vida real, construir uma conexão ainda maior com elas. Eu podia dizer pelos meus baixos números de engajamento que eu não estava acertando muito naqueles posts em particular, que eles não pareciam verdadeiros. Devido à minha criação, ensinada a reprimir sentimentos desagradáveis, indesejáveis, antes que eles chegassem à superfície, achei difícil escrever sobre lutar contra a tristeza de uma maneira autêntica. Mas não tive escolha. Espera-se que mulheres como eu cutuquem cicatrizes emocionais para o entretenimento popular; somos destinadas a ter um catálogo de ansiedades, inseguranças e fracassos a que podemos recorrer em podcasts e posts do Instagram. Foi somente depois de eu começar a interagir com minhas seguidoras cara a cara — escutar suas histórias, ouvir as palavras que elas usam para descrever seus próprios sentimentos — que descobri como fazer isso de uma maneira que me conecte com elas e repercuta de verdade.

A melhor abordagem, descobri, é manter as coisas o mais vagas possível, oferecendo uma sugestão de estresse, um sopro de tristeza, um sinal oblíquo de perda. Tenho cuidado de nunca ser específica, assim elas podem ler o que precisam nas minhas manifestações emocionais on-line. Como um horóscopo ou um teste de Rorschach, elas interpretam as manchas de tinta da maneira que melhor lhes convém, que mais as ajudam a passar pelas suas próprias lutas. E eu realmente acho que ajudam, meus posts, essas reuniões mensais, esses passeios em volta do parque que cresceram até se transformarem em uma gigantesca gangue feminina, todas compartilhando suas batalhas contra TPM, fertilização *in vitro* e depressão pós-parto.

Uma mãe com o visual abatido, empurrando uma criança bem pequena em uma plataforma acoplada atrás do carrinho onde dorme um bebê, chega perto de mim assim que passo pelos portões do parque.

— Emmy? É você, não é? Meu nome é Laura. Nós nos encontramos alguns vezes antes, quando eu estava na licença-maternidade pelo Wolf. — Ela aponta para a criança de três anos esmagando com raiva uma banana no punho enquanto grita por batata frita.

— Essa é a primeira vez que eu saí sozinha com ele e minha pequena Rosa — ela continua sem fôlego. — Eles dizem que o segundo é mais fácil. Quer dizer, como você sabe, eu tive transtorno de estresse pós-traumático depois do primeiro parto. Achei que dessa vez eu seria um sucesso, mas simplesmente não consigo dar conta de tudo. Eu queria conversar com você sobre isso já que sinto que você realmente me *entende*. — Seus olhos estão brilhando de lágrimas e sei que, se eu a deixar continuar, ela vai cair em prantos e então eu terei que passar uns bons cinco minutos dando tapinhas nas suas costas.

Encosto o meu ombro no dela enquanto caminhamos.

— Claro que eu me lembro de você, Laura. Meu Deus, o pequeno Wolf está tão grande agora! Ele deve ter quase a mesma idade de Coco. — Eu afago o cabelo dele e ele afasta a cabeça bruscamente.

— E Rosa e Bear têm a idade muito próxima também. É quase como se eu tivesse planejado assim! Desculpe ser tão fã, mas só de saber que alguém mais está passando exatamente pela mesma coisa, exatamente da mesma maneira, é tão revigorante — diz ela, mexendo em um botão que está prestes a cair do seu cardigã. — É como se você visse dentro da minha alma.

Antes bonita, tenho certeza, Laura agora tem enormes manchas marrons de melasma no rosto, uma aura de cabelo ralo crescendo e barriga ainda inchada, e está andando como se alguém tivesse fatiado suas partes baixas e colado de volta com um grampeador. Essa história de ter bebê é brutal.

— É incrível escutar isso — digo, inclinando a cabeça e apertando a mão dela. — Me emociona tanto saber que minha história tocou alguém. Você só precisa se lembrar que você é suficiente.

Ela enxuga de leve os olhos com a manga do cardigã e concorda com a cabeça. O negócio sobre essas mulheres — Laura, parada aqui na minha frente, e o milhão de outras que me seguem — é que elas sentem como se tivessem deixado de existir. A mídia, seu marido, seus amigos — nenhum deles nunca realmente sabe o que significa passar dia sim e outro também limpando vômito, merda e papinha não comida. Passar cada noite queimando o cérebro tentando descobrir como fazer do dia seguinte um pouco diferente para você não enlouquecer de tédio — não só outro passeio ao balanço, o mesmo parquinho de brinquedos de plástico com cheiro ruim, o café que não quer de verdade você e sua criança nervosa ocupando espaço, dividindo um croissant e derramando chocolate quente no chão.

E sim, alguns pais fazem isso, e passam por isso também. Mas não são os pais que me seguem, e nunca são os homens que vêm a essas reuniões da #diascinzentos. O que costumava me causar surpresa. Então eu pensei na reação que Dan desperta, andando pela rua com Bear no carrinho ou com Coco no patinete. Os sorrisos amigáveis, os elogios, os pequenos acenos de cabeça, piscadelas e gestos de aprovação e afirmação. O fato indisputável de que, quando um homem faz até mesmo os cuidados mais básicos de uma criança, mesmo que seja de maneira desajeitada, inepta ou de má vontade, ele recebe aplausos. Já uma mulher, quando anda pela rua com um bebê, só é notada se julgam que ela está fazendo alguma coisa errada.

Eu posso ser egoísta. Posso ser cínica. Mas isso não significa que a Mama_semfiltro não ofereça um genuíno serviço público.

Eu vejo essas mulheres, eu as escuto, eu as entendo. Não as julgo e as encorajo a se julgarem um pouco menos.

E elas me amam por isso.

Dan

É a minha mãe que eu preciso agradecer, de verdade. Foi ela que levou Coco ao parque naquele dia e começou uma conversa com a mulher sentada por perto descobrindo que era, na verdade, uma enfermeira aposentada, agora trabalhando de babá. A mulher estava procurando uma nova criança para cuidar (ela se apresentou como Doreen Mason), porque a que estava sob seus cuidados — ela apontou para um garoto com cabelo meio comprido na gangorra — ia começar a frequentar a escola em setembro e não precisaria mais.

— Ah — disse minha mãe. — Que engraçado.

Minha mãe perguntou onde Doreen morava. Doreen falou. Ficava a cerca de quinze minutos a pé da nossa casa. Minha mãe tinha passado pelo lugar com Coco um monte de vezes. De vez em quando empurrava Coco no balanço no parquinho ali perto. Minha mãe disse que dava para ver que Doreen realmente gostava de passar o tempo com as crianças, brincar e conversar com elas, pela maneira como falava das crianças de que tinha cuidado ao longo dos anos. Ela ainda mandava cartões de aniversário para elas, contou Doreen, e sempre recebia cartões de Natal de volta.

De acordo com a minha mãe, Doreen tinha um jeito muito tranquilo e objetivo.

Eu disse que esperava que minha mãe tivesse pegado o número dela.

É absurda a dificuldade de encontrar alguém confiável e de preço acessível para tomar conta das crianças. Você pensaria que nos dias de hoje, em uma área como a nossa, cheia de jovens casais com trabalhos promissores, seria o tipo de coisa a ser levado a sério por alguém, não é? Que, se você estivesse querendo gastar um pouco de dinheiro e fazer um pouco de pesquisa, então pelo menos algumas opções viáveis se apresentariam.

Você estaria errado.

Eu tentei. Passei horas na internet. Mandei e-mails. Perguntei por aí. Liguei para todas as creches da vizinhança. Fui até mesmo ver uma outro dia. Cheguei na hora certa e ninguém atendeu a campainha. Empurrei a porta e ela abriu. *Provavelmente não foi o melhor começo*, pensei. Havia uma pequena fila de ganchos pendurados com casacos no corredor, uma pequena fila de botas alinhadas embaixo. Uma criança apareceu no topo da escada, chupando uma colher de plástico. Olhou para mim, depois se virou e saiu. De uma sala à minha esquerda pude ouvir uma criança gritando. Todo o lugar cheirava a repolho cozido.

Não precisei ver mais nada.

O que nos deixou na lista de espera de cerca de cinco outros lugares, todos os quais estavam atualmente operando no sistema um-sai-um-entra, e nenhum dos quais podia prever nenhuma vaga abrindo até no mínimo o início do próximo ano. Eu tentei jogar o nome de Emmy em pelo menos uma conversa. A mulher do outro lado da linha, um forte sotaque, me pediu para soletrar.

Da última vez que Emmy me perguntou como as coisas estavam indo, eu disse que estava no processo. Isso foi há três dias. Coco continua perguntando quando vai voltar para sua antiga creche e quando vai ver seus amigos novamente. Ela não gosta de passar o tempo comigo e com a vovó?, perguntei. Coco deu de ombros, como se estivesse se desculpando.

Quando ligo para Doreen, ela atende quase imediatamente, e diz que pode vir essa tarde.

— E quantos anos tem a Coco? — pergunta.

Eu digo. Doreen afirma estar ansiosa para conhecê-la. A primeira coisa, diz ela, será nos certificar de que todos nós vamos nos dar bem e entender como isso vai funcionar.

— Claro — eu digo, literalmente cruzando os dedos. Dou o nosso endereço e ela anota.

Felizmente, ela e Coco se dão bem de cara. Vou fazer uma xícara de chá para Doreen — duas colheres de açúcar — e, quando volto, ela está de quatro brincando com Coco e as duas estão se divertindo a valer. Ao me ver, Doreen se levanta, apoiando-se no braço do sofá. Começamos a conversar e, sem avisar, Coco se aproxima e se senta por perto e meio que se enrosca em Doreen.

— Uma graça de menina — diz Doreen quando Coco sai para brincar do outro lado da sala por um momento. — Lindo nome.

— Foi ideia da minha mulher, na verdade — revelo, como sempre faço quando tenho oportunidade.

Quando Doreen diz seu preço por hora, eu digo que parece perfeitamente razoável para mim — apenas um pouco a mais do que estávamos pagando na creche.

— Você prefere em dinheiro? — pergunto.

Ela diz que em cheque está bom.

— Ah — acrescenta ela, como se tivesse acabado de se lembrar. — Melhor perguntar. A pequena Coco tem alguma alergia?

Eu digo que não que eu saiba, embora ela fique um pouco entupida em dias com muito pólen no verão, mas nenhum problema de alergia com leite, castanhas ou penicilina. Isso é bom, diz Doreen. Tantas crianças parecem ter alergias ultimamente. O garotinho de quem ela está cuidando no momento, Stephen, precisa tomar muito cuidado com frutos do mar. A mãe do menino deu uma caneta de adrenalina para ela carregar consigo sempre. Doreen nunca vai a nenhum lugar sem a caneta, ela não ousaria. Você nunca se perdoaria, não é? Se alguma coisa acontecesse a uma criança e fosse sua culpa?

Eu concordo que não.

Enquanto ela está bebendo chá, seus olhos estão dando uma geral na nossa estante de livros.

— Presumo que você vai querer saber no que Emmy e eu trabalhamos — sugiro.

Doreen levanta os ombros delicadamente.

— É alguma coisa ligada a livros? — pergunta ela.

Eu digo que sou escritor e ela aquiesce, como se isso explicasse muito. Tentar descrever o que Emmy faz se mostra mais difícil. Estou achando que Doreen entendeu quando ela me faz uma pergunta tipo "O que é Instagram?" ou expressa surpresa de que algumas pessoas tenham internet no celular. Ela tem quase certeza de que está no Facebook, diz. Acha que uma das suas sobrinhas-netas fez uma conta para ela.

Combinamos que Doreen volte e fique metade do dia com Coco para começar, na manhã seguinte. Se você chegar às oito, eu digo, terá chance de conhecer Emmy também.

— Estou ansiosa para conhecer sua esposa — diz ela. — E ver Coco de novo também.

Coco olha para cima e sorri e acena.

— Vejo você amanhã! — diz ela.

Quando fecho a porta, vejo as horas, tentando imaginar onde Emmy se meteu. Aquela coisa no parque deve ter acabado agora, com certeza; está quase na hora do chá da Coco. Mal posso esperar para ela voltar logo para casa e eu poder contar o que Coco e eu fizemos e ver a sua reação.

Em resumo, considero que foi um dia bem proveitoso. Meu status na nossa relação como um adulto maduro que pode ser incumbido de uma tarefa importante — nesse caso, arranjar alguém para tomar conta de nossa filha que não envolva Winter ou minha mãe — foi reiterado. Não apenas isso, mas aparentemente houve outra tentativa de invasão aleatória no meio da tarde duas ruas acima anteontem, o que significa que eu quase consegui tirar meu pânico pelo laptop roubado totalmente da cabeça.

Não é de surpreender que o relacionamento tenha terminado, de verdade, depois do que aconteceu. Eu sei que eles tentaram ao máximo deixar aquilo para trás, ajudar um ao outro. Nunca, nenhum dos dois pensou que conseguiria superar, obviamente. Nunca, nenhum dos dois quis superar. No velório, Grace e Jack se agarraram, um mantendo o outro de pé. Durante todo o inquérito, eles se sentaram de ombros colados, de mãos dadas apertadas embaixo da mesa. Depois, ela segurou forte o ombro do terno dele quando o advogado leu a declaração que prepararam. Morte acidental, foi o que o legista concluiu.

Foi só depois de passarem por tudo aquilo, eu acho, que as coisas realmente começaram a ficar ruins. Quando o velório acabou e as pessoas tinham ido para casa e eles tiveram que encarar o resto da vida juntos.

A pessoa que percebeu primeiro como o comportamento de Grace estava estranho não fui eu nem Jack. Foi minha amiga Angie, que mal conhecia Grace. Nós estávamos tomando uma xícara de café em uma manhã de sábado na zona comercial da cidade e, enquanto estávamos na nossa mesa na janela do Costa, Grace passou. Bem, isso já era es-

tranho, porque ela não tinha falado nada comigo sobre vir para cá, mas achei que talvez tivesse combinado de encontrar algum dos seus antigos amigos para um brunch; talvez fosse uma coisa de última hora, algo do tipo.

Angie avistou Grace e me perguntou se era ela e primeiro eu disse que não poderia ser. Então eu olhei, e lá estava a minha filha e eu bati na janela. Ela olhou para cima e me viu e meio que deu um sorriso fraco. Eu a chamei para entrar. Ela hesitou um minuto. Somente mais tarde que eu me vi imaginando o que Grace estava fazendo vagando pela cidade no meio da manhã. Na hora eu me vi reparando — como uma mãe faz — que seu cabelo estava um pouco sujo, e imaginando — como uma mãe faz — se eu deveria dizer alguma coisa ou não. Ela pareceu distraída, mas deixei isso de lado por ter outras coisas para pensar. E, embora ela parecesse um pouco magra, eu sabia que ela não estava com muito apetite ultimamente. Não era surpresa.

Foi só depois de Angie me perguntar se Grace estava se cuidando que eu realmente comecei a pensar no estado mental da minha filha. Se ela estava bem. Em alguns momentos ela se distraiu da conversa completamente. Sem dúvida, Angie não tinha uma conversa das mais interessantes. Ela estava contando sobre uma ida recente ao hospital, para fazer alguns exames de rotina, o trabalho que ela teve para estacionar. Mas sob quaisquer circunstâncias normais, uma garota gentil, delicada e generosa como a minha filha ia pelo menos fingir que estava escutando. Ela se levantou e foi ao banheiro. Voltou. Disse que precisava ir. Prometeu que me ligaria. Mal se despediu de Angie.

Foi aí que eu comecei a notar certas coisas. Com quanta frequência, quando eu a visitava, Grace estava de pijama ou roupas com manchas de comida, ou estava com a aparência de quem acabou de sair da cama. Com que frequência ela faltava ao trabalho. Como nunca havia nada na geladeira quando eu olhava, a não ser resíduos de uma garrafa de vinho branco e um tanto de leite começando a azedar.

Eu levei um bom tempo até arrumar coragem para dizer alguma coisa ao Jack. Ele meio que me disse para cuidar da minha vida. Foi Grace, não ele, que deixou escapar que eles não estavam mais dormindo no mesmo quarto. Só muito depois que descobri que ela havia se mudado para o quarto que eles haviam decorado para o bebê, que ela estava dormindo no chão lá, com um cobertor.

Foi a Grace que pediu para ele se mudar. Ela disse que doía olhar para ele. Que ela se sentia culpada toda vez que eles estavam tendo uma conversa que não fosse sobre o bebê que tinha partido. Ela sentia que tudo tinha sido culpa dela, que ele também pensava assim, mas nunca falaria, e que tudo estava destruído para sempre. Ela se encolhia toda vez que ele a tocava. Ficava tensa toda vez que ele entrava no cômodo. Jack disse que ela passava o tempo todo com o telefone, prostrada, o polegar rolando, o rosto sem expressão.

Ao sair de casa, ele achou que seria só uma coisa temporária. Se ela precisava de espaço, ele lhe daria. Quando ela estivesse pronta para vê-lo novamente, para conversar sobre o que iriam fazer depois, ele estaria pronto. Ele só estava a cerca de meia hora de distância, na casa de um amigo, em um quarto de hóspedes.

Uma semana virou duas semanas, duas semanas viraram quatro. Ele me contou que ela não estava atendendo o telefone, nem respondendo às mensagens que ele mandava.

E então, certa manhã, de forma muito casual e neutra, ela me informou por telefone que havia decidido dar entrada no pedido de divórcio.

Capítulo doze

Emmy

— Ah, aliás, eu queria te falar, a Irene ligou — diz Winter vários minutos depois de eu descer após colocar Bear no berço para tirar uma soneca. Enquanto estou preparando alguma coisa para comer, ela está sentada na ilha da cozinha, fazendo pose para o telefone, ajustando a boina.

— Certo — digo, olhando o relógio.

— Ela disse que é alguma coisa sobre um programa de TV.

— É?

Winter confirma com a cabeça. Eu sorrio transmitindo confiança. O momento se alonga.

— Nenhum recado? — pergunto finalmente.

— Ah — diz Winter depois de uma pausa. — E ela quer que você ligue para ela imediatamente.

Irene nunca liga a não ser que realmente precise. E-mails, mensagens de WhatsApp, DMs, sim. Pegar o telefone? Uma raridade.

Eu não consegui o programa no canal BBC 3. Deve ser isso que Irene ligou para me contar. Foi por isso que ela não quis deixar recado. Eu consigo sentir no meu íntimo.

Não sei por que eu sequer me deixo ter esperança, de verdade. Já estivemos nessa situação várias vezes antes, Irene e eu; passamos por isso em muitas e muitas ocasiões. As reuniões, os testes de câmera, as leituras de roteiro, a espera. O brilho otimista daquele primeiro dia aguardando uma resposta, estimulada pelas lembranças de todos terem sido tão simpáticos e de tudo parecer ter ido tão bem, meu telefone à mão o tempo todo. No segundo dia, a ansiedade começando a se insinuar, pensamentos recorrentes de coisas que eu poderia ter feito melhor, ou diferente, coisas que eu desejaria não ter dito. O terceiro dia. O quarto. Então a notícia de que eu fui ótima, mas eles escolheram outra pessoa. Eu fui ótima, mas outra pessoa foi ainda melhor. Eles queriam alguém mais velha, alguém mais jovem; decidiram escolher alguém mais arrojada, alguém menos arrojada. Não é nada pessoal, só não gostaram do meu cabelo ou das minhas roupas ou do meu rosto ou da minha voz ou da minha personalidade.

Foda-se. Foda-se. Foda-se. Foda-se. Fodam-se todos eles.

— Você está bem? — pergunta Winter. — Quer um pouco de kombucha ou alguma outra coisa?

— Não, obrigada, Winter. Acho que tem coisas que nem mesmo uma garrafa de refrigerante pode resolver. — Eu sorrio com os dentes cerrados.

Uma coisa da qual realmente comecei a me dar conta nos últimos tempos, uma coisa que realmente começou a me apavorar quando acordo no meio da noite e me vejo pensando no futuro é que pode não haver rota de fuga para tudo isso. Apesar de eu programar e planejar tudo, de todos esses anos aparecendo em eventos ligados à maternidade, fingindo amar mulheres com as quais eu morreria de medo de ficar presa no elevador, ou fazendo propaganda de creme contra assaduras ou lenço umedecido, queijo fresco e isca de peixe, e respondendo a cada DM irritada ou comentário maluco — tudo de olho em um prêmio maior —, eu posso ter acabado me atolando em outro beco sem saída na carreira. Amarrei meu burro, por assim dizer, em uma rua sem saída. E dessa vez, tornei a reversão muito mais difícil, já que me transformei em *uma espécie* de celebridade — como um participante do *Big Brother*, por exemplo, ou o finalista do *The Voice* — e fazer o retorno à vida real seria, na melhor das hipóteses, humilhante, e na pior, impossível. Eu seria como uma daquelas ex-estrelas de novela de quem os jornais de fofoca riem por estarem trabalhando no Starbucks.

Tendo deixado para trás a indústria de revistas enquanto ela desmoronava à minha volta, pode ser que eu esteja mais ciente do que a maioria sobre as perspectivas a longo prazo desse tipo de trabalho. Sabe aquele desenho em que o Coiote corre atrás do Papa-Léguas, chega à beira de um abismo e continua, as pernas girando furiosamente, entregando tudo de si, e então ele de repente para e percebe que não há nada ali? Eu sei exatamente como o Coiote se sente.

Qualquer pessoa com alguma experiência da mídia, social ou não, sabe que essa coisa de influenciador não dura. Assim como o Twitter, antes tão útil, agora é cheio de homens furiosos corrigindo a gramática dos outros e xingando as feministas; como o Myspace, antes de morrer junto com as carreiras de todos aqueles aspirantes a Justin Bieber; o Instagram está equilibrado em cima de um precipício. Com mulheres abrindo os olhos para o fato de que somos somente vendedoras disfarçadas de companheiras, empurrando coisas de que as pessoas não precisam, não podem pagar e não as farão se sentir melhor de qualquer forma. Mesmo que eu quisesse botar no mundo um filho a cada dois anos para manter o conteúdo fluindo, a Insta-maternidade parece uma maneira particularmente precária de configurar um meio de vida. Mas é improvável que Dan termine aquele segundo romance tão cedo; então, pelo menos um de nós precisa ter um plano a longo prazo. E o meu sempre foi fazer o salto da pequena tela que você segura nas mãos para a ligeiramente maior na sala.

Ser apresentadora de TV simplesmente me parece o próximo passo lógico. Em certas ocasiões, na minha cabeça, pelo menos, essa coisa toda parece não só natural, mas inevitável. Com o passar dos anos, pela minha insistência, Irene me agendou o máximo de entrevistas na tela que ela conseguiu, para praticar na frente da câmera — eu tenho sido a especialista em assuntos de maternidade em tudo, desde o noticiário da noite até programas femininos de variedades como *Loose Women*, com graus de sucesso oscilantes. Ela me arrumou testes, reuniões com produtores de elenco. Os stories do Instagram ajudam um pouco: eles têm sido úteis como treinamento e teste estendido para ser uma espécie de Davina McCall. Para ser sincera, eu nunca fui tão boa nisso quanto nós esperávamos, mas melhorei com a experiência. Com seus contatos dos dias de agente de atores, Irene me agendou com preparadores de voz para que eu parasse de engolir as palavras, especialistas de movimento para que minhas mãos parassem de balançar de maneira esquisita, e um instrutor de mídia que me ensinou a não ficar com os olhos arregalados.

Participei de algumas inserções pagas, incluindo um segmento do *Children in Need,* onde interagi com o mascote, Pudsey, e um especial de influenciadores do *Antiques*

Road Trip. Alguns projetos de apresentação propriamente dita até pareceram que iriam acontecer, mas foram cancelados. O programa pelo qual tenho certeza de que Irene está me ligando, um documentário da BBC 3 do qual eu estava esperando ser a principal participante, já quase teve sinal verde cinco vezes antes. A ideia tem quase a mesma idade de Coco, na verdade, mas mesmo eles sabendo que querem que seja sobre a luta de se começar uma família, ficam mudando de ideia sobre a abordagem a adotar. Houve conversas casuais e negociações pesadas, só para cair tudo em silêncio novamente.

Da última vez em que eu fui chamada, eles escalaram uma atriz para um teste de cena, para conversar comigo sobre sua dolorosa experiência de perder um bebê com todos os detalhes penosos, o ator fazendo o papel do seu marido segurando a sua mão e chorando em silêncio enquanto ela falava. Eles colocavam as emoções para fora e tudo o que eu tinha que fazer eram os barulhos certos, tirar as perguntas certas da cartola. De alguma maneira, entretanto, eu simplesmente não conseguia encontrar o tom adequado. Eu podia me ouvir soando falsa, soando fraca. Nas primeiras tomadas, todos estavam apoiando muito, os atores com comentários de incentivo, o diretor oferecendo sugestões e tentando me ajudar a relaxar, me soltar um pouco. Na altura da tomada cinco, as pessoas estavam discretamente checando seus relógios. Depois da tomada seis, fizemos um curto intervalo. Lá pela tomada nove, parecia muito evidente para todos que esse não era um trabalho que eu estava em vias de conseguir entregar.

Faço uma inspiração profunda e a ligo para ela.

— Vá logo, me dê a má notícia — suspiro.

— Na verdade, Emmy, é o oposto. A BBC 3 me ligou para dizer que você é uma das duas finalistas.

Levo um instante para registrar de verdade o que Irene está falando. Eu estava tão preparada para outra rejeição que na hora já estou a meio caminho de formular algum tipo de desculpas educadas de que eu não sou o que eles estavam procurando, de novo.

— Uma das duas finalistas? — digo.

— É você contra a eucrieianjos. Normalmente eu diria que você é uma aposta certa, mas, bem, em relação ao assunto, o programa é muito sobre a marca dela. Mas obviamente, quando se trata de quantidade de seguidores, você tem uma vantagem impressionante.

Ela não está brincando porra nenhuma. Reconheço que a eucrieianjos tem duzentos mil seguidores, mas ainda assim, se são números absolutos que vão levar em conta, não há competição.

— A questão, e isso é uma coisa que foram totalmente diretos, é que eles mudaram o foco. Eles querem que a pessoa escolhida possa colocar um toque pessoal nas coisas, para que o programa tenha uma história humana autêntica como cerne.

Claro que eles querem, porra. O que significa, portanto, que eu não tenho chance. A eucrieianjos tem uma tragédia pessoal saindo pelos *poros*. Cada vez que seu filho faz aniversário, ela sempre coloca seis pequenos lugares vazios, acende as velas em cinco cupcakes extras e posta as fotos artisticamente iluminadas no Instagram.

Irene me diz que eles pediram mais uma coisa para nós duas. Eles já viram tudo o que precisam, em relação a testes.

— Só estão pedindo um vídeo breve. Explicando por que esse é um programa que você *precisa* fazer. Compartilhando de verdade suas experiências.

— Compartilhando de verdade — repito.

— Ah, e eles querem que vocês duas mandem os vídeos até as cinco horas de hoje. Acho que querem pegar as duas no improviso, para que seja real e bruto. Isso vai ser um problema? — pergunta ela.

— Nenhum problema — respondo, aérea. — Diga a eles que mandarei o vídeo até no máximo as cinco horas.

A babá eletrônica transmite um grunhido sonolento vindo do quarto de Bear. Em seguida, há uma série de gemidos e resmungos. Meu Deus. A soneca de Bear não pode ter acabado, pode?

Checo a hora. Exatamente uma hora até cinco horas. Eu me vejo incapaz de parar de visualizar os minutos deslizando como areia pelos meus dedos. Penso em todo o esforço e tempo e energia que coloquei nisso, ao longo dos anos. Todos os sacrifícios que fiz. Como seria ligar a TV e acidentalmente tropeçar na eucrieianjos parada do lado de um lago lendo um poema, vagando emocionada por corredores de hospital.

Os grunhidos ganham ritmo até virarem gritos zangados, plenos. O bebê definitivamente está acordado.

Inspiro profundamente, abro meu e-mail e digito o nome "Polly" na barra de pesquisas.

Dan

Que pervertido do caralho. Isso é o que eu fico pensando. Que pervertido do caralho.

Uma das coisas que acontecem quando você coloca sua vida na internet: sempre tem alguém que aparece e faz o favor de chamar sua atenção para algo nojento, cruel ou apenas desagradável que uma pessoa qualquer escreveu sobre você e que de outra forma poderia ter passado batido. Algum filho da puta prestativo com nada melhor para fazer, feliz por providenciar um link para uma crítica terrível no *Goodreads* que você não tinha visto, enlaçá-lo em uma discussão negativa sobre seu trabalho no Twitter ou, no caso de Emmy, se certificar de que você acompanhe a velocidade com que está progredindo uma discussão sobre ela nos sites de fofocas *Guru Gossip* ou *Tattle Life* intitulada "A Mama_semfiltro engordou?".

Nessa ocasião, é Suzy Wao a ávida portadora de más notícias, com uma mensagem de três linhas no WhatsApp, acompanhada de uma sequência de emojis tristes e raivosos, sem nem mesmo se preocupar em ocultar o óbvio estado de empolgação efervescente. Será que também consigo detectar uma ponta de satisfação com o sofrimento alheio? Muito provavelmente.

Acabei de ler uma história para a Coco dormir (do livro *Histórias de ninar para garotas rebeldes*, do qual temos doze cópias ou mais pela casa, todas presentes de várias pessoas, incluindo minha mãe), dei um beijo de boa-noite nela e desci para pegar uma cerveja na geladeira, antes de me sentar na ilha da cozinha com meu notebook.

Emmy chegou algumas horas antes e me contou as novidades. Eu disse que, se ela estava entre as duas últimas finalistas, ela tinha que conseguir. Um programa de TV. Não apenas participante de um talk show, não apenas parte de um quadro, seu próprio programa de TV. Ela teria seu nome no título? Perguntei. Ela disse para eu não botar o carro na frente dos bois; o nome ainda não estava decidido. Trocamos um olhar. Os olhos dela estavam brilhando. Acho que nós dois sabemos que você vai conseguir, eu disse. Ela sorriu timidamente.

— Tudo o que eu posso falar — disse ela — é que fiz o meu melhor.

Enquanto eu estava sentado aqui, dei um Google no nome do produtor e na pessoa que contratou o programa e agora estou basicamente pesquisando todos os envolvidos no negócio inteiro. Tem pessoas sérias a bordo, ao que parece. Pessoas que trabalharam com grandes nomes. Que fizeram programas que até eu já ouvi falar, ou pelo menos dos quais li críticas no *Guardian*. Só depois que Emmy subiu para checar as crianças que eu percebo que esqueci de perguntar sobre o que será o programa no fim das contas.

Emmy está lá em cima quando o telefone toca, e eu dou uma olhada.

E, por um momento, parece que o chão desapareceu sob meus pés.

De todos as coisas horríveis, nojentas, estranhas que acontecem na internet, os *role players* do Instagram — #rp é a hashtag que eles usam às vezes, embora façam isso discretamente, enterrando-a no fim de um bloco de hashtags para que ninguém veja — sempre me pareceram bem pior. Não só no sentido de que o que eles fazem me soa como algo grave e insensível e moralmente questionável, mas no sentido de que sou totalmente incapaz de me imaginar na mente de alguém que faria algo assim. É como aquelas pessoas que postam vídeos de si mesmos fazendo pegadinhas estúpidas, sem graça e perigosas no YouTube (bebendo um balde de vômito, por exemplo, ou jogando balões de água em estranhos na escada rolante do shopping e depois levando uma surra). É como decidir zombar dos pais de um adolescente suicida ou de sobreviventes de um tiroteio em uma escola ou passar o dia inteiro enviando mensagens de ódio para uma atriz negra que você achou um erro ser escalada para um filme do *Guerra nas Estrelas*. Eu simplesmente não entendo. Roubar fotos dos filhos de outras pessoas e postá-las no Instagram sob um nome diferente. Inventar histórias sobre eles, suas situações familiares, como eles são. Fotos reais. Fotos de crianças reais. Mesmo se eu não tivesse filhos, acho que eu pensaria que é perturbador da mesma maneira visceral.

A mensagem que Suzy mandou para Emmy foi para contar que ela tropeçou em um perfil do Instagram que é todo de fotos de Coco.

Lógico, eu desbloqueio o telefone de Emmy — sim, eu sei sua senha, é a data em que Coco nasceu — e clico no link.

Na primeira foto que vejo, Coco está segurando a minha mão, olhando para a câmera por cima do meu ombro. Eu me lembro desse dia. Foi um daqueles dias do fim do verão, seco, brilhante, quando havia apenas um toque do outono no ar. As folhas tinham começado a cair, tinham começado a se empilhar ao longo do meio-fio, porque eu me lembro de Coco andando com dificuldade por elas enquanto caminhávamos rua abaixo, rindo. Esperamos no cruzamento perto da creche a moça que ajuda a atravessar a rua barrar o carro para nós passarmos, Coco acenando com sua mãozinha gorducha para os motoristas, e eu estava dizendo a Coco para se comportar bem e tentando deixá-la animada por causa de todas as pessoas que ela iria conhecer no seu primeiro dia na sua nova turma da creche. Esperei até que ela estivesse brincando e fiz uma saída discreta e depois me sentei no Starbucks virando a esquina no caso de alguém da creche ligar, no caso de ela ficar triste e eles precisarem que eu voltasse e a acalmasse. Ela não ficou, é obvio. Eu não voltei. Ela não ficou nada intimidada pela nova professora, uma turma nova inteira de colegas. Acho que, quando voltei para pegá-la naquela tarde, ela estava um pouco surpresa de já ser hora de voltar para casa.

As legendas são todas sobre a pequena Rosie ("nossa QF — Querida Filha") tendo dificuldades para dormir, e o mais louco é que todos os tipos de pessoa escreveram comentários solidários e oferecendo sugestões de coisas que ajudavam seus bebês a dormir.

Pensar em alguém inventando esse tipo de coisa sobre a *nossa* filha, usando suas fotos reais, inventando um nome para ela, aproveitando-se da credulidade das pessoas, violando a privacidade da minha filha, quase me faz sentir enjoado de raiva.

Fico muito tentado a escrever alguma coisa embaixo da foto. Algo furioso, algo hostil, algo que vai deixar a pessoa tão surpresa que ela vai parar com aquilo, mostrar de fato o que ela fez. Alguma coisa que lembre a ela que se trata de uma pessoa real, as emoções de alguém real, com a qual ela está brincando. Algo que envolva a polícia e mencione cartas a advogados.

Posso escutar Emmy andando no andar de cima. Ela desce para o primeiro andar de pijamas, com uma máscara facial, o cabelo enrolado no alto da cabeça. Atravessa até a pia, se serve de um copo de água, vai até onde eu estou sentado.

— Como você está? — diz ela.

Não sei bem como responder. Indico a tela com o queixo.

— O que foi? — pergunta ela.

— Isso — digo.

— O que é isso? — pergunta ela, tirando o telefone de mim com uma mão enquanto rearruma a toalha com a outra.

— Suzy Wao encontrou isso e mandou uma mensagem para avisar — conto a ela.

— Ahã — diz ela.

O rosto de Emmy enquanto ela lê é inexpressivo. Depois de clicar em algumas imagens, rolar um pouco para baixo, ela me devolve o telefone.

— Vou ligar para Irene agora — avisa.

Eu continuo a encará-la, balanço a cabeça.

— Não, Emmy — retruco.

— Você não quer que eu ligue para a Irene?

— Eu quero ela fora da internet — digo. — Quero Coco... Quero nossos dois filhos fora da porra da internet.

Emmy inspira profundamente. Eu sei o que ela está prestes a dizer. Que isso não acontece apenas com influenciadores. Que poderia acontecer com qualquer um que posta fotos dos filhos. Que a internet é só a internet. Não é real. Sempre me surpreendeu, a habilidade de Emmy para não dar importância às críticas on-line, sua habilidade em ignorar todas as pessoas por aí que não gostam dela, que vociferam e devaneiam sobre o quanto a odeiam, que péssima pessoa ela é; todos esses estranhos aleatórios com suas opiniões intensas sobre a maneira como ela se veste, a maneira como é seu visual, a maneira como ela escreve, a maneira como ela age como mãe.

Isso é diferente, entretanto. Isso é *visivelmente* diferente. Isso — *isso*, penso, tentado a cutucar a tela com o dedo, para enfatizar — é a minha filha.

— Continue lendo — digo. — Só olhe. Tem um monte. Um monte, porra. Uma foto atrás da outra. Um post atrás do outro. Quem quer que seja essa pessoa, ela está *obcecada*.

Ela se acomoda perto de mim com um suspiro, e posso sentir o calor do chuveiro ainda saindo dela em ondas. Começa a ler. Rola para baixo e para. Rola para baixo novamente. De tempos em tempos seus lábios se contraem. De tempos em tempos suas narinas se alargam. Vejo as palavras refletidas nos olhos dela, o rosto iluminado pelo brilho do telefone.

De repente, ela meio que o atira na mesa, como se não conseguisse suportar tê-lo por perto, e coloca as mãos na boca e dobra as pernas. Estendo a mão para ela, que ignora.

— O que foi? — pergunto.

Ela está balançando a cabeça. Seus olhos estão arregalados.

— O que é? — insisto.

Fico tentado a pegar e abrir o notebook. Faço menção de apanhá-lo. Ela agarra o meu pulso.

— Dan — diz ela.

— O que foi? Você está me assustando um pouco agora.

— Aquelas fotos.

— Sim?

— Algumas daquelas fotos, as mais recentes, naquela conta, na conta do #rp.

— Sim — digo, tentando incentivá-la a continuar.

— São fotos que nunca postamos na internet.

Eu o vi outro dia. Jack. O Jack da Grace. Eu tinha acabado de ir para a casa, ver se estava tudo bem, cortar a grama, passar o cortador um pouco na parte de cima da sebe, podar a folhagem em volta da placa de Vende-se, *checar se está tudo bem com o lugar e, voltando, entrei no supermercado, o grande na rotatória, para comprar leite e jornal. Jack parecia estar comprando suprimentos para a semana toda. Ele estava empurrando um carrinho lotado com uma das mãos, olhando o telefone com a outra. Há um garoto novo agora, de fato. Um garotinho. Uma nova mulher, ou pelo menos namorada. Fotos deles aparecem de vez em quando no Facebook. Uma festa de aniversário. Uma ida ao zoológico. Não vou mentir. Costumava me aborrecer, vê-lo parecendo tão feliz, vê-los todos parecendo tão felizes. Pensei por um tempo em bloqueá-lo, desfazer a amizade até. Por que ele estava sempre sorrindo? Eu ficava pensando. Será que ele nunca pensa na neném, na filha que perdeu? Na mulher que perdeu? E então eu logo me lembrei: é só rede social. Quem posta uma foto de si mesmo chorando, com os olhos inchados e catarro no queixo? Quem posta uma foto de si mesmo triste? Quem posta uma foto de si mesmo passando pelo luto sombrio, lento e nada fotogênico? Um instantâneo de um daqueles momentos de passagem em um ônibus ou em um elevador ou apenas caminhando quando de repente do nada uma pontada aguda te atinge? Um lembrete, a sensação de que alguma coisa está faltando, a súbita percepção de que há coisas que você nunca poderá falar a alguém, coisas que vocês fizeram juntos e que agora você é a única pessoa no mundo inteiro que se lembra?*

É um luto duplo nesse caso, claro: não foi só a bebê Ailsa que morreu; foi também a pessoa que ela poderia ser, teria sido. O fato de que ela nunca irá para a escola ou para a universidade ou sair de casa ou se apaixonar e ter uma família própria. Que o colar prata de batismo que compramos para ela usar quando fosse mais velha nunca será usado. As roupas de bebê que Grace guardou, que agora estão comigo, que eu antes ficava ansiosa para mostrar-lhe quando ela fosse mais velha e pudesse ver como ela era pequena antes — acho que nunca vou mostrá-las para ninguém agora. Ainda estão lá, no sótão da minha casa, cuidadosamente embaladas — e um dia quando eu morrer e alguém vier esvaziar a casa, provavelmente ficará confuso por um momento se sequer se preocupar em olhar dentro da caixa.

Jack não parecia particularmente feliz ou triste quando eu o vi. Sobretudo, ele parecia principalmente cansado. Eu o observei andando para cima e para baixo no corredor de produtos de bebê, examinando as prateleiras, procurando alguma coisa. Eu realmente pensei em me aproximar e oferecer ajuda. Talvez isso fosse o normal a fazer — mas, lógico, as coisas nunca poderão ser normais entre mim e Jack novamente, não agora nem nunca. E então eu espreitei do fim do corredor e espiei da gôndola dos pães em promoção e o observei pegar coisas e ler o pacote e franzir a testa e colocar de volta.

Sempre me lembrarei do dia do casamento deles, do vestido, de todos os discursos. Da maneira como olhavam um para o outro.

Ele deve estar perto de um ano agora, o garotinho, o pequeno Leon. Será que Jack ainda pensa em Ailsa? Ele deve pensar. Deve assombrá-lo. Saber que o que quer que você faça, quanto cuidado você tenha, às vezes é simplesmente impossível manter seu bebê vivo. Que, às vezes, bem quando parece que você tem tudo, a vida vem e o esmaga, e o despedaça e bate em tudo pelo que você trabalhou, batalhou e que estimou. O que você pode dizer para alguém que perdeu um filho? O que você pode falar, afinal de contas? Mesmo se a criança também fosse sua neta?

Não há nada a dizer e você nunca consegue parar de dizer.

Peguei o leite. Peguei o jornal. Eu ia para o caixa quando Jack virou no fim do corredor bem à minha frente. Eu praticamente trombei nele.

— Ah — disse eu.

Ele olhou para cima, levantou a mão pedindo desculpas, murmurou um desculpe, manobrou o carrinho de uma maneira exagerada para fora do meu caminho e continuou andando.

E quando eu me virei para olhar Jack subindo o corredor, os ombros curvados por cima do carrinho, os pensamentos a quilômetros de distância, essa pessoa que olhou através de mim, me vi pensando — por um breve e tolo momento — se eu tinha mudado tanto no exterior quanto às vezes parecia que eu tinha mudado no interior. Ou se a razão pela qual ele não me reconheceu tinha algo a ver com esse tipo de instinto que o incita a não olhar diretamente para alguém que está de alguma forma deslocado, machucado, destroçado. Evitar o olho do mendigo do lado de fora da estação de trem. O louco resmungando no ônibus. A mulher na parte comercial da cidade que precisa de exatamente cinco libras e dezesseis pence para voltar a Leicester. Algumas horas consigo me imaginar muito facilmente acabando como uma dessas pessoas.

Algumas horas posso me imaginar como quase qualquer coisa.

Capítulo treze

Dan

Agora todo dia tem outro. Outro post, outra mentira sem sentido, outra fotografia que não estava antes em domínio público. Sempre na mesma hora — sete da noite em ponto. Logo depois de Coco ir para a cama. Já foram três. Três posts novos desde que descobrimos a conta #rp. Cada um deles esfregando mais sal na ferida, cada um ligeiramente mais assustador do que o anterior. A questão é que mesmo agora, por mais estranho que possa parecer, eu acho que, se os posts fossem obviamente rotulados #rp, se em algum lugar da conta a pessoa que posta tivesse reconhecido que o que eles estavam escrevendo era mentira, provavelmente eu não estaria tão apavorado assim. Com raiva, com certeza. Enojado, claro. Um crime teria sido cometido. Mas pelo menos eu sentiria ter uma compreensão mais nítida do que eles estavam fazendo, o que eles queriam, qual seria seu objetivo final.

Os últimos três dias pareceram genuinamente como presos em um pesadelo — um pesadelo que começa no momento em que você acorda e se arrasta o dia inteiro e do qual nenhuma saída parece imaginável.

Toda vez que saio de casa, me vejo olhando para trás, espiando dentro dos carros, estreitando os olhos para todos que não reconheço. Passei toda a noite anterior assistindo a um sujeito de macacão colocar outra tranca na porta dos fundos e adicionar uma barra de reforço na moldura da porta da frente apenas para passar metade da noite meio acordado me perguntando se eu podia realmente confiar no chaveiro.

Essa pessoa — que está postando essas coisas, que pegou o notebook de Winter — *esteve dentro da nossa casa. Tocou* nas *nossas* coisas na *nossa* cozinha. Tirou coisas de nós.

Ela tem todas as fotos daquele notebook. Todas as fotos da nuvem. Fotos privadas. Fotos pessoais. Fotos da nossa filha.

E agora está postando uma por uma na internet.

Assim que percebemos o que aconteceu, Emmy entrou em um conselho de guerra imediato com Irene. Eu preciso reconhecer uma coisa sobre a agente de Emmy: nunca a vi não atender uma chamada. Acho que nunca a vi fazer Emmy esperar por mais tempo do que três toques. Suponho que alguma hora ela durma, coma, vá ao banheiro. Cada uma dessas coisas é mais ou menos igualmente difícil de imaginar.

Irene estava no viva voz. Emmy estava andando de um lado para o outro com uma taça de vinho. Eu estava sentado com o meu notebook no sofá.

A pergunta que Irene fez para Emmy sem parar é o que ela achava que a polícia poderia fazer. O quanto eles ajudaram, pergunta ela, quando nós relatamos o roubo? Quanto ao Instagram, por acaso eles responderam alguma de suas denúncias sobre alguma coisa?

Emmy não respondeu; então, presumo que essas perguntas eram retóricas.

Assistindo à Emmy andar, eu me sentia um pouco mais enjoado e zangado do que antes. Não só com quem quer que esteja fazendo isso. Com Emmy. Com Irene. Talvez comigo mesmo também.

O post do dia anterior, o segundo novo desde que eu e Emmy descobrimos o site, foi o pior até então. Um verdadeiro soco no estômago. Em algum momento em que eu estava lendo, me senti como se realmente fosse vomitar, como se realmente fosse me inclinar por cima da bancada da cozinha onde eu estava sentado e espalhar meu jantar pelo chão.

"Olá, novamente!!" era como começava. Dois pontos de exclamação. (O negócio todo, preciso admitir, era um pastiche bem convincente da maneira como todas as Insta-mães, minha mulher inclusive, escrevem. As metáforas embaralhadas, o superentusiasmo sem fôlego. A ingênua falta de traquejo. A aliteração. Não é de se admirar que há pessoas que seguem essa conta que parecem ter se apaixonado por ela.) Só quando cheguei no fim do que estava escrito que senti um enjoo genuíno.

O post terminava com a notícia de que "Rosie" tinha ido ao hospital para alguns exames e que, embora tenha doído por algumas horas, ela fora muito corajosa.

"Ah, meu Deus, sinto muito por isso" era o início do primeiro comentário do post. "Espero que os resultados sejam bons e ela se sinta melhor logo!" A segunda pessoa a comentar postou uma história inteira sobre uma vez quando sua própria queridinha estava doente. O terceiro comentário era só um emoji com uma faixa em volta da cabeça e um termômetro na boca, depois um monte de beijos.

A foto que acompanhava o post era uma que eles tiraram de Coco no quintal de trás no verão passado, sorrindo com sua nova bicicleta enquanto a dirigia em círculos em volta da piscina infantil.

Minha filha.

Minha filha.

A garota de verdade que está dormindo no andar de cima, na sua caminha com uma escadinha, embaixo do edredom do *Frozen* com a cabeça no travesseiro na sua fronha do *Frozen*. No quarto cujo chão tem brinquedos espalhados e cujas paredes parecem uma onda por causa dos desenhos que ela fez na escola a cada vez que o vento sopra ou a porta abre. A garota que, da última vez que eu cheguei, tinha adormecido ainda agarrada na boneca da Elsa. Que ainda não entende por que não pode voltar para a antiga creche e ver todos os seus amiguinhos.

No terceiro dia, estou checando a conta #rp a cada cinco ou dez minutos. Relendo o que foi postado. Vendo os novos comentários que apareceram. Rolando os últimos seguidores. Aquilo tudo me levando à loucura, porra.

O post novo sobe às sete horas em ponto.

Emmy e eu estamos sentados nas pontas opostas do sofá da sala, segurando com força nossos telefones. No instante em que ela vê a foto, eu a ouço arfar bruscamente. Encaro a tela.

— Que *merda* é essa? — pergunto.

A foto mostra Coco encolhida em uma cama de hospital, parecendo triste, um soro pingando atrás dela. É uma foto que eu nunca tinha visto. Uma foto que não consigo entender realmente — de onde vem ou onde foi tirada. Levo um minuto para entender que o soro não está realmente fixado à minha filha. Mesmo assim tenho tantas perguntas que não sei o que fazer com elas. Enquanto meu cérebro lenta e arduamente trabalha para descobrir onde a fotografia foi tirada, e quando, e por quem, e com qual objetivo, com cada constatação, eu me sinto um pouco mais enjoado, um pouco mais zangado, um pouco mais revoltado. Que a Emmy pudesse fazer isso. Que a Emmy pudesse fazer isso com a nossa filha. Que a Emmy pudesse até mesmo pensar em fazer isso com a nossa filha.

Preciso ler as palavras sob a foto diversas vezes até começar a assimilar, até elas começarem a fazer sentido como frases. O post começa com um anúncio de que foi difícil escrever. Então se segue um monte de coisas sobre como foi um dia longo, mas como a pequena Rosie foi corajosa e alegre e como a pessoa está orgulhosa dela. Há uma longa seção sobre como significa para as duas saber que estão nos pensamentos e nas orações das pessoas e como em algum momento querem responder pessoalmente a todos.

"Por ora", conclui, "estamos apenas esperando os resultados e vivendo um dia de cada vez."

O que isso significa? Eu fico perguntando a Emmy. Leia aquilo. O que significa?

Seu rosto, na luz azul da tela, está esgotado. Sua boca é uma linha reta, apertada. Enquanto ela lê, fica girando uma pulseira no pulso. Girando e girando e girando.

— Eu não sei — diz ela.

Ela coça o canto da boca, rói uma unha.

— Eu não sei o que significa, Dan — diz ela novamente.

Pela primeira vez, minha mulher parece assustada de verdade.

Eu deveria ter feito mais. Eu poderia ter feito mais. É isso que me assombra. Se eu soubesse o que fazer, o que dizer, a quem pedir ajuda, então Grace ainda poderia estar aqui.

Eu tentei conversar com ela. Eu a encorajei a se consultar com seu clínico geral, ver se ele poderia sugerir alguma coisa. Eu estava sempre tentando convencê-la a sair e fazer coisas, conversar com os amigos, ver pessoas, até mesmo só dar uma caminhada e tomar um pouco de ar fresco. Grace só olhava para mim e não dizia nada. Às vezes, eu falava com ela e era como se ela se esquecesse de que eu estava lá. Naquelas últimas quatro semanas ela pareceu mais magra e mais cansada a cada vez que eu a via. Grandes bolsas escuras embaixo dos olhos. Bochechas chupadas. Doente de verdade. A cabeça raspada não ajudava. Toda vez que eu a via, perguntava se ela ia deixar o cabelo crescer novamente, apenas um pouco, um dia desses. Ela ficava irritada comigo. Eu deixava passar.

A minha filha sempre teve um cabelo tão lindo e comprido.

Eu só ficava esperando que a casa fosse vendida, que ela conseguisse um bom preço e pudesse recomeçar em outro lugar, algum lugar um pouco mais perto de mim e de todos os seus amigos. Algum lugar com menos lembranças.

Naquele fim de semana, o último fim de semana, Grace pareceu, na verdade, um pouco mais animada, comparado ao que estava nos últimos tempos. Falei com ela na sexta à noite e ela até riu uma vez, de alguma coisa que eu lhe contei, alguma coisa sobre um dos meus vizinhos, alguma coisa boba que eles me falaram.

— Eu te amo, mãe — disse ela, quando desligou.

Combinamos que eu passaria lá no domingo para uma xícara de chá.

Eu tinha as chaves da casa dela. Sempre tive, no caso de ela ou Jack perderem as deles, se trancarem do lado de fora, ou precisarem que eu fosse até lá e esperar alguma encomenda ou alguém para consertar alguma coisa. Eu nunca a usava, se soubesse que Grace estava em casa.

Toquei a campainha por cerca de quinze minutos.

No hall de entrada, gritei o nome dela. Olhei para dentro da sala para ver se ela estava lá. Cheguei a cozinha. No andar de cima, enfiei a cabeça pela porta do quarto. Quando tentei a porta do banheiro, primeiro pensei que estava trancada. Então tentei novamente e percebi que não estava trancada, que cedia de leve quando eu empurrava com o ombro, mas havia alguma coisa empilhada contra a porta do outro lado, impedindo de abrir. Continuei empurrando e cedeu um pouco. Empurrei com mais força e pude ver alguma coisa presa embaixo dela, emperrada entre a parte de baixo da porta e o chão do banheiro. Era a manga de um dos suéteres de Grace. Dei um puxão. Estava bem presa. Dei outro empurrão na porta. Ela se moveu um ou dois centímetros. Chamei o nome de Grace novamente. Ninguém respondeu.

O laudo do médico-legista disse que ela estava morta desde a tarde de sábado. Ela tinha ido às compras naquela manhã e comprado leite e pão no mercado. Quando estava saindo, esbarrou em alguém com quem trabalhava, parou para um papo, conversou sobre arrumar um dia na agenda para se encontrarem alguma hora, pareceu de bom humor. Então, em algum momento mais tarde naquele dia, colocou a xícara do chá que estava bebendo na bancada da cozinha, pela metade, foi até o banheiro e arrumou tudo o que precisava em cima do vaso sanitário fechado, preparou um banho e acabou com a própria vida. Ela tinha 32 anos.

Emmy

Sabe aquele sinalzinho de tique azul, aquele que o Instagram confere a você, o sinal de que você realmente chegou lá? Aqueles símbolos discretos que marcam a mim e ao meu grupo como mães-alfa?

Bem, acontece que aquele sinalzinho azul não significa absolutamente nada.

Assim que descobrimos sobre a conta #rp, Irene contatou diretamente o Instagram, achando que o fato de eu ser verificada, de eu ganhar dinheiro *para eles* com minhas parcerias pagas e #publis, levaria alguma urgência à solicitação. Achei que o fato de aquilo ser horrível e estressante, e fazer minha pele se arrepiar toda vez que eu olho, faria com que eles agissem com rapidez. Esperávamos que a conta fosse apagada instantaneamente quando ela explicou tudo isso, primeiro por e-mail e depois em uma série cada vez mais furiosa de mensagens de voz ao responsável pelas Relações com Influenciadores, de que as fotos haviam sido roubadas e que o conteúdo era, muito francamente, ameaçador.

Eles não fizeram nada. Nem responderam.

Irene não pareceu pensar que eu deveria ter muita fé na polícia ser capaz de ajudar também. Claro, a pessoa postando *poderia* ser a pessoa que roubou o laptop, disse ela, mas a polícia não tinha pistas de quem era aquela pessoa. E não era igualmente provável que alguém tivesse hackeado a nuvem e apanhado as fotos lá? A parte coincidente do Diagrama de Venn entre assediador-aterrador-solitário e muito-bom-em-coisas-de-computador era bem significativa. E, além do mais, meu trabalho consiste em colocar fotos de minha família on-line; os seguidores salvam essas fotos, compartilham, fazem prints, imprimem e as transformam em elaborados santuários, pelo que sabemos — quanto de empatia a polícia teria sobre as minhas reclamações que essas eram só as *fotos erradas*?

Irene estava perdendo o foco, claro. A conclusão era que a pessoa que roubou as fotos, seja quem for, está obcecada conosco o suficiente para forçar uma entrada nas nossas vidas. Não é um troll sem rosto, ou um hater sem nome: um ser humano de verdade que se apoderou publicamente da vida real da nossa família, nossas lembranças privadas.

A única maneira de eu parar de me sentir tonta sobre tudo isso é me lembrar que qualquer pessoa com um perfil público vai encontrar coisas desagradáveis sobre si mesma se varrer a internet procurando. Pelo que eu sei, os filhos de cada Instamãe que eu já conheci poderia ter uma conta #rp dedicada a eles — eu só tive o azar de descobrir.

— Tente não pensar nisso — diz Irene, inclinando-se ao longo do banco traseiro do táxi para dar um tapinha no meu joelho. — Isso pode te alegrar: os produtores da BBC 3 ligaram ontem para dizer que estão próximos de uma decisão. Disseram que a sua história realmente mexeu com eles, então eu tenho a sensação de que o trabalho possa ser seu.

Somos recepcionadas no estúdio de gravação por Hero Blythe, uma poeta feminista do Instagram e apresentadora do *Fluxo Intenso*, um podcast focado em menstruação. Ela é uma loura esquálida extremamente bonita, usando um lenço branco na cabeça e um cafetã verde com borlas por cima de uma blusa curta branca e calça jeans boca de sino rasgada, espalhando um monte de folhas de sálvia fumegantes pelo lugar.

— Bem, olá, mulher supernova! Isso é só para saudar e purificar. — Ela gesticula para a perigosa fogueira com cheiro forte enquanto nos conduz para dentro de uma sala com isolamento acústico, onde Hannah, Bella, Suzy e Sara já estão nos seus lugares na frente de microfones gigantes. — Só vou pegar um pouco de chá de folhas de framboesa para nós, depois estaremos prontas para começar.

Escolho um lugar entre Suzy e Sara, e levo um momento — como faço sempre que estou prestes a gravar algo — para colocar todas as minhas distrações, todos os meus medos e preocupações e problemas pessoais de lado e focar pela próxima meia hora no trabalho em curso. Uma das raras coisas úteis que minha mãe me ensinou, além de como fazer um ótimo martíni, é como me fazer de forte.

A maneira como ela faz, uma vez ela me contou, é literalmente imaginar uma caixa na cabeça. Todas as coisas que você não quer pensar você simplesmente coloca lá, e então você força a tampa para baixo, engessa um sorriso no rosto e vai em frente.

— Você tem certeza de que isso é saudável? — perguntei a ela uma vez. — O que acontece quando a caixa fica cheia? O que acontece quando algumas coisas não cabem?

Sua resposta foi para imaginar uma caixa maior.

Hero volta com uma bandeja de canecas #diascoloridos fumegantes.

— Vamos começar a gravação?

Faço um sinal de positivo.

— Bem-vindos, irmãs de sangue e ouvintes comuns — diz ela, gesticulando para todas nós darmos as mãos. — A edição desta semana do *Fluxo Intenso* é patrocinada, como sempre, por *Copinhos da Deusa*, a maneira mais sustentável do mundo de acolher sua benção mensal. Esses milagrosos coletores menstruais para mulheres que se importam de verdade com o planeta estão disponíveis em quatro cores, incluindo uma nova edição limitada ouro rosa, que são laváveis na máquina de lavar louças.

"Hoje estou aqui com um grupo de mamães revolucionárias que sabem *tudo*. Sério, vocês todas são heroínas mesmo, redefinindo o que significa ser uma mulher moderna. Antes de começar, eu gostaria de compartilhar com vocês um poema que eu escrevi chamado 'O sangue da criação'."

Ela pressiona o pause por um momento.

— Eu pré-gravei isso no banheiro por causa da acústica, então vou adicionar depois — explica ela.

Irene parece querer se sufocar com um coletor menstrual.

— Agora, senhoras, primeira pergunta: vocês podem me contar sobre a primeira menstruação de vocês? — Hero pergunta com sinceridade.

Sara, a mãe_de_hackney, quase pula da cadeira.

— Eu tenho muita sorte por ter uma mãe sensata que sempre me ensinou que a menstruação é um presente do universo para as mulheres. Que meu ventre é um jardim onde a vida humana cresce e que todo mês minhas regras estavam simplesmente regando as flores. Então quando ela chegou, quando eu tinha onze anos, minha mãe me deu uma festa da menstruação, celebrando com uma aula de arranjo de flores. Isolde tem quase essa idade agora e já estamos planejando uma festa, embora a dela vá ser de confecção de coroas de flores.

Bobagem total, é óbvio. Como a mãe de todo mundo na década de 1990, a mãe de Sara lhe entregou um pacote daqueles terríveis absorventes com uma única linha de cola no meio e toda a absorvência de um guarda-chuva, e disse que ela não poderia nadar por uma semana. Ainda assim, a Tampax adorou e, assim que a pobre Isolde começar a sangrar, ela estará agendada para um #publi e uma sessão de fotos com um vestido branco com montanhas de rosas vermelhas na cabeça. Eu suponho que ela deva ficar agradecida por não ter que patinar de biquíni em uma praia.

— Isso é tão comovente; honrar a deusa mãe dessa maneira é muito mágico. Tudo bem, outra para vocês, mulheres maravilhosas. Alguma vez vocês já conversaram sobre seus ciclos? Fico fascinada por eles, já que, de verdade, não são eles que nos definem, como mulheres, a fonte do nosso poder e da nossa força? Eu gosto de manter um diário do fluxo para que eu tenha um registro do mês inteiro. Acho muito importante ser honesta sobre nossos hormônios — diz Hero.

— Ah, sim — concordo, morrendo um pouquinho por dentro. Imagine pensar que a parte mais interessante de uma mulher é algo que você todo mês tem que limpar e jogar descarga abaixo; e então construir uma maldita marca inteira em cima disso.

— Como você sabe, fazemos tudo com honestidade — continuo, solenemente. — Queremos usar nossas plataformas para animar outras mulheres, apoiá-las para que falem sua própria verdade. — Seguro as mãos de Sara e Suzy um pouco mais apertado. — Claro, todas nós conseguimos sincronizar os ciclos também. Lembra do que acontecia na escola com suas melhores amigas? Porque obviamente até meu útero ama essas garotas! — Rio.

Um pensamento me ocorre de repente: não poderia ser uma delas, poderia, postando aquelas fotos de Coco? Me tirar do Instagram certamente faria crescer a parte delas nesse bolo. E foi Suzy que nos contou. Talvez sejam *todas* elas? É difícil imaginar qualquer uma delas de fato invadindo a casa. Mas não é totalmente impossível imaginá-las mandando outra pessoa fazer.

Pelo amor de Deus, Emmy, apenas se escute.

Talvez tudo isso esteja me afetando mais do que pensei.

— Como você lida com as mudanças no seu corpo durante esse período do mês? Como vocês sabem, eu fundei o movimento #menstruaçãopositiva, porque eu acredito realmente, de verdade, que celebrar as sensações físicas que vêm junto com a menstruação é um ato radical de autocuidado. O patriarcado quer que nós usemos remédios, mas eu digo que deveríamos aceitar nossa menstruação. Por exemplo, eu estou usando uma pedra da lua, que eu vendo na minha página da Etsy, link na bio, garotas, já que foi provado que é mais efetiva do que analgésicos. — Hero sorri, apontando para seu colar. — Então tem lápis-lazúli...

Enquanto ela tagarela sobre suas pedras encantadas, posso ver Irene recebendo uma mensagem, os olhos subitamente se arregalando. Ela pisca e acena para que eu saia da sala junto com ela, silenciosamente formando a palavra "Desculpe" com a boca para Hero, que seguiu para as propriedades curativas de enfiar folhas de repolho na calcinha. Sem fazer barulho, fechamos a porta e, no corredor, Irene aperta meu braço.

— É a BBC — diz Irene. — Eles me pediram para ligar de volta. Só um segundo.

Ela me deixa no corredor e sai para procurar um sinal melhor do telefone, retornando momentos depois com um sorriso imenso no rosto.

— Foi um sim, Emmy. Seu próprio programa. "Arrebatados pela sua honestidade crua" foram as palavras que eles usaram, na verdade. Você deve ter arrasado mesmo naquele vídeo!

— Você não assistiu antes de mandar? — pergunto sem acreditar.

— Não tive tempo! Me mostre agora. Quero ver o que os conquistou.

Pego meu telefone, encontro o vídeo e dou play. Lá estou eu. Sem maquiagem, uma camiseta cinza que só me faz parecer mais sem energia e cansada. Olhos abatidos. Segurando um dos bichos de pelúcia de Bear, sentada na poltrona do lado do berço dele.

— Eu sou Emmy Jackson, Mama_semfiltro para muitos de vocês, e preciso compartilhar uma coisa. Construí minha plataforma, meus seguidores, na honestidade. Mas eu não tenho sido muito honesta com o mundo, até agora.

"Eu tenho pensado há muito tempo sobre como dizer o que estou prestes a dizer; ou até mesmo se devo compartilhar. Vai parecer loucura, mas eu acho que estou um pouco constrangida, talvez, um pouco envergonhada. Mas preciso me abrir agora, já que sinto que tem uma parte imensa da minha vida, uma parte imensa de mim, que vocês não conhecem. Eu sinto que, ao negá-la, estou negando que aquelas três vidinhas que perdemos tivessem ao menos o direito de existir. Quando na verdade elas são tão importantes quanto se estivessem aqui agora.

"Três abortos. E aquela dor, a culpa e o desespero, eles não desaparecem simplesmente. Eu posso ficar feliz um minuto, ou talvez não exatamente feliz, mas não triste de um jeito doído, e então, de repente, me assola. Três pessoas que teriam sido parte da nossa vida simplesmente foram embora. A primeira gravidez não passou das doze semanas. Um aborto retido, como eles chamam. Não houve sangramento, nada. Lá estávamos nós na primeira consulta, um segurando a mão do outro, esperando para ouvir os batimentos cardíacos. E não havia nenhum. É incrível como o rosto das pessoas que fazem as ultras é impassível, não é? Acho que devem ver isso o tempo todo.

"Então, aconteceu de novo. Tínhamos viajado para Norfolk no fim de semana, e eu comecei a sangrar enquanto caminhávamos na praia. O seguinte perdemos com vinte semanas. Ninguém pôde nos dizer o que aconteceu. A esperança é o pior, eu acho. A esperança que você tenta não nutrir do momento em que aquela pequena linha azul aparece, mas aparece à noite, quando você começa a sonhar como vai ser ficar lá deitada com seu bebê no colo. Talvez eu tenha sentido que não devesse falar sobre isso porque tenho meu Bear e minha Coco agora, e eu sei que isso deveria me fazer sentir melhor. Talvez eu não tenha falado nada até hoje porque é difícil demais encontrar as palavras. Talvez não haja palavras. Quem sabe se essas realmente eram as certas? Tudo o que eu sei é que tenho tentado qualquer outra coisa — então talvez contar minha história, e ajudar outras mulheres a contar as suas, seja a única maneira de me curar."

Fade out para preto. Minha voz por cima da tela escura. Eu me permito uma pequena pontada de orgulho pelas minhas habilidades de edição de vídeo, meus olhos disparando para o rosto de Irene e voltando para o telefone.

"Do aborto à Mama_semfiltro: um olhar pessoal sobre perder um bebê. Em breve na BBC 3."

Capítulo quatorze

Dan

Uma coisa que levo um bom tempo para tentar entender é a ideia de Emmy tirar fotos da nossa filha no hospital, nossa filha pálida, machucada, adormecida. Tento me colocar no lugar de Emmy, ver as coisas pelos olhos dela, entender o que diabos estava passando na sua cabeça.

Não consigo.

Há momentos em que eu nem tenho certeza de que quero.

A ideia de deixar Emmy, a ideia de sair desse casamento, honestamente não é algo que já tenha me ocorrido. Não realmente. Nem mesmo antes de termos filhos. Não por mais do que alguns minutos furiosos, pelo menos. O que eu faria comigo mesmo? Onde eu acabaria? Em um conjugado qualquer por aí provavelmente. Comendo biscoitos na cama e perdendo tempo demais na internet. É isso o que eu sempre digo, brincando, quando o assunto surge, como acontece ocasionalmente. A verdade é que eu realmente não consigo imaginar.

Houve momentos nas últimas 24 horas em que eu considerei seriamente, e com um ímpeto frio e decidido, os aspectos práticos e a logística desse movimento. Houve momentos em que considerei as implicações de levar minha filha comigo, tentei imaginar a logística de levar meu filho. Houve momentos em que a única coisa que me impediu de irromper na cozinha e dizer a Emmy que eu estava indo embora é não querer que ela tenha controle sozinha sobre Bear e Coco. Livre para usar meus filhos como adereços, como acessórios, como angariadores de empatia a seu bel-prazer.

Estou exagerando? Acho que não.

Nós devemos sair hoje para jantar para comemorar o novo programa de TV de Emmy.

É difícil pensar em alguma coisa que eu queira fazer menos.

Ela faz um story para o Instagram, no espelho do corredor, de nós dois prontos para sair, outro do cardápio; tira uma foto do drinque, tira uma foto da entrada, uma foto de mim de cara feia do outro lado da mesa. Ao longo dos anos, me acostumei tanto com esse tipo de coisa que a maior parte do tempo eu mal registro, mas hoje à noite, de repente, tudo isso parece monstruoso. Só Deus sabe quais ela realmente posta. Eu mal consegui olhar para *ela* nesses últimos dias, quanto mais o feed do seu Instagram.

Emmy fala sobre a gravação do podcast *Fluxo Intenso* e encena um trecho de Hero Blythe recitando seu poema sobre menstruação, e eu não dou nem um sorriso.

Termino minha primeira cerveja na mesma hora que estão tirando nossas entradas e peço outra.

O que fica passando na minha cabeça é que eu costumava pensar que apenas nossa vida on-line fosse uma mentira.

— Eles vão ficar bem com a Doreen de babá, não vão? — Emmy acompanha a frase com um sorriso hesitante.

Está claro como eu devo responder a isso. Todos sabem que quando você sai com uma pessoa e ela faz uma pergunta desse tipo, o que tem que de ser respondido.

Dou de ombros e tomo um gole de cerveja da garrafa. Sair não foi ideia minha, eu quero dizer a ela.

A garçonete pergunta se quero outra e digo que sim e Emmy aponta que eu nem terminei aquela ainda. Entorno o último terço da garrafa e peço mais uma.

Quando Emmy manda uma mensagem para Doreen para checar se está tudo bem, ganha uma resposta quase imediata. Houve um pouco de choro sonolento no quarto de Bear cerca de meia hora antes, mas agora está tudo absolutamente quieto.

Conversamos banalidades sobre como fomos sortudos de encontrar Doreen e então cai o silêncio novamente. Ocorre a mim que essa é a primeira vez que saímos juntos para jantar, que saímos juntos para qualquer lugar, desde que Bear nasceu. Eu devo admitir, ela está linda. Ela fez uma maquiagem cuidadosa e prendeu o cabelo e está usando um vestido e parece com a Emmy que eu me lembro dos velhos tempos, dos tempos de revista. É permitido que elas se arrumem de vez em quando, as Instamães, se qualquer foto for acompanhada por uma legenda de autoflagelação de como fazem isso raramente, como os sapatos dão bolhas e é uma ocasião especial porque tem #boasnovas chegando, mas o bebê ainda estava acordado chorando quando chegamos em casa e elas se arrependeram de tudo na manhã seguinte por causa da #dordecabeçaadulta.

Agora que sabemos que está tudo bem em casa, Emmy volta a me contar sobre o programa de TV. Fico concordando com a cabeça, meio escutando. Não me entenda mal, estou feliz pela minha esposa. Isso é uma grande notícia, uma notícia colossal. O que eu não entendo é por que eles a escolheram para apresentar um programa sobre esse assunto em particular. Quer dizer, não é o caso de termos passado por essa experiência. Vai haver comentaristas?, pergunto. Ela vai conversar com médicos ou mães que passaram por tudo aquilo, ou o quê? Ela me diz que eles ainda não decidiram todos esses detalhes.

Na hora em que estamos olhando o cardápio de sobremesas, me lembro por que Emmy e eu saímos tão raramente. Nós dois já estamos caindo de sono. Na hora em que a conta chega, eu estou realmente tendo dificuldade de manter os olhos abertos. As luzes no salão parecem ficar mais fracas e depois mais claras novamente. A conversa cessa. Emmy começa a rolar suas mensagens. Enquanto estou pagando, Emmy e eu bocejamos ao mesmo tempo e então eu me desculpo com o cara da máquina de cartões.

Checo o telefone e são 20h47.

— Isso foi legal — diz ela, quando estamos parados do lado de fora esperando um Uber.

Eu coloco o braço em volta dos ombros dela e aperto de leve, mas não falo nada.

— Então, que caminho essa cara está pegando? — pergunta ela, observando a rota do motorista pelo celular.

Pego meu telefone e checo a conta #rp.

Ela nem precisa virar a cabeça para saber o que eu estou fazendo.

— Alguma coisa?

Não desde as sete horas, quando apareceu outra foto nova (uma fotografia de Coco dormindo no sofá na frente da TV, agarrando um casaco de Emmy como um ursinho de pelúcia ou um edredom); o texto que acompanha é algo sobre aproveitar cada dia como ele é e apreciar cada momento com a nossa pequenina. Noventa e três curtidas e aumentando. Quase quarenta comentários.

Está ficando pior a cada dia. Um pouco mais vívido, um pouco mais detalhado, mais sentimentaloide. O pior de tudo é que eles não têm acesso somente a centenas de fotos; são milhares. Fotos de Coco dormindo. Fotos de Coco no banho. Fotos dela de maiô no jardim. E todo dia mais uma entra em domínio público. E todo dia o texto que acompanha fica mais assustador. E a qualquer hora, a pessoa postando toda essa merda fica nos lembrando que ela e Coco vão receber os resultados dos exames e saber o veredito. Mantenha os dedos cruzados, a pessoa fica falando. Faça uma oração por nós e nos mantenha em seus pensamentos.

Eu quero matar essa pessoa.

Esse é o pensamento que me ocorre, quando o Uber está parado no sinal e o motorista nos pergunta novamente se queremos que feche a janela ou abaixe a música, se tivemos uma noite agradável.

Quem quer que esteja fazendo isso, eu quero matar.

Vou deixar bem claro. Não estou falando retoricamente. Eu quero matar essa pessoa da mesma maneira que você iria querer matar alguém no exato momento que ele de fato, ou mesmo quase, machucasse seu filho, no exato instante de ira paterna que você sente quando algum imbecil em uma bicicleta ignora um sinal vermelho e avança sobre a faixa de pedestres passando a cerca de quinze centímetros do carrinho de bebê que você está empurrando. Aquela sensação que você tem quando algum babaca começa a dar marcha a ré com velocidade na sua direção quando você está atravessando o estacionamento do Sainsbury's de mãos dadas com seu filho pequeno.

Se eu pudesse colocar minhas mãos nessas pessoas, eu as derrubaria com toda a fúria moralista de um homem defendendo a sua família, de um homem bom sendo empurrado além do seu limite.

Existem momentos, também, quando eu acho que ficaria um pouco menos irritado, menos zangado, se eu pudesse entender para que estão fazendo isso. Que lance, que satisfação estão tirando disso. Mesmo se fosse somente um golpe financeiro, se houvesse uma vaquinha virtual e estivessem pedindo dinheiro para comprar passagens aéreas para o exterior ou para custear alguma operação pioneira que não está disponível em nosso sistema de saúde, eu acho que seria menos desconcertante — ou talvez eu ficaria com tanta raiva quanto, mas de uma maneira ligeiramente diferente.

Emmy estende o braço para dar um tapinha no dorso da minha mão quando estamos virando para entrar em nossa rua e descobre que minha mão está fechada como para um soco.

— Vou matar todos eles, porra — digo.

Ela não reage, só se inclina para a frente e aponta ao motorista o melhor lugar para parar. Sua mão repousa na minha.

— Estou falando sério — digo. — Juro por Deus que estou falando sério.

Quando o carro para, o motorista liga a luz interna para nos ajudar a checar se não esquecemos nada no banco de trás e nos encontramos, Emmy e eu, cara a cara, abruptamente iluminados. Ela parece cansada, na luz repentina e

276

inclemente. Sua testa está enrugada, os olhos, um pouco inchados. Sua expressão é difícil de decifrar.

— Quem? — pergunta ela, em voz baixa, mas com um tom de exasperação e talvez até mesmo desdém na voz. — Quem você vai *matar*, Dan?

Eu a encaro por um momento, depois desvio o olhar.

— Muito obrigada, amigo — diz ela ao motorista.

Há uma breve pausa na porta da frente enquanto localizo as chaves no bolso do casaco, nossa respiração suspensa no ar, nenhum dos dois falando.

Abro a porta com o mínimo de barulho que consigo, gesticulo para Emmy entrar na minha frente, aceno em silêncio para Doreen quando sua cabeça aparece na sala, retribuo o sorriso dela e seus dois polegares para cima. Lentamente coloco as chaves com muito cuidado na bancada do hall de entrada. Tivemos uma noite agradável?, pergunta Doreen, e Emmy responde que foi fantástica. Comida maravilhosa. Então Emmy a acompanha até a porta e se certifica de fechá-la com delicadeza. Ela me diz que vai pegar um copo de água na cozinha e ir para a cama.

Depois que ela sai, verifico se as janelas estão trancadas e se as portas estão trancadas e depois volto e verifico as janelas novamente. Escovo os dentes e faço xixi e me contenho logo antes de dar descarga e acordar o bebê (canos velhos e barulhentos). Checo a porta da frente mais uma vez, apenas para me certificar de que está com a tranca, além de fechada à chave.

Quando subo para o quarto, as luzes estão apagadas e Emmy está embaixo das cobertas no canto da cama com as costas viradas para onde estou parado na porta. Coloco a mão no colchão para me impedir de tropeçar e cair enquanto tiro as meias e o jeans, depois luto para tirar a camiseta e o suéter de gola V pela cabeça de uma vez só.

Adormeço com o som distante de um helicóptero da polícia rondando, sirenes na rua.

Então o telefone toca e o inferno se instala.

Coco parece ser uma garotinha adorável. Um pouco exibida às vezes, talvez. Meio teimosa. Mas basicamente uma boa garota, atenciosa, delicada, bondosa, generosa. Deus sabe de onde ela puxou isso tudo. Eu estava esperando que ela fosse um monstrinho. Sabe esse tipo de coisa — sempre comendo doce, sempre gritando com alguém, exceto na hora de posar para uma foto. Uma pequena prima-dona. Pelo que pude ver, ela não é nada disso.

Coco me lembra Grace mais do que qualquer outra coisa. A mesma doçura. A mesma gentileza. A mesma generosidade de espírito. No parquinho, quando alguém cai, Coco é sempre a primeira a ajudar a levantar. Elas até são um pouco parecidas fisicamente. Algumas horas, quando está brincando, quando está descendo no escorrega ou mexendo as pernas no balanço para dar impulso ou apenas correndo por aí, eu a avisto de relance pelo canto do olho e isso me leva direto de volta à infância de Grace, todos aqueles anos atrás.

O que me atinge com mais força, tendo visto como ela é uma criança cheia de energia, que ama correr e gritar e saltar das coisas, é como ela deve achar entediante toda essa história da Mama_semfiltro. As sessões de fotos. Fingir *estar brincando. Fingir estar se divertindo. Ser carregada para todos os eventos, metade deles depois da hora de dormir. E como vai ser quando ela crescer, quando olhar para trás para a sua própria infância? De que ela vai se lembrar — do que aconteceu de verdade ou da versão do que aconteceu tal como Emmy posta na internet?*

Quando eu falava coisas assim, Grace sempre fazia uma careta e dizia que eu estava sendo antiquada.

Doreen. Esse é o nome da babá. Ela já me viu muitas vezes — no parque, no ônibus, uma vez na rua do lado de fora da casa — para passarmos para o estágio de nos cumprimentar com a cabeça. Algumas vezes dissemos "bom dia". Uma vez nos vimos sentadas ao lado uma da outra, em um banco perto do lago. Coco estava alimentando os patos, rindo, gritando, quando começaram a se aglomerar mais perto, gingando até a beira do lago e se aproximando para pegar o pão que ela havia jogado.

— Quantos anos? — perguntei.

Ela me disse.

— Neta?

Ela balançou a cabeça.

— Não é minha — disse ela. — Eu só tomo conta.

Doreen não vê os próprios netos tanto quanto gostaria, ela me contou. Dois deles estão em Manchester, um perto de Norwich. E quanto a mim?

Eu contei a ela que não vejo minha netinha tanto quanto eu gostaria também. Ou sequer minha filha.

Nós nos solidarizamos.

— Coco — chamou ela. — Não tão perto da beira.

Coco olhou para trás e fez que sim com a cabeça para mostrar que tinha entendido.

— Tudo bem! — gritou ela.

Doreen levanta um polegar.

— Uma graça de menina — comento.

Não tenho certeza se Coco me reconheceu ou não. Se reconheceu, não falou nada. Mas definitivamente houve um momento quando seu olhar se fixou no meu e um ligeiro franzir de sobrancelhas cruzou o seu rosto como se ela estivesse tentando me situar, tentando lembrar onde nós tínhamos nos encontrado antes. Então um pato bicou a parte de trás do seu casaco e ela teve um sobressalto e pulou para trás, dando um gritinho.

Está tudo no lugar agora. Tudo de que eu preciso está na casa; tudo foi testado, testado novamente, verificado. Retirei a placa de Vende-se, por via das dúvidas, guardei do lado da casa, perto das lixeiras. Eu me certifiquei de que tenha o suficiente na geladeira para mim, coisas que não estraguem, muito leite longa vida e café na despensa. Fiz os cálculos necessários. Repassei os estágios na cabeça. Eu me perguntei se sou realmente capaz disso, se realmente quero fazer isso, e pensei em Grace e em Ailsa e encontrei a minha resposta.

Agora só preciso do momento certo.

Emmy

É uma emboscada clássica do *Mail on Sunday*.

Uma ligação às 21h30 da noite de sábado expondo as linhas gerais de uma história de capa sobre você e pedindo uma resposta. Não que eles realmente queiram — é mais uma chamada de cortesia, na verdade, para avisá-la de que seu rosto estará estampado em um tabloide na manhã seguinte. Não existe redução de danos a essa altura, nem tempo para matar a história antes que essa coisa sórdida chegue à imprensa. Eu sei disso por experiência própria, graças a um escândalo de retoque de imagem na minha época na revista, quando um diretor de arte descuidado, no processo de apagar artificialmente alguns centímetros de uma atriz de Hollywood, acidentalmente lhe deu um cotovelo extra.

Posso ver que alguma coisa está errada para valer no segundo em que Dan atende o telefone. Um alegre "Alô?" seguido por um muito mais sério "Sim".

— Quem é? — formo as palavras sem emitir som com uma sobrancelha levantada.

Ele me ignora.

— Entendo — diz ele no fone.

Sua expressão é séria, as sobrancelhas quase se tocando. Eu lhe dou um cutucão, mas ele vira as costas para mim.

— O que é, Dan, pelo amor de Deus? — falo sibilando.

Ele ignora minhas palavras fazendo um gesto com as costas da mão. Ele estava sentado, mas agora está em pé, a mão que não está segurando o telefone cobrindo a orelha.

— Sim, ainda estou aqui. Estou escutando.

Nossos olhos se encontram no espelho.

— Não — diz ele, com os olhos fixos nos meus. — Não, não tenho nada a dizer, nada mesmo a dizer a nenhum de vocês. A não ser... deixe minha família em paz.

Então atira o telefone na cama com tanta força que ele quica e vai girando até o canto do quarto.

— Dan?

Ele se vira e, honestamente, acho que nunca o vi dessa maneira.

— Deixe-me entender, Emmy — diz ele, a voz quase um sussurro. — Você recebe um e-mail da sua melhor amiga, uma garota que você conhece desde a escola, madrinha *do nosso casamento*, sobre perder três bebês. *Três*. Você não liga para ela. Você nem manda uma mensagem para ela. Você oferece a ela menos tempo, menos apoio do que você ofereceria a uma estranha completa on-line. E então, por interesse em um trabalho de apresentadora em um programa que aborda um assunto sobre o qual você não sabe absolutamente *nada*, você rouba a história dela, *a vida dela de verdade*, e passa adiante como se fosse a sua vida? A *nossa* vida?

Dan para, balançando a cabeça.

— Que porra de pessoa é você, Emmy?

Minha boca se abre. Não foi isso que eu fiz. Pelo menos, não foi o que eu quis fazer. Era só um teste. Eu estava atuando. Ninguém deveria ver além deles. Como diabos vazou para o mundo? Como a Polly viu, porra? Quem passou para ela? É isso o que eu quero falar. Eu só não consigo fazer as palavras saírem.

— Puta que pariu — Dan murmura para si mesmo, levando à mão à testa, massageando-a. — Além de todo o resto, porra.

Sim, Dan, penso, *além de todo o resto*. Além de um marido cujos rendimentos de direitos autorais e a linha de crédito juntos no ano anterior foram de 7,10 libras, e que, pelo que eu sei, gostou muito do nosso fim de semana prolongado em Lisboa e nossa semana no inverno em Marrakech e nossos quinzes dias de graça nas Maldivas. Além de ser alguém que paga a hipoteca, paga a creche e a babá, paga a conta de luz, trabalhando todos os dias em uma indústria que demanda constantemente que eu exponha mais, tire outra camada de pele, abra o jogo, compartilhe tudo, apenas para entreter algum estranho meio interessado por quinze segundos.

Meu telefone toca. Número não identificado. Eu o encaro, fecho os olhos por um momento, esperando que, quando eu os abrir novamente, tudo terá ido embora. O telefone para por um segundo, depois recomeça. Dessa vez, é um número que reconheço. Irene.

— Eu acabei de sair do telefone com o *Mail on Sunday*. Temos muito controle de danos a fazer, Emmy. Com todo o resto — diz ela, de forma direta —, podemos lidar depois. Você precisa segurar a Polly agora, convencê-la a dizer que estava mentindo. Não me importa como você vai fazer isso. Ela é sua amiga. Você precisa fazer ela perceber o que está em jogo para você. Para sua família. Seus filhos.

Dan ainda está resmungando revoltado, então eu o deixo lá.

Fico chocada quando Polly atende no primeiro toque.

— Emmy. Ouvi dizer que merece parabéns. — Sua voz é irregular.

— Polly — começo, a voz tremendo —, você sabe que eu te amo. Eu nunca ia querer machucar você. Sinto muito. Sobre o e-mail, eu...

— Tão bom finalmente receber uma ligação sobre aquilo, Emmy. Me faz sentir tão valorizada como amiga, sabe. Pertencente à sua tribo. É assim que vocês se chamam, não é? Descobri na festa da Coco. — Ela faz uma pausa. — Isso faz de você a chefe? — Ela ri com frieza. — Está *mesmo* ligando para ver como eu estou, depois dos meus três abortos? Aqueles pelos quais eu passei tanto tempo agonizando se deveria contar por que eu não queria que você se sentisse mal sobre aquele aborto de tantos anos atrás ou te onerar quando você estava grávida ou ser um peso extra quando você estava com um recém-nascido. Ou existe alguma outra coisa que você queira falar? Engraçado, agora que estou pensando, essa é a primeira vez que *eu* recebo uma ligação *sua* em anos.

Ela continua:

— Acho que você nunca sentiu que precisava pegar o telefone. Eu poderia me inteirar sobre você só deslizando pelos pequenos instantâneos da sua vida que você tão gentilmente compartilha na internet, como um dos seus seguidores, um dos seus fãs, não é? Mas você nunca se perguntou como eu estava? O que eu estava fazendo? Nunca sentiu a necessidade de conferir? Desculpe, eu nem sei por que estou perguntando. Obviamente não.

"Sabe, a razão pela qual eu insisti em ir à festa de Coco foi porque era a única maneira que eu conseguia imaginar de te ver de verdade. E aquelas pessoas, Emmy, aquelas pessoas são horríveis. Você sabe disso, não sabe? Eu só comecei a conversar com aquela jornalista porque não aguentei mais ser ignorada quando a pessoa com quem eu estava conversando, fosse quem fosse, percebia que eu não era ninguém importante nem útil."

— Você conheceu a pessoa que escreveu isso na minha festa? Quem é? — ordeno.

— Jess Watts. A jornalista freelancer que entrevistou você para o *Sunday Times*. Ela me viu parada sozinha e sentiu pena de mim, eu acho. Pegou meu número porque disse que está sempre procurando declarações de professores de inglês para uma coisa ou outra. Enfim, quando anunciaram seu novo programa, ela me ligou para falar que estava escrevendo um perfil seu para o *Mail on Sunday* e gostaria de pegar algumas declarações. Começou a me contar sobre como a sua história tinha mexido com ela, como era importante para outras pessoas passando pela mesma situação que você tinha aberto sobre sua própria dor e luto. Você sempre tinha sido uma sobrevivente assim?, ela queria saber. Quando eu disse que não tinha ideia do que ela estava falando, ela perguntou se eu queria ver o vídeo que a BBC tinha mandado para ela por e-mail, como um histórico, um contexto para a reportagem. Eu assisti paralisada, Emmy. Você pode imaginar como eu me senti?

Eu não disse nada.

— Não foi uma pergunta retórica, Emmy. Eu estou realmente curiosa, nesse ponto da nossa amizade, mesmo após todos esses anos. Você pode realmente imaginar como me senti? Ou você finalmente *se tornou* bidimensional, como suas fotos?

— Eu posso explicar, Pol, eu simplesmente não estava pensando direito. O diretor queria ouvir uma experiência pessoal e a sua era tão poderosa que eu sabia que precisava ser compartilhada. — Posso ouvir minha língua tropeçando nas palavras.

— Não era a sua história, Emmy. Essa decisão não pode ser sua. São meus bebês mortos, não seus. Assim como nunca me ocorreria nem por um minuto conversar com aquela jornalista sobre os seus abortos. Não por sua causa. Não por causa de Dan. Nem mesmo por causa de Coco e Bear. Mas porque eu acredito realmente que ainda existem coisas que são particulares, que são privadas. Eu realmente acredito que existem algumas histórias que *não posso contar porque não são minhas*.

"Eu sempre dei a você o benefício da dúvida, sabe. Antes. Nunca fiquei chateada quando você cancelou nossos encontros ou chegou atrasada. Tentei não me machucar com os inúmeros posts sobre todo o incrível grupo de seres humanos ou toda a pregação sobre as "mamas" que mudaram sua vida, tentei não me perguntar o que exatamente isso fazia de mim. Mas quando eu vi aquele vídeo... Quer dizer, meu Deus, Emmy! E quando Jess me ligou de volta, eu não consegui me segurar. Eu apenas contei a verdade. Ela disse que sabia que havia alguma coisa estranha naquele dia, quando entrevistou você e Dan. Alguma coisa fria, desconectada. Todas as suas histórias eram preparadas demais, bem-acabadas demais, ela disse. Isso porque são apenas palavras para você, não é? Apenas *conteúdo*, não é assim que vocês chamam? Nada mais tem sentido, a não ser que seja público, a não ser que esteja por aí para que outras pessoas leiam. Você não é mais uma pessoa, Emmy. Você é só uma legenda falsa e uma foto posada. Uma invenção de merda. Espero que isso abra seus olhos.

— Está abrindo, Polly, está abrindo mesmo. Mas você precisa saber o que essa história vai fazer comigo...

— Sinto muito mesmo, Emmy, mas sinceramente, estou cagando.

Ela desliga.

Meu dedo desliza pelo meu celular por um momento, enquanto penso se devo mandar um WhatsApp, explicando o que realmente aconteceu, como eu fui posta contra a parede, como meu cérebro confuso de mãe de recém-nascido não estava preparado para lidar com o estresse, e implorar para ela me perdoar, convencê-la que eu ainda sou a mesma garota que ela conhece desde sempre. Mas eu não sou, e ela sabe disso.

Então eu me lembro da apenasmaisumamae e os danos que os prints podem fazer.

A INSTAMÃE QUE ROUBOU MEUS BEBÊS MORTOS: UMA EX-AMIGA CONTA TUDO.

Essa foi a manchete.

Capítulo quinze

"Emmy disse que não tem problema." Era isso o que Grace ficava me dizendo. "Ela disse que fazia isso o tempo todo com sua menininha, a Coco." Eu mandava links para ela, mostrava a recomendação oficial do sistema de saúde, dava sugestões sobre outras coisas que eles podiam experimentar. Grace dizia que já tinha tentado de tudo e nada adiantava. "Conte para ela, Jack", ela dizia ao marido, e ele ficava com uma expressão de desculpas.

Eu costumava me arrepender de ter comprado aquele ingresso para ela. Um presente de aniversário, é o que foi. Vinte e cinco libras por um ingresso. E mais 45 libras pelo suéter da Mama_semfiltro que eu comprei junto (sempre detestei dar a alguém somente um envelope). Não acreditei no tanto que cobravam. Ainda assim, tudo valeu a pena quando o aniversário de Grace chegou. Ela vestiu o suéter na mesma hora e ficou com ele a tarde toda. O ingresso ela colocou na porta da geladeira e todos os dias, pelas duas semanas seguintes, me disse que sempre que ia pegar leite ou um pouco de manteiga, o via e ficava ainda mais animada. Uma noite com a Mama_semfiltro. Portas abrindo às sete e meia. Uma conversa e uma sessão de perguntas e respostas e uma chance de conhecer outras mamas. Taça grátis de espumante. Ela chegou lá quinze para as sete, viu que ainda estavam arrumando, deu duas voltas no quarteirão e acabou tomando uma taça de vinho no pub da esquina. Aquela semana inteira Emmy estava postando sobre como estava animada para conhecer seus seguidores cara a cara daquela maneira. Era, disse ela, a primeira vez que ia a Guildford.

A verdade é que Grace merecia uma saída. Eu acho que ela não tinha saído nenhuma vez desde que Ailsa nasceu. Eu me oferecia para tomar conta do bebê, para dormir na casa dela, mas sua resposta era sempre a mesma: para quê? Ailsa era uma neném linda demais, muito bem-humorada na maior parte do tempo e dava para ver que os dois estavam completamente apaixonados por ela, mas, no instante em que Grace tentava tirá-la do colo, ela começava a gritar. E eu quero dizer gritar de verdade. Ficava roxa. Fazia o tipo de barulhos que soavam como se estivessem machucando sua garganta. Tornava-se cada vez mais exaltada. Tudo ficava bem quando Jack estava lá. Pelo menos ele podia colocar o bebê no canguru e sair com ela para dormir um pouco daquela maneira, deixar Grace tirar um cochilo também. Assim, ela podia recuperar um pouco durante o dia todo o sono que estava perdendo durante a noite. O problema é que ele não podia estar sempre lá. Ele tinha um emprego e, com muita frequência, um emprego que o levava para o outro lado do país. Eu podia ir para a casa dela algumas vezes por uma manhã ou uma tarde ou uma noite quando meus plantões permitiam, mas eu não conseguia fazer isso todos os fins de semana, muito menos toda noite. E toda noite Grace encarava o mesmíssimo problema: um bebê que não aceitava dormir fora do colo.

Que adormecia nos braços da mãe se ela estava sentada vendo TV, mas que acordava e começava a berrar no instante em que Grace tentava colocá-la no moisés perto do sofá. Ela acabava adormecendo quando Grace se sentava na cama com ela e a balançava e a ninava no escuro por horas, mas enrijecia o corpo e acordava imediatamente com qualquer tentativa de colocá-la no berço. Eles compraram uma daquelas coisas que você prende do lado da cama, tipo um sidecar, *para que o bebê possa dormir perto de você com segurança. Ailsa durava cinco minutos naquilo. Tentaram enrolar em um cueiro. Compraram todos os tipos de luzes de teto, blecautes de janelas, aparelhos de ruído branco, travesseiros especiais e Deus sabe o que mais. Nada funcionou.*

A primeira coisa que Grace me contou quando chegou na porta naquela noite, ao voltar para casa, foi que tinha pedido um conselho a Emmy. Tinha perguntado se ela achara difícil quando Coco tinha problemas para dormir. Se ela já tinha tentado cama compartilhada e o que pensava sobre isso.

— Ah é? — eu disse.

Acho que eu não sabia muito sobre a Mama_semfiltro naquela altura, apenas o nome, e que Grace achava que ela era engraçada, inteligente, maravilhosa e honesta.

— E o que ela disse? — perguntei.

Toda a conversa ainda queima vívida na minha memória. Me lembro exatamente onde eu estava, no corredor, e exatamente onde Grace estava, no fim da escada. Ela tinha acabado de tirar o casaco, ainda estava com ele nos braços.

— Emmy disse que ela e Coco costumavam fazer cama compartilhada o tempo todo no início. Que é tranquilo se

você segue precauções razoáveis. Que por séculos na maioria das culturas ao redor do mundo era a regra padrão. Ela disse que na verdade agora que Coco dorme no seu próprio quarto e eles ficam com a cama só para o casal às vezes ela sente falta.

— Humm — eu disse.

O que eu estava pensando era: quem é essa mulher e o que a qualifica para sair por aí dando conselhos? Ela era alguém com alguma formação nesse tipo de coisa, algum tipo de capacitação? Era algum tipo de parteira, algo assim?

Eu ia perguntar a Grace, mas justo nesse momento Ailsa começou a chorar novamente no andar de cima.

Grace soltou um suspiro.

— Como ela ficou? — perguntou.

— Um pouco agitada — respondi. — Subi algumas vezes para acalmá-la e levar leite e ela acabava dormindo toda vez. — "Acabava" é a palavra-chave. "Algumas vezes" é um eufemismo.

Não me entenda mal, eu tenho total empatia pelo que Grace estava passando. Saber que até depois de finalmente colocar seu filho para dormir o mais ínfimo som ou mudança de temperatura ou flutuação da pressão do ar poderia acordá-lo. Sempre no limite. Sempre a escutar um choro irritado.

Ficar cada vez mais cansada e mais esgotada a cada noite, a cada hora, a cada minuto. Sentir que isso nunca terá fim e não há nada que você possa fazer. Ficar ressentida com as coisas. Ficar ressentidos um com o outro. Ficar ressentida com o bebê, às vezes.

Eu não culpo Grace pelo que aconteceu e nunca a culpei nem por um minuto. Ela nunca teria feito nada delibera-

damente para machucar aquele bebê. A verdade é que ela hesitou por séculos, sobre a cama compartilhada, os riscos, as questões de segurança. Pesquisou na internet, perguntou ao médico, conversou comigo e conversou com as amigas. Ela titubeou. Analisou. Lia coisas que a faziam desistir da ideia e então lia algo que dizia que era perfeitamente possível. Mas foi o que Emmy falou que a tirou de cima do muro. Isso eu tenho certeza. Que foi graças a Emmy que Grace finalmente chegou à conclusão de que ela precisava dormir, que o bebê precisava dormir e só havia uma maneira de assegurar isso.

Foi Jack quem ligou e me contou o que tinha acontecido.

Ele tinha dormido no sofá da sala, como eu presumo que estava acontecendo bastante, para deixar a mãe e a neném com toda a cama de casal para elas. Eram seis da manhã de sábado quando ele acordou e me contou mais tarde que a primeira coisa que achou estranho foi que não conseguia ouvir o choro de Ailsa. Não conseguia ouvir nada vindo do quarto. Checou as horas no telefone e então fechou os olhos e, quando abriu de novo, eram sete e meia. Sete e meia! Ainda nenhum som das garotas.

Não foi assim que ele transmitiu as notícias para mim, lógico. Foi só depois que eu consegui juntar tudo. Quando atendi o telefone, tudo o que eu podia ouvir do outro lado era Jack soluçando tanto que mal conseguia soltar uma palavra e um tipo de barulho de lamentação no fundo. "Ela morreu", foi o que ele finalmente conseguiu dizer, e nem ficou claro para mim a princípio de qual das duas ele estava falando.

Ele tinha andado pelo corredor na ponta dos pés, esgueirou-se até a porta, virou a maçaneta bem devagar para não fazer barulho, deixou a porta meio que abrir sozinha da maneira que aquela porta fazia, com seu próprio peso. Ele estava com uma mamadeira de leite morno para Ailsa em uma das mãos, uma caneca de café na outra, precisou pousar uma delas para girar a maçaneta e ainda estava meio inclinado para a frente quando a porta abriu o suficiente para revelar a cama.

Mais tarde, ele me contou a coisa toda, me relatou tudo, segundo por segundo. Parecia necessário para mim que eu soubesse, entendesse os detalhes, fosse capaz de entender o máximo possível o que havia acontecido. Compartilhar parecia ajudá-lo. Grace não aguentou escutar e saiu para uma caminhada, batendo a porta.

A primeira coisa que ele viu foi que Grace ainda estava dormindo. Ela parecia completamente em paz, ele me disse. A luz do sol entrava pelas frestas das cortinas; ela estava deitada de costas, apagada, tão descansada e relaxada como ele não a via há meses. Talvez mais de um ano, se contar como tinha sido impossível conseguir uma boa noite de sono no fim da gravidez. Tudo estava exatamente da maneira como ele deixara, quando deu um beijo de boa-noite nas meninas na noite anterior. Os travesseiros arrumados de modo que Grace pudesse dormir com Ailsa apoiada contra ela, arrumados de forma que de maneira nenhuma ela rolasse e esmagasse o bebê. Os cobertores estavam amontoados e enfiados para que não mudassem de lugar.

Ainda da porta, mesmo antes de chegar mais perto ou abrir as cortinas, Jack disse, ele sabia que alguma coisa não estava certa com Ailsa. A maneira como ela estava deitada. Como estava imóvel. A sua cor. A cor salpicada, como um machucado, das suas mãozinhas.

Primeiro ele achou que era apenas uma sombra, mas, quando deu um passo para a frente, pôde ver alguma coisa em volta do pescoço do bebê. Alguma coisa escura enrolada em volta do pescoço.

O cabelo de Grace.

Seu cabelo grosso, comprido.

Depois, no inquérito, quando eles falaram sobre como deve ter acontecido, Jack precisou sair para esperar no corredor. Grace e eu ficamos. Eu segurava firme a mão dela, e nós duas soluçávamos enquanto eles descreviam em detalhes como Ailsa deve ter se aconchegado mais perto da mãe e se contorcido, e se aconchegado mais perto da mãe e se contorcido, e se aconchegado mais perto da mãe e se contorcido e, a cada vez que se contorcia, um pouco do cabelo de Grace que ficara preso acidentalmente embaixo do queixo dela se apertara ainda mais em volta do seu pescoço. Começara a contrair sua traqueia um pouco mais e liberar pouco oxigênio para o seu cérebro cada vez mais, mas num processo tão gradual que não acordou nenhuma das duas. Ela era pequena demais para se desvencilhar. Grace estava em um sono muito profundo para perceber. Aparentemente era uma coisa muito rara, mas era a razão pela qual às vezes aconselhavam que, se a pessoa fosse fazer cama compartilhada, prendesse o cabelo. Grace devia saber disso, por toda a pesquisa que fizera; deve ter esquecido naquela noite, ou talvez tivesse se lembrado de prender o cabelo e de alguma maneira ele soltou. Nunca conversamos sobre isso, ela e eu, sobre aquela noite, em muitos detalhes. Havia algumas perguntas que eu nunca consegui fazer a ela.

Jack me contou que acordar Grace naquela manhã foi a coisa mais difícil que ele já fez na vida. Era óbvio que Ailsa não estava se mexendo nem respirando, e que ela não se mexia nem respirava havia muito tempo — quando ele sentiu a nuca dela, estava fria como uma pedra. Grace ainda dormia e sorria e, na primeira vez que ele tocou no braço dela e a chamou, ela ainda estava sorrindo. Deu uns tapinhas suaves no ombro dela e a chamou novamente, e ela murmurou alguma coisa — o nome dele, o nome de Ailsa — e então abriu os olhos.

Ele deve ter me contado tudo três ou quatro vezes e esse era sempre o momento em que ele se desesperava descontroladamente.

Quando voltou da caminhada, Grace abriu a porta, entrou em casa e ficou um minuto em silêncio, escutando, confirmando que já tínhamos acabado de conversar. Então quando ela teve certeza, abriu a porta novamente e a fechou com uma batida forte.

O engraçado é que eu nem me lembrei do conselho de Emmy para Grace, nem comecei a responsabilizá-la até alguns meses depois. Eu estava no trabalho, na verdade, na sala dos funcionários, tomando uma xícara de chá e esperando que meu plantão começasse, quando ouvi o nome Mama_semfiltro e olhei para cima e lá estava ela no Loose Women. E aconteceu que um dos tópicos do dia era cama compartilhada. Todas as mulheres estavam conversando sobre suas experiências. Emmy apenas mexeu os ombros e disse que era uma coisa que ela nunca tentara e sobre a qual não sabia muito.

Achei que eu ia ficar louca. Achei que eu tinha ficado louca. Pude sentir meu cérebro latejando. Embora meus olhos estivessem abertos, pude ver formas coloridas girando no fundo da minha retina.

A risada dela. É disso que eu me lembro. O risinho artificial que ela deu antes de lançar a lenga-lenga usual sobre fazer o que funciona melhor para você e como ela não estava se colocando em um pedestal ou alegando fazer tudo certo. Uma risada que me pareceu ser dirigida a alguém que já fora boba o suficiente para segui-la, para confiar nela, para acreditar nela. Uma risada que dizia que o motivo da piada eram elas, Grace e Ailsa, nós.

Eu não lamento nem um pouco o que estou prestes a fazer com essa mulher.

Emmy

Não existe publicidade ruim. É isso que dizem, não é? Bem, eles têm *um pouco* de razão.

Noventa mil novos seguidores da noite para o dia, meu nome nos *trending topics* do Twitter, a história contada pelos jornais, depois internacionalmente, em sites de notícias de Manila a Milão. Ofertas de outros jornais e suplementos de fim de semana para contar o meu lado com o que eu suponho que eles achem que é muito dinheiro, mas nunca pagariam por uma única #publi no meu perfil sob circunstâncias normais.

A BBC 3, entretanto, não é um *deles*.

Posso ver que até Irene está chocada com a quantidade de figurões da BBC que apareceram para discutir o destino de *Dos Abortos à Mama_semfiltro*. Uma sala repleta de homens de meia-idade, todos desesperados para estar lá com a finalidade de poder contar a história em seu próximo jantar nos endereços elegantes de Londres, presunçosamente dando aos amigos um furo de como eu realmente sou. Eu me sinto como uma atração de circo — venham todos, venham todos, venham ajudar a derrubar do seu pedestal a ridícula rainha da internet que ganha rios de dinheiro.

Josh, o diretor, que parece mal ter idade para ser responsável por um iPhone muito menos um programa de TV, ainda está tentando viabilizar. Rapidamente fica evidente que ele não vai ter sucesso.

— O que não conseguimos entender, Emmy, é porque você concordaria em apresentar um programa baseado em experiência pessoal se você não tem nenhuma. Nós podíamos muito bem ter contratado o maldito Jeremy Clarkson para nos contar sobre os abortos dele. — Um homem de jeans *selvedge* e um moletom da Supreme que eu acho que se chama David, embora ele nunca tenha se apresentado, solta uma gargalhada. — Ele provavelmente custaria menos também.

— O negócio é o seguinte — explico, balançando a cabeça, permitindo meus olhos se encherem de lágrimas. — Eu nunca mentiria sobre uma coisa tão séria. Polly só não sabe o que eu passei, meus bebês que não sobreviveram. Eu sou uma pessoa muito reservada, eu dou tanto às minhas seguidoras, mas essa é uma dor que escolhi não compartilhar antes. Ela só não sabia. Ninguém sabia.

David ri com tanta força que não sai nenhum som a princípio e fico preocupada de verdade que ele esteja tendo um ataque cardíaco.

— Escute aqui, não somos burros. Não tem um único ponto da sua vida que você já não tenha vendido para um milhão de mães; foi por isso que contratamos você.

Lanço um olhar para Irene, implorando silenciosamente por seu apoio. No processo da publicação da matéria, nem por uma vez ela me perguntou por que eu usei as palavras de Polly quando em geral sou perfeitamente capaz de criar as minhas próprias. Nem tenho certeza se eu teria uma resposta para isso. Eu me senti como uma atriz lendo um roteiro quando gravei o vídeo — descolada do que as palavras realmente queriam dizer, focada em fazer o que me tinha sido pedido, despejando o que eu sabia que o diretor queria ouvir, fazendo com que eles gostassem de mim. Sem pensar nem por, um minuto no que eu faria se realmente conseguisse o trabalho e tivesse que repetir aquilo tudo em rede nacional. Mas eu nunca teria feito aquilo se tivesse pensado que Polly veria o vídeo. Como eu adivinharia que eles mandariam para uma jornalista?

Irene foi quem me impediu, em uma fração de segundo de loucura, quando vi aquela manchete, de simplesmente deletar minha conta inteira do Instagram para sempre.

Ela já estava na nossa casa e um dos seus assistentes estava do lado de fora da WHSmith, da Victoria Station, esperando que as primeiras cópias do jornal fossem descarregadas, pronta para pegar um exemplar, preparada para nos mandar fotos.

Então, de manhã cedo, logo quando estávamos terminando nosso segundo bule de café, o telefone dela vibrou na bancada. Ela o pegou, deu uma olhada e o entregou para mim. Seu rosto estava sem expressão.

Lá estava. A manchete aos berros. Uma foto de Polly e seu marido parecendo tristes e zangados. Eu, a cabeça virada para trás rindo, parada na frente do painel com cores fortes na festa de aniversário da Coco. Uma foto de Polly e eu juntas "em épocas mais felizes".

Eu podia sentir os olhos de Dan em mim. Eu podia sentir os olhos de Irene em mim.

Naquele momento, eu só queria matar a Mama_semfiltro. Não tirar o Instagram do meu celular por um tempo ou sair de cena um pouco, mas enterrá-la sete palmos abaixo da terra sem chance de ressurreição. Quem, afinal, iria ficar de luto por ela? Eu não. Nem Dan. A maioria dos meus seguidores iria meramente transferir sua lealdade para uma das outras beirando meus calcanhares, e as águas iriam se fechar sobre a Mama_semfiltro para sempre.

Foi Irene que me lembrou, enquanto meu dedo deslizava para desconectar, quanto dinheiro eu teria que devolver, quantas das grandes marcas com as quais eu tinha contrato contratariam advogados no segundo que eu saísse das minhas redes sociais e não mais pudesse divulgar seu papel higiênico, camisetas ou carros. E de qualquer maneira, a quem ajudaria agora implodir toda a minha carreira? Não a Polly, nem a minha família.

Então enquanto Dan continuava distribuindo culpa e recriminação, visivelmente com nojo de mim, Irene passou o domingo inteiro me ajudando a sair desse buraco, sentada na nossa cozinha criando uma defesa para o indefensável. Eu estava exausta demais, envergonhada demais, para fazer qualquer coisa além de simplesmente concordar com tudo o que ela falava.

Eu não poderia, sob nenhuma circunstância, admitir que eu tinha roubado deliberadamente a experiência de Polly como sendo minha ou qualquer outra coisa perto disso. Honestidade era o meu negócio. Ela brincou em voz alta com a ideia de que eu explicasse que esse é o tipo de erro que você comete quando seu coração é grande *demais*. Que esse é o perigo inerente a tomar em consideração as provações, as lutas, as angústias de tantas outras mães: sua dor tinha se tornado indistinguível da minha. Então Irene teve uma ideia melhor.

— Ela está contando a verdade — diz minha agente com frieza. — Sim, as palavras no vídeo podem ser da Polly, mas foi um erro inocente. Emmy gravou a si mesma no vídeo lendo o e-mail de Polly primeiro porque precisava ter certeza de que a luz estava correta, de que o ângulo da câmera funcionava. Ela tentou ensaiar com as palavras que havia escrito sobre sua própria experiência, mas, toda vez que tentava, desabava. Ela sabia que sugaria tanto as suas emoções compartilhar sua própria história que só conseguiria fazer isso uma vez. Infelizmente, sua assistente, Winter, mandou o e-mail com o vídeo errado. Um erro humano simples. — Ela se recosta na cadeira, parecendo satisfeita consigo mesma. — Nós não tínhamos ideia de que vocês estavam com o errado, é lógico, muito menos que iriam compartilhar com outra pessoa, até que o *Mail on Sunday* ligou. *É óbvio* que Emmy já passou por esse sofrimento. Ninguém entende melhor essa dor, é por isso que ela concordou em apresentar o programa.

— Eu sabia que teria uma explicação! — diz John, triunfante, de forma um pouco patética. — Emmy, você só precisa falar isso para todo mundo, talvez no feed do seu Instagram?

— Você pode contar o que quiser para quem quiser, Emmy. — David faz uma careta como se o meu nome tivesse deixado um gosto ruim. — Nós vamos anunciar que o programa *vai* acontecer, mas com a eucrieianjos, e que não temos mais nenhum interesse em trabalhar com a Mama_semfiltro porque estamos tão horrorizados com seu comportamento quanto todo mundo.

— E como você acha que isso vai parecer, David? Quando você pressionar Emmy e ela der a entrevista exclusiva que todos os jornais querem? Ela terá que dizer que foi colocada em disputa contra outra mãe sofrida, imprensada contra a parede por um diretor homem, um produtor homem, um pesquisador homem, para abrir sua alma a fim de conquistar um trabalho que ela queria tão desesperadamente — diz Irene, parecendo realmente interessada no que seria a resposta dele. — Parece bem manipulador, quando você coloca dessa maneira, não é? Parece que isso pode se tornar um escândalo, não?

Irene faz uma pausa por um momento para sua fala ser absorvida.

Há um farfalhar de papéis, alguns pigarros, o que parecem ser alguns rabiscos. Ninguém faz contato visual com ninguém. Pela primeira vez em uma hora até mesmo David parece não ter o que dizer.

— Então e se for assim? — continua Irene enquanto dá uma olhada ao redor. Essa mulher baixinha, dominando a atenção de uma sala cheia de homens, alguns dos quais têm quase o dobro da idade dela. Ela é uma inspiração, definitivamente alguém que você quer do seu lado em uma crise.

— Se você não quer que o trabalho seja da Emmy, a escolha é sua. Mas nós *vamos* mostrar que nos separamos de maneira limpa — afirma ela, determinada. — E *eu* vou me encarregar disso.

A sala permanece em silêncio enquanto todos esperam para ver como os outros vão reagir.

É David que finalmente toma a palavra.

— Certo. Mas faça o que fizer, não deixe respingar mais nada aqui e resolva isso *hoje* — exige ele, levantando-se da cadeira abruptamente. — Acho que agora já estou saturado de vocês, Instagente.

Ocorre a mim, enquanto caminhamos de volta pela Regent Street em direção ao escritório de Irene, que ela nunca teve a intenção de salvar o programa — ele nunca lhe daria tanto dinheiro. Sua prioridade é proteger seus lucros.

— Certo, Emmy. Isto é o que você vai fazer — diz ela, sentada atrás da mesa e me olhando de cima a baixo como uma diretora de escola depois de descobrir cigarros na mochila de uma aluna. — E me deixe ser franca antes que eu comece: isso não é negociável. Ou você faz o que eu digo ou você vai procurar outra agente. Está vendo aquilo? — Ela aponta para a sua assistente, que está no telefone desde a hora em que entramos. — Desde a manhã de domingo, falamos no telefone com quase todas as marcas com as quais você trabalha. Várias já cancelaram o contrato. As que não fizeram isso estão considerando seriamente. Isso não tem a ver com os seus fãs. Eles são tão leais que não deixariam de te seguir mesmo se você tivesse cometido um assassinato em uma live do Instagram. Tem a ver com dinheiro. E a não ser que consigamos resolver, você, nós, não vamos ganhar mais nada. Você precisa oferecer uma explicação, pedir desculpas e depois desaparecer até que passe. Senão nenhum anunciante nunca mais vai querer contato com você.

O plano dela era bem simples. Pegamos uma foto, a que eu uso no papel de parede do meu computador, de Coco segurando um Bear recém-nascido. Primeiro, compartilho essa foto, com um longo post, escrito como uma carta aberta à minha amiga mais antiga, Polly, explicando exatamente o que Irene disse à BBC — mas que ainda assim, por motivos pessoais, eu estaria me afastando do programa. Que eu tinha, na verdade, sofrido dos mesmos infortúnios que ela, mas nunca os tinha compartilhado com ninguém mais além de Dan, que o vídeo errado fora enviado, que eu nunca quis que ninguém assistisse, que lamento profundamente a dor e o aborrecimento que causei etc.

Outro post vai se seguir a esse, alguns dias depois, agora acompanhado de uma foto minha, me afastando da câmera, mas olhando para trás com apreensão. Na legenda, vou dizer que tive tempo para refletir sobre o que o Instagram significa para mim. Que talvez eu tenha voltado cedo demais da licença-maternidade; que, ao equilibrar minha carreira e os cuidados com meu querido Bear, tentando fazer tudo, eu simplesmente assumi coisas demais. Em vez de levantar a ponte levadiça, eu deixei o mundo da maternidade atravessar o fosso rápido demais. Então eu preciso fazer um balanço. Ter um diálogo franco e aberto comigo mesma. Lidar com minha ansiedade. Descobrir os próximos passos para mim e para a minha família.

Irene encontrou um retiro de desintoxicação digital, em que concordaram, porque eu ainda estou amamentando, em me deixar levar Bear. Tudo arrumado, e de graça, desde que eu marque o nome deles. Fundado por uma executiva de tecnologia que mudou de carreira, promete cinco dias sem internet em um chalé tão isolado que não tem nem sinal de celular, com uma programação diária de busca espiritual e autocuidado. Aparentemente, é muito popular com youtubers esgotados. Eu não quis mais detalhes. Pelo menos esse tempo de inatividade vai me proporcionar um momento para processar tudo — a humilhação, a vergonha e a dor que eu causei.

Vou fazer uma série de stories roteirizados no carro a caminho de lá, Bear no seu bebê-conforto perto de mim, explicando às lágrimas como eu espero que o tempo ausente possa curar meu coração e minha mente. Como vai me tornar uma mãe melhor, uma esposa melhor, uma amiga melhor para Polly e para todas as mulheres — as centenas de milhares de mulheres — que precisam de mim.

Então eu saio de cena.

Dan

O que uma pessoa faz em uma situação assim? Quando percebe que não pode confiar na própria esposa e não tem muita certeza se realmente a conhece; não sabe se as demais pessoas que já foram casadas têm esse tipo de sentimento em algum momento ou se na verdade você é casado com uma sociopata? O que fazer, como um marido contemporâneo, um pai moderno, um pró-feminista?

Eu só posso dizer o que eu faço.

Eu identifico uma tarefa pequena, fácil de realizar, coloco todo o resto de lado na minha mente e me empenho em completá-la.

Cada vez que Emmy sai do telefone com Irene, ou volta de uma das suas reuniões, depois que ela me atualizou com os últimos desdobramentos da tempestade de merda em curso na mídia, listou as últimas marcas parceiras que anunciaram que estão considerando quebrar os contratos com ela, me contou dos últimos sites e agências de notícias que pegaram a história e vão divulgá-la, faço a mesma pergunta simples, impaciente e irritante: o que estão planejando fazer sobre a conta #rp?

Tem um nome para esse tipo de conta, eu descobri. Um nome para o que estão fazendo agora: *role play médico*. *#medico #rp*. Fotos roubadas de crianças doentes, repostadas sob nomes diferentes com comentários melosos embaixo, pedidos para orações, relatos de como elas estão lidando com coragem, personagens menores recorrentes e enredos secundários e um ou dois posts otimistas ocasionais (uma festa de aniversário, uma breve caminhada na área do hospital, uma foto de antes de a criança ficar doente). Em Illinois, fiquei sabendo, um casal recentemente descobriu que cada foto que eles compartilhavam com o grupo da família no WhatsApp estava sendo redirecionada por um dos primos e então postada na internet. O artigo que li tinha prints, fotos de partir o coração. Havia uma foto da filhinha deles, de sete anos, sorrindo com bravura com um gorro de lã, depois de uma sessão de quimioterapia. Uma foto da menina assustadoramente magra, apoiada no braço de uma enfermeira. Em outra ela estava com um bolo de aniversário, as feições iluminadas pelo brilho laranja de velas, o rosto jovem profundamente enrugado e exausto. Quando eles desmascararam o primo (ele sempre pedia fotos), a conta #rp tinha cerca de onze mil seguidores. Nos Estados Unidos, no Reino Unido, na Europa, no Japão. Em todo o mundo.

Pensar que possa ser alguém que conhecemos fazendo isso é quase insuportável.

Toda noite, às sete horas, mais uma foto. Algumas que Emmy nunca em um milhão de anos compartilhou na sua conta de verdade, agora para o mundo ver. Coco de maiô na praia. Coco brincando com uma mangueira no jardim. Coco de pijama escutando uma história da mãe. Coco resfriada embaixo de um cobertor na frente da televisão. Coco dormindo no meu colo. Fotos privadas. Fotos íntimas. Todas agora contando a história de uma garotinha corajosa sofrendo de uma doença misteriosa sem diagnóstico, frustrando os médicos, ficando cada vez mais fraca.

Toda vez que eu penso na maneira como essa história parece estar se encaminhando, posso sentir minha garganta se contrair, meu estômago se apertar como se tivesse levado um soco.

Sob cada post novo agora, comentário após comentário após comentário. Estimas públicas de melhoras, envios à "pequena Rosie corajosa" de emojis com buquês de flores, fileiras e fileiras de corações rosa, carinhas sorridentes, mãos acenando, carinhas doentes e beijos. Outras mães — mães reais? Quem pode ter certeza? — compartilhando suas histórias. Pessoas sugerindo remédios fitoterápicos. Pessoas perguntando em que hospital ela está fazendo os exames para que possam enviar flores e presentes.

Tudo o que eu escrevo é deletado depois de cinco segundos. Noite após noite passamos pelo mesmo ciclo. Eu posto alguma coisa sobre nada disso ser verdade, essa conta ser uma fraude, a "Rosie" ser minha filha, ameaçando um processo judicial. Quase no instante em que o comentário surge, ele desaparece novamente. Em dado momento eu começo a escrever minhas mensagens em um arquivo do Word e copio e colo lá, copiando e colando e colando de novo e de novo e de novo. Denuncio a conta ao Instagram repetidas vezes, recebendo sempre a mesma resposta: *Analisamos a conta que você denunciou por ser enganosa e decidimos que ela não viola nossas Diretrizes da Comunidade.*

É Emmy que acaba perdendo a paciência primeiro. Ela cruza a sala e fecha o laptop quase nos meus dedos.

Dou um giro na cadeira, olho para ela, furioso.

Ela fixa o olhar no meu.

— Que diabos você acha que está conseguindo com isso, Dan?

Acho que uma das coisas que eu espero estar fazendo é irritá-los. Saber que fiz tudo o que eu podia para destruir e frustrar qualquer diversão doentia que eles estão obtendo com isso tudo. Talvez eu só queira sentir que estou fazendo *alguma coisa.*

Emmy diz que está indo para a cama. Ela me lembra que sairá por volta de onze da manhã e que Doreen vai pegar Coco por volta das nove. Sonda se eu perguntei à minha mãe se ela quer vir e ajudar com a hora do chá e a hora de dormir algumas noites quando ela não estiver. Eu digo que Coco e eu ficaremos bem, que eu acho que consigo colocar algumas iscas de peixe no forno e aconchegá-la. Sim, eu sei onde os pijamas ficam e de qual toalha Coco gosta, da macia. Tenho o número do retiro se for uma emergência de verdade.

Ela me pede para tentar não acordá-la quando eu subir. Eu digo que não vou demorar.

Espero até ouvir os passos de Emmy na curva da escada e vou para a cozinha.

Ppampamelaf2PF4. Esse é o nome de usuário no Instagram.

A primeira vez que eu vi, pareceu apenas um monte de letras e números. Depois comecei a pensar sobre a casa da minha mãe, quando eu perguntei a senha do Wi-Fi e ela pegou um papelzinho com umas anotações e me disse para tentar essa ou talvez aquela. E todas eram como sjsuejackson e suejacksonSUEEJACKS. E se não funcionar, diz ela, tente todas novamente, mas com um ponto de exclamação.

Eu estava começando a suspeitar de que quem quer que estivesse postando essas fotos de Coco não era um mago da internet também. Eu tinha quase certeza de que seu primeiro nome fosse Pam ou Pamela e que o sobrenome começasse com F.

Minha primeira ideia foi contar a Emmy, para ver o que ela achava, sugerir que ela repassasse essa informação, essa hipótese, ao Instagram, à polícia, ao advogado.

Então uma segunda ideia me ocorreu. Um palpite, pode-se dizer.

Sob outras circunstâncias, eu poderia ficar irritado pelo laptop novo da Winter estar em cima da bancada da cozinha, exatamente no mesmo lugar em que ela deixara o último. Completamente visível da janela da cozinha, como se fosse para tentar outra porra de ladrão.

Acho que eu deveria ficar agradecido por ela não colar todos as senhas nele dessa vez. Não levo muito tempo para descobrir o que eu precisava. Você não passa tanto tempo casado com alguém sem saber os tipos de senha que a pessoa usa. Por anos, a senha de Emmy para quase tudo eram os nossos nomes e depois a data do nosso casamento.

Obviamente, todas as senhas foram trocadas desde o roubo.

A senha — a senha nova — para a lista de contatos é o nome de Bear, depois seu aniversário. Na sua lista de contatos estão todas as pessoas que já compraram um suéter da Mama_semfiltro ou uma caneca da #diascoloridos ou foram a um evento #diascinzentos. Mesmo depois de eu digitar a senha, o documento é tão pesado que leva um tempo para abrir.

Deixe-me explicar um pouco o meu palpite.

Há muito tempo suspeito que só é possível entender de verdade a relação entre alguém como Emmy, seus fãs e seus haters se você tiver alguma compreensão do conceito de Kierkegaard de *ressentimento*, popularizado e ampliado por Nietzsche. O que significa a projeção de todo sentimento de inferioridade de alguém para um objeto externo, outra pessoa, alguém que você tanto odeia quanto inveja e também às vezes secretamente gostaria de ser — ou pelo menos diz a si mesmo que você poderia ser. Poderia ter sido. Se tivesse tido oportunidades diferentes. As oportunidades da outra pessoa. Alguém como Emmy, que ou você idolatra porque é uma pessoa igual a você, mas bem-sucedida, ou odeia porque é uma pessoa igual a você, mas bem-sucedida; e sem dúvida de diversas maneiras a linha entre os fãs e os haters é mais tênue do que se possa imaginar.

Os dois tipos de pessoa leem os posts de Emmy obsessivamente, afinal. Eu sei que ela e Irene já conversaram algumas vezes sobre quantos dos seguidores de Emmy, qual proporção, são pessoas que mais ou menos conscientemente odeiam segui-la, que não conseguem resistir a se manter informados de cada coisa irritante que ela posta, que a abominam, mas ainda assim ficam checando o celular para ver fotos dela. E uma das coisas que Irene sempre martelou para Emmy é a velocidade com a qual um fã que se sente ignorado, enganado ou menosprezado pode se virar contra a pessoa que ela costumava admirar e com quem costumava se identificar. Entre outros aspectos, o conceito de *ressentimento* é útil quando nos ajuda a caracterizar como os sentimentos reprimidos de inveja podem vir à tona nos formatos mais estranhos.

A verdade é que eu mesmo tenho sentimentos bem confusos sobre Emmy nesse momento.

Houve muita conversa nos últimos dias sobre os aspectos práticos de lidar com as consequências do problema com a Polly, administrando as questões de relações públicas. Houve discussões e telefonemas e reuniões intermináveis entre Emmy e Irene sobre como agir. Emmy me inteirou dos seus planos — os planos delas — e eu fiquei lá sentado em um canto da cozinha concordando com a cabeça, tomando uma cerveja e de vez em quando soltando algum comentário ou revisando o tom de alguma coisa conforme ela formula textos com desculpas esfarrapadas e em que reconhece vagamente seu potencial de falha, sem nunca realmente admitir o que ela fez de errado, mas focando bastante no seu remorso — mesmo sendo, ela insinua, pelo menos em parte culpa de outra pessoa.

O ponto sobre o qual Emmy e eu ainda não tivemos uma conversa adequada é o que ela fez e por quê. Eu realmente não consigo nem dizer se ela tem consciência de que fez uma coisa errada. Nós costumávamos beber com Polly o tempo todo. Costumávamos sair juntos. Eu me dava muito bem com seu ex-namorado e seu marido é ótimo, em pequenas doses, principalmente se você não ficar preso conversando sozinho com ele. Quando penso no assunto, Polly tem sido uma parte da nossa vida pelo tempo que estamos juntos, e parte da vida de Emmy praticamente desde sempre. Sugeri que Emmy entrasse em contato com ela a sós, tentasse se desculpar, tentasse explicar o que aconteceu.

— O quê? Para que ela possa vender para os jornais de novo?

A mensagem que tenho recebido em toda essa questão é que eu deveria deixar Emmy e Irene cuidarem de tudo e guardar minhas sugestões úteis para mim mesmo. É, afinal de contas, do nosso ganha-pão que estamos falando aqui, o que coloca comida na mesa e paga as fraldas de Bear e alguém para cuidar de Coco em tempo integral.

O que seria ótimo se o trabalho de Emmy não fosse literalmente também a minha vida.

Tenho certeza de que todos os casais — jovens, modernos e que trabalham, como nós — em períodos diferentes têm a sensação de que uma pessoa ou a outra está temporariamente no banco do motorista. Nestes últimos anos com Emmy, às vezes eu me sinto como se estivesse na porra de um *sidecar*. O que não é um problema se você consegue se convencer de que tem confiança total na pessoa dirigindo.

Às vezes, penso nos primeiros encontros com Emmy. Os jantares, as longas caminhadas, os beijos em bancos de parques, a intimidade e as piadas compartilhadas, e me pego imaginando quanto daquilo era real. Real de verdade, quero dizer. Toda vez que eu comentava de um filme, ela apertava meu braço e dizia como também adorava. Toda vez que eu me referia a um livro, era um dos preferidos dela.

Às vezes, eu olho para os últimos oito anos e tenho a sensação de que uma porta bateu e o lugar inteiro estremeceu.

Às vezes, eu quase agradeço que a conta *role play* me dê alguma outra coisa para pensar, alguma coisa para focar. Às vezes. Quase.

Pam F. Pamela F. Pammy.

Encho uma taça de vinho, puxo um banco para a ilha da cozinha e me acomodo de novo na frente do notebook da Winter.

Existem mais de trezentos "Fs" na lista de contatos de Emmy. Tento procurar por sobrenomes começando com "F" combinando com primeiros nomes começando com a inicial "P".

Aparecem dezoito nomes.

Tento procurar sobrenomes começando com "F" combinando com primeiros nomes começando por "Pam".

Apenas um nome aparece.

Pamela Fielding.

Clico nele. Aparece o endereço dela, o e-mail dela.

Eu estava certo. Meu palpite estava certo. Não é um troll ou uma hater, a pessoa que está fazendo tudo isso.

Ela é a porra de uma fã.

Capítulo dezesseis

Emmy

Aprendi cedo na minha carreira no Instagram a educadamente declinar a grande maioria de férias grátis que me oferecem. Você gostaria de uma noite em um hotel cinco estrelas? Uma estadia em um spa de luxo? Um fim de semana de aniversário em uma casa no campo com suas companheiras Instamães? A melhor suíte, menu degustação, massagem, recreação para as crianças, uma babá? Em troca de uns stories, um post, uma rápida declaração para eles colocarem no site. Claro, às vezes eles são muito tentadores, mas eu escolho criteriosamente, e, quando digo sim, economizo os selfies de biquíni e esbanjo as legendas do tipo *como somos sortudas, uma mama exausta precisava disso de verdade.*

Entretanto, o resto do grupo enche a barriga — e as páginas — com intermináveis *#presstrips*. Algumas até reclamam sobre fazer as malas ou resmungam sobre fuso horário ou dividir um quarto com seus gêmeos pequenos ou que o pequeno Fenton não gosta de neve, ou Xanthe, intolerante a lactose, não pode tomar o sorvete. Não consigo entender por que elas não percebem que reclamar sobre uma viagem de graça é como lamentar ter que depositar na sua conta bancária o cheque de um prêmio de loteria.

De todos os brindes que me oferecem, nunca pensei que aquele sem Wi-Fi e com comida vegana seria o que eu aceitaria de pronto. Estou tão irritada com todo o conceito, incomodada já de antemão com o tipo de gente com o qual serei forçada a passar os próximos cinco dias, que não perguntei quase nada sobre o lugar para Irene. O que eu sei é que não é pensado para bebês, então passei esta manhã acrescentando mais coisas à enorme pilha de malas. O bebê-conforto. O berço de viagem, a cortina de blecaute, o aparelho de ruído branco. Uma bomba de tirar leite e mamadeiras e o esterilizador. Sacolas de lenços umedecidos e fraldas e muitas mudas de macacões. O kit dobrável de produtos de banho para bebê, a toalha, o termômetro de quarto. O canguru. O carrinho. Dan foi trabalhar em um café para evitar meus xingamentos enquanto piso forte passando de um cômodo ao outro e coloco tudo perto da porta da frente fazendo muitas viagens. Doreen levou Coco para a biblioteca.

Eles voltam com poucos minutos de diferença, para se despedirem de mim e de Bear quando pegamos o táxi. Dan evita meu olhar mesmo enquanto faz um número na frente de Coco me dando um beijo de tchau. Ele pega Bear e cheira sua cabeça, segurando-o forte, enquanto eu pego minha filha no colo e a acomodo no quadril.

— Agora, você vai se comportar bem com Doreen e papai? A mamãe não vai ficar fora por muito tempo. E nós podemos fazer alguma coisa legal quando eu voltar. E se eu levar você para tomar sorvete no Fortnum & Mason? Eles vão fazer uma festa linda semana que vem.

— Dan me lança um olhar enquanto eu coloco Coco de volta no chão.

— Puta merda, Emmy — sibila ele bem baixo. — Você não vai levar a garota para uma coletiva de imprensa no dia em que você voltar. Não podemos ter uma semana sem compartilhar nossa merda com o mundo inteiro?

O táxi buzina antes que eu possa responder — embora eu saiba que Dan não está exatamente perguntando. Ele entrega Bear para Doreen e vai prender o bebê-conforto no carro enquanto o motorista coloca a bagagem no porta-malas em silêncio.

Tudo o que eu sei sobre a localização do retiro é que fica a duas horas de distância se as estradas estiverem livres, e isolado o suficiente para meu telefone — e o outro escondido que eu estou levando na mala caso confisquem o primeiro — provavelmente não pegar.

— Você tem o endereço, certo? — pergunto a ele.

— Sim, madame — diz ele, abrindo a porta para Dan colocar Bear no banco de trás. Dan dá uma última fungada na cabecinha macia de Bear enquanto entro no carro.

— Tchau, rapazinho. Nos vemos em breve. Papai te ama — fala Dan, ainda evitando meus olhos e acenando para o filho, que ou está sorrindo de volta ou está prestes a garantir que precisaremos parar imediatamente para uma troca de fraldas. Eu imagino que o fato de Dan ter que lidar sozinho com Coco o fim de semana inteiro é a única maneira de ele sentir falta de mim no momento. A dra. Fairs diz que cinco dias sem contato é provavelmente a melhor coisa para nós dois.

Conforme nos afastamos, mexo na bolsa para checar novamente se levei tudo o que é essencial e um suprimento de emergência de chocolate. Em minutos, Bear adormece e solta os barulhos de gemidos extraordinários que o fizeram ser tirado do nosso quarto e colocado no seu próprio com quatro semanas de idade. É impressionante quanto barulho uma pessoa tão pequena pode fazer, mesmo quando está dormindo.

O motorista tenta iniciar uma conversa, mas aponto para um Bear sereno e coloco o dedo nos lábios, encolhendo os ombros pedindo desculpas. Eu me acomodo para uma olhada de despedida no telefone enquanto seguimos por um fluxo constante de tráfego para fora da cidade, por Chiswick, atravessando o rio, passando por Richmond, atravessando o rio novamente. As coisas estão se encaminhando on-line, como Irene esperava. O resto do grupo está intencionalmente ignorando o furor, esperando até ver como as coisas se saem antes de manifestar apoio público (ou o contrário). Os fãs mais ardentes enfrentaram os trolls mais furiosos e nós os assistimos brigando entre si nos comentários por dias, Winter com a tarefa de deletar os protestos mais desagradáveis. Mais importante, as marcas parecem ter comprado a justificativa e aceitado meu pedido de desculpas, e o telefone de Irene não está mais fora do gancho para não receber más notícias.

Ela manda uma mensagem para verificar se estou em trânsito e pronta para começar os stories. Quase, digo a ela. Quando as estradas começam a ficar mais rurais, eu puxo um espelho. Sem maquiagem e usando uma blusa preta de gola alta, pareço devidamente abatida e penitente. Eu me dou um momento e quando meus olhos estão visivelmente úmidos, pressiono gravar, apontando a câmera primeiro para Bear.

— Quem me dera dormir tão tranquilamente como ele, mas o que aconteceu nos últimos dias me manteve acordada à noite — murmuro suavemente, fazendo uma tomada panorâmica com o telefone. — Eu decepcionei todo mundo, eu sei. Decepcionei esse rapazinho também. Não fui minha melhor versão. Eu deveria ter me afastado do Instagram para me recuperar depois de trazer esse rapazinho ao mundo. Eu deveria ter cuidado de mim seriamente, para que pudesse cuidar dele. E de vocês todos. Em vez disso, assumi coisas demais e, como minha cabeça não estava no lugar, fodi com tudo.

Respiro profundamente, olho de um jeito triste pela janela por um instante.

— Eu só quero um momento aqui de verdade para falar sobre gentileza. Existem algumas coisas maravilhosas sobre essa comunidade do Instagram, mas talvez possamos aprender a apoiar uns aos outros um pouco mais. Precisamos ajudar uns aos outros a nos reerguermos, e não colocar as pessoas mais para baixo. É tão fácil destilar um comentário, escrever um post, mandar uma DM, sem pensar de verdade nas consequências. Mas talvez possamos considerar como o que escrevemos afeta outras pessoas. Sei que eu com certeza vou fazer isso de agora em diante.

Faço uma pausa antes de apertar gravar novamente. As estradas estão ficando mais rurais — acho que não vi nenhuma casa na última meia hora, embora tenha visto alguns celeiros com paredes onduladas a distância, um número razoável de ovelhas, um trailer incendiado e um pôster pintando à mão sobre o Brexit esticado em alguns fardos de feno. Gravo mais algumas reflexões emocionais: a natureza da fama, a pureza do amor que tenho pelos meus filhos, como meu marido tem sido minha rocha do começo ao fim, nunca por um segundo duvidando de mim. Depois desconecto.

— Como vocês sabem, estou me afastando das redes sociais por um tempo para avaliar de verdade o que significa estar aqui. Nunca nos meus sonhos mais caóticos, quando comecei com meu pequeno blog de sapatos, imaginei que tocaria tantas mães. Tantas coisas maravilhosas surgiram da minha vida on-line e eu não quero perder isso, mas também sei o preço que está sendo cobrado da minha família. Estamos todos aprendendo como funciona esse admirável mundo novo de influenciadores, meio que criando enquanto avançamos. Mas eu preciso de uma pausa na minha jornada, uma metafórica massagem nos pés, um segundo para recuperar o fôlego. Então Bear e eu estamos a caminho de um retiro de desintoxicação digital. Sem redes sociais, apenas eu curtindo o tempo com esse pequeno ser humano perfeito e me conectando com ele e comigo mesma de verdade. Porque esse tempo mágico não volta mais, não é?

As DMs estão rolando a todo vapor a essa altura. "Faça isso por você, mama!" "Você dá tanto, Emmy, estamos bem aqui com você!" "Não nos deixe, Mama_semfiltro, precisamos de você!" "Palavras tão poderosas, super-heroína inspiradora! Mandando abraços e arco-íris!"

Apenas um estranho "Por que você não está com vergonha de si mesma? Espero que desapareça para sempre" se infiltra.

Azar o seu, lurker. Volto em cinco dias. Salvo os stories nos meus destaques para que qualquer seguidor desolado com o meu sumiço das redes sociais possa assistir nos próximos cinco dias.

— Quase chegando — diz o motorista, acordando Bear com um sobressalto.

Conforme subimos o caminho cheio de vegetação, fica evidente que Irene não estava brincando quando disse que seria uma experiência rústica. Eu não faço ideia de quantas pessoas estarão aqui — nem quem está administrando. Hagrid, talvez?

Enquanto me encaminho para a casa, a luz do portão acende e uma mulher aparece na porta. Vestida com um cardigã surrado, calças de veludo cotelê e com o cabelo branco fino amontoado no topo da cabeça, ela não me parece muito uma ex-executiva de tecnologia.

— Emmy, bem-vinda! Estamos tão felizes por ter você aqui. Por favor, venha, sinta-se em casa. Esse vai ser o seu santuário pelos próximos cinco dias, o lugar que vai desconectar você do resto do mundo, para que você possa se desligar de verdade — diz ela, os braços abertos expansivamente.

O motorista nos ajuda a levar as malas para dentro, e ela o instrui para deixar tudo no saguão de entrada. Ele confirma o preço da corrida e ela paga em dinheiro. Checamos o porta-malas do carro e o banco de trás para ver se não ficou nada esquecido e então ela se despede dele.

— Receio que vamos precisar procurar telefones e laptops proibidos antes de mostrar seu quarto. — Ela ri. — Sente-se; tem um moisés atrás do sofá para o Bear. Que bebê adorável ele é.

Ela já colocou uma xícara de chá em cima da mesa e me serviu de um bule de porcelana estampada, enquanto aponta para um prato de biscoitos Hobnob. Jesus Cristo, essa casa parece ter sido decorada por uma dona de casa suburbana — tem ursos de pelúcia segurando corações em cima da lareira e uma daquelas placas pavorosas de madeira com a frase O *amor é o que torna esta casa um lar.* O tapete sob meus pés imita a estampa de uma tapeçaria marroquina preta e branca do La Redoute, que tem conta própria no Instagram.

Eu me acomodo em uma poltrona de veludo cinza e tomo um grande gole do que fico um pouco surpresa de ver que é uma caneca #diascinzentos.

Depois, nada.

Foi fácil demais. Isso é o que mais me surpreende. Como a coisa toda foi tão simples. Toda a estratégia de espreitar, de vigiar a sua casa. Todo o tempo que passei observando os seus movimentos, como família, como indivíduos, me acostumando ao padrão dos seus dias. A parte do plano que sempre me deu mais trabalho foi tentar descobrir como eu ia trazer você para cá. Eu tinha uma porção de ideias complicadas diferentes, passei séculos imaginando vários esquemas elaborados. Raptar Coco no parque e deixar uma trilha de pistas para você. Comparecer em um dos seus eventos e tentar persuadi-la a me deixar dar uma carona a você e ao Bear para casa. Instigar você na internet com tanta insistência, tanta maldade que você se sentiria impelida a me desmascarar, a me rastrear — o intuito do plano era tornar isso o mais simples possível — e me seguir até aqui para me confrontar pessoalmente. Escrever uma série de cartas anônimas.

Tudo do que precisei foram três ligações. Pensei nessa estratégia assim que você anunciou o nome do retiro de "desintoxicação digital".

Ali estava algo típico de você, não é verdade? Algo típico da Emmy. Anunciar com antecedência o nome do local

324

onde você ia fazer o retiro, combinar um período de busca interior e constrição com umas férias gratuitas.

Cinco dias. Perfeito. Eu não podia ter pedido por coisa melhor, que tudo se encaixasse com tanta perfeição. Se eu tiver sorte, vai levar vários dias para alguém reparar que alguma coisa está errada. E mesmo quando alguém reparar, e daí? Não existe nada que ligue você a este lugar, ou você a mim. Apenas o motorista — e como vão encontrá-lo?

Minha primeira ligação foi ontem à noite, para o local aonde você deveria ir. Eu lhes disse que era sua assistente pessoal. Ninguém questionou. Eu lhes disse que estava ligando para confirmar as providências de viagem para hoje. Eles mandariam um carro, não é? Certamente, veio a resposta. Estava tudo reservado. Se eu gostaria que eles reconfirmassem? Eu disse que se não fosse dar muito trabalho. E o carro chegaria na casa de Emmy às onze? Maravilha.

Minha segunda ligação, logo hoje cedo, foi para o mesmo número, para me desculpar. Era a mesma pessoa com quem eu conversara no dia anterior? Aparentemente sim. Havia algo que eles podiam fazer por mim?, perguntaram. "Me desculpem sobre isso", eu disse. "É o bebê. O pobrezinho ficou acordado a noite inteira com febre e está doente de novo." Estamos esperando, eu lhes disse, a clínica de família abrir para ver se conseguíamos uma consulta de urgência. Seria possível adiar o retiro? Pedíamos muitas desculpas por avisar tão em cima da hora, eu lhes disse. Emmy e Bear estavam tão ansiosos para ir.

Eles foram muito compreensivos sobre a situação toda. Prometi que ligaria logo com a agenda de Emmy à mão para discutir datas alternativas. Eles me pediram para en-

viar saudações para Emmy e votos de pronta melhora para o pequeno Bear. Obviamente, eles iriam ligar e cancelar o carro e explicar toda a situação.

Minha terceira ligação foi para uma companhia local de transporte alternativo. Será que eles poderiam apanhar uma pessoa em um endereço em Londres, às onze horas de hoje? Perguntei sobre o carro, o tipo de carro que mandariam. Um Prius azul, responderam. Eu lhes disse que era perfeito. O nome da pessoa que iam pegar era Emmy Jackson. Ela estaria com um bebezinho. Provavelmente levaria muita bagagem também. O endereço de destino? Dei-lhes o endereço deste lugar e lhes disse como chegar aqui. Assim que encontrarem a travessa, sigam em frente. Eu estarei lá. Estarei atenta. Sim, vou pagar em dinheiro. Quanto vai ser? Já tenho a quantia reservada.

Não é estranho hoje em dia como todos nós simplesmente entramos no carro dos outros, confiamos que são quem supomos ser, confiamos que vão nos levar aonde achamos que estamos indo?

E agora, aqui está você.

Eu pude perceber, mesmo quando você estava caminhando para a porta da frente, antes mesmo de entrar, que você estava pensando se estaria no lugar certo. Imagino que esperasse algo um pouco mais elegante, um pouco menos doméstico. Pude perceber você matutando que nada daqui parecia muito com as fotos do site, pude perceber seu olhar pousando em diversos móveis do local, os pequenos toques de decoração de Grace, dando um leve sorriso.

Se eu tivesse tido um momento de hesitação sobre isso tudo, em algum momento, aquele sorrisinho semiabafado teria dirimido minhas dúvidas.

Propofol. Foi isso que coloquei no chá. Um sedativo e relaxante muscular frequentemente prescrito, com algum efeito colateral de amnésia retrógrada. Você tomou três goles de chá e adormeceu no meio de uma frase. Dados os efeitos de amnésia, duvido que você chegue a se lembrar disso.

Deixe-me elucidar esta história toda com detalhes. Acho que, no mínimo, você merece isso.

O propofol foi para fazer você apagar e eu poder levá-la para o andar de cima (ainda que com um longo descanso no patamar da escada e muito esforço e dificuldade), colocá-la na cama, fazer o acesso do soro. O soro é para injetar midazolam. Essa foi a droga mais difícil de obter. Tive que contrabandear aos pouquinhos, a cada vez que um frasco era parcialmente usado e descartado, a droga que estou armazenando na geladeira por um bom tempo, porque preciso dela para fazer a coisa toda funcionar. Não admira que tenham que manter essa droga sob vigilância severa nos hospitais. É um medicamento forte, o midazolam, um poderoso ansiolítico e relaxante muscular. É por isso que damos para as pessoas antes de cirurgias. Não apenas para apagá-las, mas para suprimir seu instinto natural de sentir pânico, lutar, fugir.

Em um mundo ideal — se tudo isso estivesse acontecendo na TV ou em um filme —, eu apenas injetava a droga e deixava você lá, na cama. Infelizmente, no mundo real, por todos os motivos que já expliquei, não é assim que as coisas funcionam. Não quero matar você, afinal de contas. E não se pode sedar uma pessoa tão completamente e deixá-la sem supervisão por muito tempo. Então, para tudo funcionar do jeito que eu pretendo, vou ter que ficar aqui para monitorar. Não o tempo todo, naturalmente. Não te-

nho certeza se eu aguentaria ficar no mesmo quarto o tempo todo, dado o que vai acontecer nos próximos dias. Vou ficar lá embaixo, na maior parte do tempo, ou do lado de fora, enrolando no jardim. Somente de umas seis em seis horas vou precisar voltar e verificar sua pressão, certificar que sua respiração está estável, que suas vias aéreas não estão em risco de oclusão. De tempos em tempos quero medir o nível de dióxido de carbono no seu sangue. De vez em quando vou precisar dar mais uma dose, ajustar seu soro. Ah, não se preocupe, Emmy. Eu sou — ou pelo menos era — uma enfermeira profissional. Você vai ser muito bem cuidada. Tenho oxigênio bem aqui, no caso de você precisar. Só vou encaixar a sonda de dedo e aí estaremos prontas.

Eu já mencionei que você está no quarto da minha filha? Já comentei que você está na cama da minha filha?

Se você estivesse acordada, se estivesse quimicamente capaz de sentir pânico ou mesmo uma preocupação séria a respeito do seu futuro, sei a pergunta que estaria fazendo. Não se estresse, vou dizer. Bear vai estar junto de você.

Agora que arrumei tudo, só vou descer e tirar o Bear do moisés e trazê-lo para cima. Não fique com medo. Não vou fazer nada para machucar o bebê. Vou trazê-lo para cima e vou deixá-lo logo aqui pertinho de você. Ele vai ficar do seu lado na cama o tempo todo. É uma cama grande. Está tudo arrumado para ser uma cama compartilhada. Ele não vai a lugar nenhum. Não vou fazer nada com o bebê de jeito nenhum.

Reconheço que alguns dias vai ser tempo demais. Três no máximo. Espero que você entenda, Emmy, que não tenho nenhum prazer em fazer isso. É óbvio que haverá alguns momentos de dúvida, algumas crises de consciência. Haverá horas, tenho certeza, que o impulso para interromper isso tudo vai se tornar quase arrebatador, quando vou ficar a segundos de subir e lhe dizer que terminou, quando vou agarrar os braços da poltrona para me manter lá. Eu trouxe fones de ouvido, alguns CDs e cassetes. Coisas que eu costumava escutar quando a Grace era criança, principalmente. ABBA, Beatles.

É a desidratação que vai ser responsável por tudo. Um adulto, um adulto saudável, pode aguentar até três semanas sem alimento — mas não passa de três ou quatro dias sem água. Uma criança? Provavelmente não sobrevive em metade desse tempo.

E o tempo todo você vai estar deitada ao lado dele.

Admito que vou dar quatro dias. Só para garantir. Depois vou lhe dar uma última dose de midazolam, meia dose, de doze horas de efeito, e desconectar todas as coisas, dobrar essas folhas de papel, escrever seu nome no lado de fora, deixar na mesa de baixo e vou embora.

Provavelmente vai ser de manhã quando seus olhos se abrirem. É sempre linda, a luz neste quarto quando o sol nasce.

Compreenda o seguinte, Emmy Jackson. Não sou uma pessoa má. Não estou louca. Não quero testemunhar o sofrimento do seu filho e causar a ele uma dor desnecessária. Não quero estar presente quando ele morrer; não sei nem se vou conseguir me obrigar a olhar para ele. Não sou uma pessoa insensível. Posso bem imaginar, fácil e dolorosamente demais, a sensação de estar no seu lugar naquele momento, despertar meio grogue, encarando um teto desconhecido, perceber que está deitada em uma cama desconhecida, se perguntar com um sobressalto onde está o bebê e estender a mão para pegá-lo.

Não tenho nenhuma vontade de testemunhar o que vai acontecer em seguida, observar o momento em que seu coração vai se partir, o momento em que você vai perceber que toda lembrança feliz que você tem do seu filho agora será insuportavelmente dolorosa, para sempre marcada pela perda. O momento em que você começa a juntar as peças do que ele passou nessas últimas horas, nesses últimos dias. O momento quando você começa a urrar e não sabe se algum dia vai parar.

Eu me lembro de todos esses sentimentos. Eu me lembro de ver minha filha passar por cada um deles, um de cada vez.

Algumas vezes, por acreditar que as pessoas devem encarar as consequências de seus atos, me obriguei a visualizar o que viria em seguida.

Imaginar você tonta, angustiada, cambaleando para baixo, tropeçando no canto do tapete.

Imaginar você apertando algo contra o peito. Algo enrolado em uma manta, mas ah, tão gelado; algo que você não pode imaginar algum dia soltar.

Eu me lembro de Jack me contando quanto tempo o pessoal da ambulância levou para persuadir Grace a soltar Ailsa apenas por um minuto. Eu me lembro de Jack me contar como Grace ficou preocupada que a neném ficaria gelada, sentiria frio. Pedia sem parar que ele pegasse mantas, gritava com ele enquanto Jack permanecia parado no mesmo lugar. Me lembro de Jack me contar como Grace murmurava palavras para Ailsa quando finalmente a entregou para alguém, dizendo a Ailsa para não se preocupar, que mamãe estava junto, que tudo ficaria bem.

E imagino você na sala de estar, na base da escada, olhando em volta com cautela, hesitante, insegura sem saber se realmente fui embora, se realmente você está sozinha.

E, quando você avistar o envelope, posso vê-la atravessando a sala e o abrindo, e começando a ler ali na mesa da sala de estar, ainda de pé, deixando cada página cair ao terminar de lê-la.

E aí você vai descobrir. Qual é o motivo de tudo isso. Quem afinal se tornou a verdadeira vilã da história.

Você me criou, Emmy. Você fez com que eu me tornasse o que eu sou. Você me tornou capaz desses atos.

O peso que carrego, esse arrependimento, essa dor, essa tristeza, essa raiva, já carreguei tempo demais. Estou contente que o fim se aproxima agora. Não se trata de vingança. Nunca se tratou de vingança. Trata-se de justiça. E, quando acabar, tudo o que eu quero é fechar os olhos e saber que fiz o que tinha que fazer e descansar.

Adeus, Emmy.

Dan

É uma cena pela qual venho ansiando na cabeça a semana toda. Quando vejo Bear e Emmy irem embora. Quando estou trabalhando naquela tarde, digitando na cozinha da casa vazia. Quando estou preparando o jantar da Coco, dando banho nela e lendo para ela dormir. Quando estou vendo TV, assistindo a qualquer programa que eu queira na TV, comendo o que eu quiser e tanto quanto quiser. No dia seguinte, quando estou sentado em um café com meu computador, checando de tempos em tempos o meu telefone para ver se há alguma mensagem da Emmy e fico serenamente impressionado por seu completo silêncio (eu não esperava que ela levasse toda a história de ausência de comunicações tão a sério como ela está fazendo) ou quando estou de novo explicando a Coco onde a mamãe está e quando ela deve voltar. Quando Coco e eu estamos vendo desenhos animados de manhã e esperando que Doreen chegue, e quando estou esperando à noite que outra foto de minha filha apareça no feed de Ppampamela2PF4, e quando estou confirmando com Doreen se ainda está tudo bem que ela pegue Coco no sábado, como tínhamos conversado anteriormente. Quando estou reservando minha passagem de trem e matutando qual a melhor maneira de ir da estação até a casa de Pamela Fielding. Quando estou olhando a casa de Pamela Fielding no Google Maps. Quando estou adormecendo com uma cama inteira para mim à noite, e praticamente assim que sou acordado toda manhã com a Coco chamando queixosa no corredor para eu saber que ela já está pronta para se levantar.

Está um dia bonito, no sábado; por isso, sugiro que Doreen e minha filha deem um passeio pelo canal e depois parem em algum parquinho perto da pista de skate. Isso deve consumir a maior parte da manhã. Dou algum dinheiro extra para Doreen, para pagar pelo almoço, sugiro que elas comam fora e que vão até a fazendinha urbana de tarde. Minha ideia é recebida com entusiasmo.

Pelos meus cálculos, o que preciso fazer deve me tomar seis horas.

Espero cinco minutos depois que elas vão embora e então também saio de casa. Eu não disse uma palavra para Emmy sobre nada disso antes de ela sair. É muito melhor, na minha concepção, apresentar a história depois como um fato consumado. Talvez eu não conte nada a ela no início, apenas aguarde até ela reparar que a conta #rp foi cancelada, aguarde até ela perguntar como consegui recuperar o laptop roubado.

Como uma porção de escritores, há uma parte de mim que genuinamente pensa que eu daria um ótimo detetive.

Em todo o caminho para o metrô fico imaginando o que vou dizer para Pamela quando ela abrir a porta.

Olá, Pam. Sou o Dan. E estou aqui para lhe dizer para deixar a porra da minha filha em paz.

É lógico que fiz uma busca de imagem de Pamela Fielding, mas os resultados mostram quinze mulheres morando no Reino Unido (e diversos livros sobre a literatura do século XVIII); assim, não sei qual delas vem gerando a conta e mora no endereço para onde me dirijo. Nenhuma delas parece particularmente maluca.

Chego à Rua Liverpool cerca de quinze minutos antes de meu trem estar pronto para partir. Logo ao lado da catraca há dois guardas com capacetes e tabardos brilhantes e experimento um breve momento de intenso constrangimento, um momento de imaginar se devo fazer contato visual ou não, se devo sorrir ou não.

Preciso muito bem admitir o seguinte. Há alguns momentos loucos em que considero levar alguma coisa nessa expedição. Um martelo. Um estilete. Uma tesoura. Não que eu fosse usá-los, claro. Só alguma coisa para mostrar que estou falando sério. Eu me imagino enfiando a tesoura no batente da porta. Batendo o martelo contra a janelinha no meio da porta de entrada. Retalhando os pneus de suas latas de lixo com rodinhas. Passei cerca de quarenta e cinco minutos imaginando se eu conhecia alguma maneira de colocar minhas mãos em uma arma antes que a sanidade interviesse. *Fora de si*, digo para mim mesmo. *Você parece totalmente fora de si.*

Como é sábado, no meio da manhã, o trem está relativamente vazio. Nunca viajei nessa linha antes e fico surpreso de ver a rapidez com que chegamos à área rural ou pelo menos o que eu acho que é área rural, a rapidez com que deixamos para trás os prédios de escritórios e os prédios de estilo vitoriano e os novos empreendimentos de arranha-céus e passamos por campos de golfe e um terreno com cavalos.

Conto as paradas, são dezessete, e fico olhando fixamente pela janela, meu estômago se revirando. Passamos por casas de fazenda e celeiros de paredes onduladas e no campo volumes cobertos por plásticos pretos. Todas as cidades por que passamos parecem bem semelhantes. Um Asda enorme. Prédios de garagem. Jardins com pula-pula. O céu está carregado e cinzento e ameaçando chuva.

Um sujeito muito alto, com um casaco de capuz, carregando uma sacola de plástico em cada mão é a única outra pessoa que desce na mesma estação que eu. Jesus Cristo, a Inglaterra é deprimente. O café está fechado, a sala de espera trancada, a plataforma deserta e com muito vento. Com um certo estremecimento, as portas de vidro se abriram para revelar um ponto de táxi igualmente deserto, o vento rodopiando em pequenos furacões de poeira e embalagens de hambúrguer sobre o asfalto.

Já fiz essa caminhada no Street View diversas vezes; assim, sei o que esperar. Logo fora da estação, passar por um quiosque de café e um restaurante italiano saído diretamente da década de 1990, com um cartaz no lado de fora anunciando paninis. Descer a rua principal, passando por uma Poundland, um pet shop, um Tesco Metro, um Costa e um ponto de ônibus sem vidros. Virar à esquerda no cruzamento com uma faixa de pedestres, logo depois da biblioteca. Uma rua comprida de casas geminadas.

Como previsto, a caminhada demora cerca de quinze minutos.

Parece uma casa perfeitamente normal, olhando de fora. Duas lixeiras no jardim da frente. O próprio jardim com as plantas um pouco crescidas demais. Janelas com vidros quadriculados.

Quando chego lá, não hesito. Venho sonhando há semanas com a oportunidade de dar uma bronca na pessoa, seja ela quem for, que está postando fotos de minha filha na internet, constrangê-la, amedrontá-la. Pôr um fim nisso. Durante toda a semana venho imaginando esse momento. Fico surpreso com a força com que bato na aldrava da porta.

E então espero.

Passa-se um minuto. Dois minutos.

Depois de um tempo começo a imaginar se há alguém em casa. Percebo que supus que, tendo eu vindo de tão longe, em um sábado, Pamela Fielding vai estar aqui para abrir a porta quando eu bater.

Fico olhando para os dois lados da rua para ver se ela está chegando das compras ou coisa parecida. Uma ou duas pessoas passam. Ninguém me olha uma segunda vez.

Afinal, justo quando eu estava a ponto de perder a esperança, ouço algo dentro da casa e surge uma silhueta, uma silhueta branca na porta do que imagino ser a sala de estar. Ela se move muito devagar, gradativamente ganhando nitidez no vidro ondulado da janelinha da porta.

A pessoa chega até a porta, percebe que está trancada e se afasta de novo arrastando os pés. Ouço-a vasculhando dentro do que presumo ser uma cumbuca no aparador na parede da frente, para pegar a chave. Ela acaba encontrando o que procurava. Ainda demora mais três ou quatro minutos antes de conseguir destrancar a porta.

— Posso ajudar?

O indivíduo que abre a porta é um homem na casa dos setenta anos. Ao me ver, um estranho, ele se endireita, alisa a calça, apanha alguma coisa (uma migalha de torrada) da gola do cardigã. Tenho quase certeza de que esse homem não é a pessoa que posta as fotos de Coco. Estou quase certo de que não foi ele que invadiu minha casa e roubou o laptop de minha mulher. Ele parece o tipo de homem que você vê arrecadando dinheiro para alguma instituição de caridade.

Sua expressão é confusa.

— Olá — digo. — É aqui...? Aqui...? É aqui que mora Pamela Fielding?

— É sim — responde ele, me examinando literalmente de cima a baixo. — Posso saber...?

Imagino que, se eu fosse realmente um detetive, teria algum tipo de história inventada à mão.

— Sou amigo dela — digo, afinal. — Do trabalho.

Talvez seja um golpe de sorte que, naquele exato minuto, começa a chover. Chover forte, na verdade. A chuva faz um barulho alto batendo nas tampas das lixeiras. Ele me olha. Olha a chuva.

— É melhor entrar, então — diz, depois de um instante.

Há uma fileira de sapatos ao longo do corredor, diversos pares de chinelos do lado. O carpete em si é macio e alto, marrom-escuro. Tiro meus sapatos e junto aos da fileira.

— Pam — ele chama em direção à escadaria igualmente atapetada. — Sou o Eric — diz ele, me oferecendo uma mão macia para cumprimentar. Digo-lhe meu nome. Ele não faz nenhum sinal de reconhecer. — Vamos à sala de estar, por aqui.

Ele faz uma pausa na base da escada, descansa uma das mãos no corrimão e chama Pam novamente. Em algum lugar acima vem o barulho de uma descarga.

— Posso lhe oferecer uma xícara de chá?

Eu respondo que adoraria. Com leite, sem açúcar. Eu me sento.

A sala tem aquele ar de que não é usada todos os dias, o tipo de sala reservada para as visitas. Também tenho a sensação de que não recebem visitas com muita frequência. No minuto em que me sento no sofá, sinto-me afundando nele, e, quando esse processo começa, a enorme manta de crochê que estava pendurada no encosto do sofá desce por cima dos meus ombros. No momento em que finalmente me acomodo, estou avistando... avistando a mesa da frente por entre meus joelhos, e meu traseiro está pousado no nível dos meus calcanhares.

É difícil escapar do sentimento de que não estarei em minha atitude mais impositiva nessa posição. Agarro a mesa da frente e me impulsiono para me levantar, depois rearrumo a toalhinha da mesa, examinando a sala por algo um pouco mais sólido e estratégico para me acomodar.

Acabo me empoleirando em um dos braços macios do sofá.

— Pam — Eric chama pela terceira vez, mais enfático agora. — Tem um... uma pessoa para te ver.

Ao passar pela porta, ele olha para dentro e ergue uma sobrancelha para mim imediatamente e fala algo sobre Pam viver em seu próprio mundo a maior parte do tempo.

— Ela fala que me ouve chamar, mas não sei se ela escuta de verdade — diz Eric. — Posso guardar seu casaco?

Eu lhe digo que estou bem assim.

Ele me diz para lhe informar se eu quiser que acenda a lareira.

Eu faço um sinal de positivo.

— Uma colher de açúcar, não é?

— Sem açúcar — falo de novo.

Passos na escada. Um momento de hesitação: Pamela verificando o cabelo no espelho na base da escada? Ela diz alguma coisa para o homem na cozinha quando entra, sua atenção dirigida para lá. E então, ela me vê. E para.

— Oi, Pamela — digo.

Seu rosto se endurece. Ela vira rapidamente, fecha a porta e se volta para mim.

— Imagino que você saiba por que estou aqui, não é?

Ela assente uma vez, rápido.

— Não acho que você pensou que algum dia iria me conhecer na vida real, desse jeito, não é?

Ela balança a cabeça.

— Olhe para mim — digo.

Ela ergue seu olhar para encontrar o meu muito brevemente e logo depois o desvia de novo.

No outro cômodo, posso ouvir o homem que abriu a porta preparando o chá, cantarolando sozinho. Uma colher bate contra uma caneca fazendo ruído. A porta de um armário se abre.

— Seu pai? — pergunto.

Ela balança a cabeça de novo.

— Meu avô.

Pamela Fielding deve ter uns dezessete anos.

A primeira coisa que me conta é que não roubou as fotos. Pergunto quem roubou então. Alguém que ela conhece? Alguém da escola? Ela ainda está na escola, não é?

— Faculdade — murmura.

Ela parece com o tipo de garota que você encontraria em um ônibus. Enfia uma mecha de cabelo escuro, meio brilhante, atrás da orelha sem parar. Em cada lóbulo da orelha há um brinco com uma única pedra. Suas bochechas, salpicadas aqui e ali com cicatrizes de acne, estão cobertas por uma camada espessa de base.

— Onde está ele? — pergunto. — O computador.

Não tenho nenhum notebook, diz ela. Não sabe nada sobre qualquer notebook. Ela comprou as fotos pela internet.

— Pela internet? O que quer dizer? Tipo, na dark web?

Ela me fita.

— Quero dizer um site — responde. — Um fórum, só.

— Que tipo de fórum?

Ela fica mexendo com o punho do suéter que está usando.

— Um fórum para pessoas que fazem o mesmo que eu, que compartilham conselhos, que dão dicas. Às vezes, conversamos sobre todos os diferentes influenciadores. Às vezes, conversamos sobre como conseguir mais seguidores.

— Tipo, fingir que a pessoa cujas fotos você está usando está doente?

— Acho que sim.

É nesse ponto que o avô entra com o chá. Se ele percebe qualquer tensão no ar, não menciona. Ele nos fala sobre os vários tipos de biscoito na lata e nos informa quantos há de cada. Um canto da boca de Pamela está mexendo impacientemente. Ao sair, o avô deixa a porta da sala ligeiramente aberta. Nós dois nos entreolhamos. Nenhum dos dois se levanta para fechá-la.

Estou ciente de minha posição um tanto estranha nessa altura. Estou me esforçando muito pra evitar levantar a voz, perder o controle. Não está fácil.

— Então, esse fórum — digo —, qual é o nome?

Ela me diz. Peço que ela soletre.

— E é aberto ou fechado?

— Uma parte é aberta e uma parte é fechada.

— E é de alguém desse fórum que você tem comprado as fotos?

Ela assente.

— Quem é? — pergunto. — Como essa pessoa se chama?

— O Chapeleiro Maluco — diz ela.

— O Chapeleiro Maluco? Da Alice?

Ela não parece entender.

— O avatar é a foto de um chapéu — ela me conta.

— E o que mais você sabe? Qualquer coisa. Como você paga?

— PayPal — murmura ela.

— Me mostre.

Com relutância, tira o celular do bolso, destrava e o ergue.

— Qual é? Que transação?

Ela me mostra.

— Tem certeza?

Ela assente.

— Essa era a conta para quem você deu o dinheiro? A conta para onde esse Chapeleiro Maluco queria que você creditasse?

Ela assente de novo.

A conta de PayPal para a qual ela enviou o dinheiro está em nome de Winter Edwards.

Winter?

Levo um minuto ou dois para começar a entender, para até mesmo começar a captar.

Pergunto a Pamela se essa pessoa, a do fórum, disse alguma coisa sobre como conseguiu as fotos e por que as estava vendendo. Era só por causa do dinheiro? Era por causa de inveja, desdém? A pessoa acha que teve algum prejuízo por nossa causa, em alguma medida?

Pamela dá de ombros.

— Não perguntei.

— E quanto a você? Por que *você* faz isso? — pergunto a ela. — É isso que não consigo entender. Qual é o prazer?

— Não sei.

— Quero que você cancele a conta e apague aquelas fotos. Todas as fotos. E quero ver você fazendo isso. E aí talvez eu não chame a polícia e não conte ao seu avô. Mas só se você me prometer nunca mais fazer isso de novo. E conversar com alguém sobre o motivo de sentir a necessidade de fazer isso, o que te move. Quer dizer, não sei qual é a situação da sua família, ou seja lá o que for. Se você quiser que eu encontre alguém para você conversar, um número para ligar, posso fazer isso.

Ela diz algo que soa como ok, muito suavemente.

— Quer dizer, você entende que é esquisito, não entende, o que você está fazendo?

— Acho que sim.

— Você acha que sim. Tirar fotos de alguém e inventar histórias sobre elas e postar isso para o mundo todo ver? Alguém que não te deu o consentimento? Que nem sabe que você está fazendo isso? É repulsivo, porra. É doentio.

Segue-se uma longa pausa.

Ela encara o carpete com força, o cabelo pendendo em frente ao rosto. Quando fala de novo, é numa voz tão baixa que não consigo ouvir.

— Como é? — questiono.

— Eu perguntei: qual é a diferença? — repete ela.

— Diferença de quê?

Enquanto espero uma resposta, meu telefone começa a tocar, e de primeira ignoro, mas ele simplesmente fica vibrando e vibrando, então acabo por tirá-lo do bolso para verificar quem está ligando. É Irene. Quando atendo e digo algo bastante brusco como "O quê?", ela só responde "Emmy". Pela maneira como ela fala, percebo que está tentando manter a voz calma e firme.

— Dan — diz ela. — Acho que aconteceu alguma coisa com a Emmy.

Emmy

Acho que é possível que eu esteja morrendo.

Eu já disse isso?

Já faz algum tempo que tento descobrir se estou acordada ou dormindo, observando formas rodopiarem e se dissolverem dentro de minhas pálpebras. Tento manter as voltas e reviravoltas da conversa que estou tendo com alguém que às vezes é Dan, às vezes minha mãe, às vezes Irene, às vezes uma pessoa totalmente estranha. Continuo tentando manter meus pensamentos em uma linha reta, mas é como tentar caminhar com uma perna dormente. Assim que sinto ter alguma coisa consistente em minha cabeça, esqueço imediatamente. Como cheguei aqui, por exemplo. Onde estou.

Será que sofri um acidente? Será que aconteceu alguma coisa comigo? Em momentos mais lúcidos, tenho a nítida impressão de que estou deitada em uma cama de hospital em algum lugar. De vez em quando tenho a sensação de não estar sozinha, que há alguém debruçado sobre mim, verificando alguma coisa, fazendo pequenos ajustes no equipamento que está ligado em mim, seja ele qual for, inspecionando supostos monitores cujos bipes posso ouvir de tempos em tempos. Às vezes, escuto alguém, cacarejando, resmungando, mexendo nas coisas. Às vezes, sinto alguém arrumando minha cabeça, meus ombros, o travesseiro.

Eu posso estar dormindo ou imaginando tudo isso, obviamente. Lembro-me de Dan me contando certa vez das peças que a mente prega quando se está muito tempo sozinho no escuro, quando a mente ficou desprovida de estímulo sensorial. O tipo de coisa que motoristas de caminhão de longas distâncias começam a ver girando na escuridão após ficarem atrás do volante durante dias. Por séculos, por exemplo, fiquei convencida de que podia ouvir os maiores sucessos do ABBA tocando em algum lugar próximo, apenas alto o suficiente para distinguir, repetindo sem parar até eu poder lhe dizer sem hesitar qual seria a canção seguinte logo que uma terminava.

Por séculos também tenho certeza de que ouvi um bebê chorando, bem perto e bem alto. Por um tempo, eu estava convencida de que era o Bear, depois me lembrei de onde estou e percebi que deve ser o bebê de outra pessoa, de alguém na mesma enfermaria, alguém em uma cama próxima, mas por Deus, o bebê soa infeliz; por Deus, soa como o meu bebê — soa tanto como o meu filho que está fazendo meus próprios seios cheios de leite latejarem e doerem. O choro perdura continuamente. Um berreiro ininterrupto e inconsolável, por um tempo que parecem horas com apenas alguns intervalos ocasionais para o bebê tomar mais fôlego.

Por que ninguém está tranquilizando o bebê? É isso que eu não entendo. Por que parece que ninguém está tentando acalmá-lo, aconchegá-lo no colo, levar o pobrezinho para uma caminhada rápida pelo corredor ou em outro quarto por alguns minutos? *Olhe aqui*, eu me sinto dizer, *deixe que eu mostre como é. Já tentou colocar para arrotar, talvez? É o jeito que o meu pequenino sempre chora quando tem gases.*

E, na minha cabeça, estou criando um post muito comprido sobre tudo isso, acrescentando que trabalho fantástico eles estão fazendo, todos esses médicos e enfermeiros, como o nosso sistema de saúde é maravilhoso, mas também mencionando como estou com uma sede indescritível e será que não existe alguma coisa que alguém possa fazer por esse neném... e então me dou conta de que não estou criando um post de verdade, estou apenas mentalmente ditando-o para ninguém e esse tempo todo o neném continua chorando.

E aí ele para, da maneira abrupta como os bebês acabam parando de chorar, depois de terem se esgoelado até a exaustão, e naquele silêncio repentino eu me vejo imaginando se realmente ouvi alguma coisa, se existe um bebê, ou mesmo se existe uma enfermaria.

O tempo passa. O silêncio perdura.

Graças a Deus por isso, penso.

E aí a choradeira começa de novo.

Epílogo

Dan

Eu me lembro de cada detalhe daquela ligação como se fosse ontem. Vaguei pela rua, sem conseguir assimilar nada direito; fazendo várias vezes as mesmas perguntas para Irene que ela já disse que não sabia responder. Eu simplesmente não conseguia entender o que estava acontecendo. Emmy e Bear nunca chegaram ao retiro. O retiro nunca mandou um carro. Ninguém teve notícias da minha mulher por mais de setenta e duas horas.

Depois disso, as coisas ficaram meio nebulosas, fragmentadas.

Eu me lembro de ligar para Doreen do trem e dizer para ela não entrar em pânico, e Doreen se oferecendo para dar a Coco um lanche e um banho e colocá-la na cama, e esperar lá até eu chegar em casa, e então o trem entrou em um túnel e perdemos a conexão.

Eu me lembro de tentar o telefone de Emmy, sem parar, inutilmente, de novo e de novo e de novo. Depois tentar o outro, o que ela disse que tentaria esconder dos hippies e guardar. Os dois caem direto na caixa postal.

Eu não consigo me lembrar se contei a Irene onde eu estava ou quanto tempo levaria para chegar a Londres, mas eu devo ter feito isso, porque, quando cheguei na catraca das passagens da Liverpool Street, ela estava lá.

Havia acabado de falar com o hospital, disse. A mãe da Emmy ficaria bem. Nenhum sinal de concussão.

Foi por isso que ela estava tentando contatar Emmy, a razão pela qual ligara para o retiro. Para contar que Virginia estava na emergência. Que ela havia tropeçado descendo as escadas de um clube em Mayfair depois do lançamento de uma marca de gim de edição limitada, aterrissado de costas no chão de mármore do saguão e desmaiado. Irene me contou isso no banco de trás de um táxi a caminho da delegacia mais próxima, mas, para ser sincero, não registrei bem. Toda vez que chegávamos a um ponto com engarrafamento, Irene se inclinava para a frente e trocava breves palavras com o motorista, então fazíamos um retorno súbito ou pegávamos um desvio acentuado.

— Me deixaram falar com a Ginny meia hora atrás — Irene me informou. — Ela insiste que seus sapatos foram o problema.

O tempo todo em que estava falando, Irene mantinha um olho no telefone, o polegar se movendo constantemente.

— Certo — disse ela, olhando para cima quando o táxi parou no lado de fora da delegacia. — Chegamos.

Irene e eu entramos e nos identificamos na mesa da recepção. Enquanto esperávamos alguém vir nos receber e tomar nosso depoimento, ela me informou todos os passos que iria dar e explicou os que já tinha dado. Eu mal estava escutando ou, se estava, não conseguia absorver nada.

Tudo o que eu consigo me lembrar é de pensar em Emmy e Bear, Bear e Emmy, em algum lugar desconhecido, desaparecidos.

A primeira coisa que eu disse à polícia era que eu tinha visto o carro. O que levou Emmy. Eu tinha visto o carro chegar, visto ela entrar, visto ir embora. Eles me pediram para descrevê-lo. Eu disse que era azul, o tipo de carro que motoristas de Uber sempre têm. Um Prius talvez? Eu não dirijo, não conheço nem me importo muito com carros. O motorista? Eu disse que não olhei direito. Não, eu não conseguia me lembrar do número da placa. E minha mulher, perguntaram eles. Minha mulher parecia de algum modo contrariada a entrar no carro? Preocupada? Não, respondi. Mas ela achava que estava entrando no carro que o retiro mandara, lembrei a eles. Ela não tinha como saber que alguém tinha cancelado aquele carro. Ela não fazia a mínima ideia de qual carro pegaria. Eles perguntaram se eu conseguia me lembrar da última coisa que conversamos.

Eu conseguia.

A última coisa que Emmy me disse foi se eu tinha colocado o kit troca-fraldas do Bear na bolsa de viagem e se a bolsa de viagem estava na mala do carro. Eu disse que sim e ela perguntou se eu tinha certeza e eu disse que tinha literalmente acabado de checar novamente. Ótimo, dissera ela. Então tentou bater a porta do carro, mas pegou a ponta do seu casaco e ela precisou abrir a porta e bater novamente enquanto estavam se afastando, mas ela não olhou para trás.

De repente, me ocorre que eu posso nunca mais ver minha mulher, que minha última memória dela possa ser aquele momento, sua silhueta enquanto se mexia, meio virada no banco, tentando afivelar o cinto de segurança.

A polícia me perguntou sobre o retiro. Eu falei tudo o que sabia. Eles me perguntaram por que não soou meu alarme antes. Repeti várias vezes o que eu já tinha dito a eles.

— Então você não ficou surpreso por ela não ter entrado em contato?

— Como eu disse — lembrei a eles —, eu não estava esperando notícias dela por mais dois dias.

O que não me saía da cabeça era a estatística sobre a maioria das pessoas desaparecidas surgir nas quarenta e oito horas seguintes. Era uma constatação que aparecia o tempo todo nos lugares onde eu procurei quando estava no trem tentando descobrir como dar parte do desaparecimento de uma pessoa, tentando descobrir o que a polícia realmente fazia em uma situação assim — e eu acho que, para a maioria das pessoas, o que tranquilizava era a estatística.

Mas Emmy e Bear estavam desaparecidos por três dias inteiros agora.

A explicação mais provável, sugeriu um dos policiais, era que Emmy só precisava se afastar e espairecer a cabeça um pouco. Isso acontecia. As pessoas faziam isso. Eu já tinha checado nossa conta bancária conjunta em busca de transações? Ela provavelmente estava passando uma temporada agradável em algum spa no sudoeste do país ou algo do tipo, sem ter ideia de toda essa algazarra que estava acontecendo em casa.

Irene não parecia convencida.

Eu suspeito que o que ela estava pensando era que, se Emmy fosse apostar em um sumiço desses, típico de uma obra de Agatha Christie, ela teria discutido, repassado e planejado com Irene primeiro.

Eu achava difícil contestar essa lógica.

O que parecia deixar a polícia mais preocupada era se Emmy estava deprimida, se ela tinha me relatado quaisquer impulsos autodestrutivos ou sentimentos de baixa autoestima, se estava mostrando quaisquer sinais de depressão pós-parto.

Balancei a cabeça com firmeza.

Eles me fizeram um monte de perguntas sobre meu paradeiro nos dias anteriores, perguntas cuja relevância eu não entendia totalmente até que repassei tudo na cabeça novamente mais tarde.

Nós estávamos passando por qualquer preocupação financeira atualmente? Eu achava que existia alguma possibilidade de ela ter conhecido outra pessoa?

— Escutem — disse. — Eu sinto muito, sei que vocês só estão tentando eliminar as explicações mais óbvias primeiro, mas, por favor, me escutem. Minha mulher não foi embora ou fugiu ou decidiu desaparecer. Ela foi raptada por alguém. Aquele homem, o motorista. Vocês precisam encontrá-lo. Apenas olhem o feed dela. Tem fotos, vídeos. Ela achava que ia passar cinco dias em um retiro. Foi isso o que ela disse a todo mundo. Ela estava se comportando de maneira completamente normal.

Acontece que metade dos computadores do prédio tinham as redes sociais automaticamente desabilitadas. Pelo menos dois não ligavam de jeito nenhum. Finalmente, Irene pegou seu telefone e mostramos a eles o feed de Emmy, parados no único canto da sala onde o sinal era bom.

Eu acho que foi só depois que Irene fez login na conta de Emmy e começou a lhes mostrar os tipos de mensagens diretas que as pessoas mandavam que eles de fato começaram a nos levar a sério.

— Só olhem — ela disse a eles, o polegar dobrando e esticando, rolando mensagem após mensagem após mensagem. De fato, havia as bajulações usuais, mas intercaladas com outro tipo de mensagem, algumas que destilavam maldade real, de dar frio na espinha. Essas eram anônimas, em sua maioria, embora nem todas. As mesmas palavras afloravam repetidas vezes. Ameaças. Agressões. Irene clicou em uma das mensagens para mostrar quem tinha enviado. O perfil mostrava uma mulher, uma mulher de meia-idade com uma aparência normal, com uma camisa polo segurando uma taça de vinho branco em uma varanda, em algum lugar ensolarado. A mensagem que ela mandara falava que Emmy era uma mãe de merda e que Coco merecia engasgar com uma uva inteira. Havia alguém sem seguidores, sem posts e sem foto de perfil dizendo a Emmy que desejava que sua família inteira — minha família inteira — morresse em um acidente de carro. Um pouco mais abaixo, uma foto dos testículos de um cara, tirada por trás. Levei uns minutos para entender como ele mesmo tinha conseguido tirar a foto daquele ângulo. Depois, mais um monte de raiva e rancor pessoais gratuitos, em cada tópico possível, desde a cor do cabelo dela até o nome dos nossos filhos.

Senti de verdade um vislumbre de alguma versão do inferno. Todo aquele ódio. Toda aquela maldade. Toda aquela inveja. Toda aquela raiva.

— Ela nunca... — eu disse. — Eu não...

Eu ficava dizendo que precisava de um minuto, para tentar processar tudo isso, e então percebi que era coisa demais para processar, não importa quantos minutos eu tivesse.

Na tela de Irene havia uma mensagem de uma mulher que literalmente ficava mandando fotos de cocô de cachorro para a minha esposa. Uma silhueta em um círculo cinza que queria debater com ela em pessoa sobre questões de saúde mental. Um cara que queria que ela lhe mandasse uma garrafa de seu leite materno.

Emmy podia estar nas mãos de qualquer uma dessas pessoas. Emmy e Bear. Duas das pessoas que eu mais amava no mundo. Meu menininho, um bebê de oito semanas que mal conseguia erguer a cabeça ou até mesmo virá-la, que mal aprendera a sorrir. A criatura mais inocente, plácida, linda e indefesa do mundo. Minha mulher, a pessoa com quem eu escolhera passar o resto da vida. A pessoa com quem eu soubera que me casaria no momento que a conheci. Que ainda era, apesar de tudo, minha melhor amiga.

Então me dei conta de que a última coisa que eu falei para Emmy quando ela estava indo embora não foi "Eu te amo" ou "Vou sentir saudades" ou "Vamos conversar direito quando você voltar" — foi algum comentariozinho ríspido sobre a bagagem.

Pela primeira vez em muitos dias, meu pensamento a respeito de Emmy não tinha nada a ver com o fato de que nossas vidas tinham se tornado complicadas, nem com os problemas do nosso casamento, nem se existia alguma coisa que podíamos fazer para salvá-lo.

Em vez disso, pensei na noite que conheci Emmy. Seu sorriso. Sua risada.

Pensei no nosso primeiro encontro, na cor do céu naquela noite de final do verão enquanto voltávamos do zoológico caminhando ao longo do canal, de mãos dadas.

Pensei em todas as nossas piadas internas, todas as referências secretas que ninguém mais no mundo jamais entenderia, todos os bordões e nomes engraçados dados às coisas que Bear e Coco cresceriam pensando que fossem normais e um dia perceberiam que eram peculiares de nossa família.

Pensei na nossa lua de mel, na noite de núpcias, quando ficamos tão bêbados na praia que tivemos que nos carregar de volta ao hotel, e na manhã seguinte acordamos inteiramente vestidos e de bruços em um emaranhado de toalhas ainda dobradas em formatos de animais em uma cama coberta de pétalas de rosas. Pensei na manhã em que descobrimos que Emmy estava grávida de Coco, as lágrimas de felicidade, a força que eu pude sentir quando ela me abraçou, o palito do teste ainda na mão. Pensei em todas aquelas noites na frente da TV, um inverno inteiro de Netflix e consultas no hospital e exames e cervejas sem álcool. Eu me lembrei do dia em que Coco nasceu, do primeiro momento que nos entregaram o bebê para segurarmos, o olhar no rosto de Emmy, o brilho. Eu me lembrei daquela tarde, depois que chegamos em casa, sozinhos na casa com o bebê pela primeira vez, aquele sentimento assustador de não ter ideia do que fazer.

Pelo menos naquela época eu tinha outra pessoa com quem compartilhar aquela sensação.

A polícia disse que fariam uma coletiva de imprensa na manhã seguinte. Perguntaram se tinha uma foto de Emmy, Bear e eu juntos, uma foto de todos nós sorrindo.

Respondi que achava que provavelmente conseguiria encontrar uma. Não acho que eles perceberam inteiramente a ironia da pergunta que fizeram.

Irene e eu fomos embora. Presumi que íamos para casa, e já estávamos no táxi havia dez minutos quando percebi que partíamos na direção errada.

Eu disse algo como "Ei" e girei no banco.

— Se acalme, Dan — disse Irene. — Não temos tempo para dar mole.

Ela havia feito um post no feed da Emmy antes mesmo de sairmos da delegacia. Era uma mensagem simples e direta dizendo quando Emmy desapareceu, descrevendo o carro e o motorista, descrevendo o que ela estava usando e perguntando se alguém a tinha visto juntamente com Bear.

Levamos cerca de quinze minutos para chegar à casa de Irene. Durante todo o caminho ficamos os dois grudados nos nossos telefones. Eu me lembro que o motorista nos fez uma pergunta amigável em algum momento e, ao não obter resposta, resmungou sozinho. Nós dois o ignoramos. Embaixo do post de Irene na conta da Mama_semfiltro, os comentários estavam jorrando mais rápido do que eu conseguia rolar a tela para vê-los. Muitos eram longas mensagens sobre como esperavam que Emmy estivesse bem e mandando amor e deixando registrado que estavam pensando nela. Cerca de cinco minutos depois, havia pencas de gente afirmando que a história toda era uma farsa. Cerca de dez minutos depois, todo tipo de pessoa estava especulando livremente sobre o que estava acontecendo, com base em absolutamente nada.

A internet às vezes pode realmente acabar com sua fé no espírito humano.

Por outro lado, quando chegamos no apartamento de Irene, alguém já havia avistado uma placa de estrada em um dos stories de Emmy, ampliado e identificado a metade de baixo das letras "enham". Houve muito burburinho sobre Cheltenham por um tempo. Depois alguém mencionou Twickenham. Isso parecia mais provável, dado o tempo que Emmy estaria viajando na altura em que fez o post.

O carro de Irene estava estacionado próximo ao seu prédio. Eu nunca tinha visto onde ela morava antes. Era um prédio *art déco*, em algum ponto de Bayswater, com maçanetas de bronze na porta da frente e, no saguão, uma mesa de mármore com um sujeito atrás. O carro era um clássico MG de dois lugares, azul-claro. Dentro, tinha o cheiro forte de fumaça velha de cigarro.

Estava escurecendo quando chegamos à A316. Falei com Doreen. Coco estava na cama e Doreen tinha concordado em passar a noite. Passamos por Chiswick. Cruzamos o rio. Até chegarmos a Richmond, alguém tinha identificado um ponto de apoio de estrada ao fundo de um dos stories de Emmy como o que ficava perto da A309, logo antes de atravessar Thames Ditton.

Se fosse o caso, a direção que já estávamos seguindo fazia sentido.

O que te faz ter tanta certeza de que era esse ponto de apoio específico?, alguém perguntou.

Eles assinalaram o boneco acenando na área de entrada, o manequim de macacão com o sorriso pintado e o braço balançando. Notaram sua cabeça lascada fácil de identificar, a figura castigada pelo tempo. Listaram todas as coisas que você veria se invertesse a foto 180 graus — a loja de batatas fritas do outro lado da estrada, a banca de jornal, o restaurante chinês fechado com jornais cobrindo todas as janelas.

Estava bom o suficiente para nós.

Não falávamos muito, Irene e eu. Ela estava dirigindo, e eu estava tentando acompanhar o que acontecia on-line.

O que acontecia on-line era que a comunidade inteira estava reunida. O restante do grupo — não tenho certeza se pelo comando de Irene ou por vontade própria

— já tinha amplificado nosso pedido de ajuda. E não só o restante do grupo. Todos os outros indivíduos, todos os seguidores. Pessoas na Escócia, no País de Gales, nos Estados Unidos. Como se revelou, tivemos sorte com essa união de forças. Foi uma mulher no Arizona, uma expatriada, a primeira a sugerir que um conjunto de árvores e uma área verde ao fundo do story seguinte de Emmy era Claremont Park, no ponto que margeia ao longo da A307, a primeira a perceber que, se olhássemos com cuidado, podíamos ter um vislumbre de um lago à distância.

Naquele mesmo momento, eu avistei uma placa do Patrimônio Nacional com o nome do parque se aproximando à nossa esquerda. Alguns minutos mais tarde, passamos por outro sinal indicando onde virar para o parque.

Enquanto dirigíamos, a paisagem escurecia ao nosso redor. Estávamos viajando agora por pelo menos uma hora e meia. O último dos stories de Emmy havia sido postado por volta de meio-dia e quarenta do dia em que ela e Bear desapareceram. Mostrava o carro saindo da estrada principal para uma estrada mais estreita, ladeada por uma sebe com um canal correndo em sua extensão. A legenda do story era "Que m*rda é essa...?". Era profundamente perturbador assistir aos vídeos enquanto dirigíamos pela mesma paisagem, sabendo o que sabíamos agora. O que me deixava com um nó na garganta era pensar que, se alguma coisa horrível tivesse acontecido com Emmy, essa seria a filmagem que estaria no noticiário, comovente e fascinante, como a última aparição granulada de alguém captada em uma câmera de vigilância antes de uma tragédia horrorosa ou um crime horrível.

Eu juro que houve horas naquela tarde em que um bilhete de resgate teria sido um alívio.

— Ali — eu disse de repente, quando estávamos quase passando da saída.

Irene pisou no freio com força, olhou para trás, deu marcha a ré.

— Tem certeza? — ela me perguntou.

Assenti.

Nós dois examinamos a estrada comprida, estreita, ladeada por cerca viva. Chequei mais uma vez a imagem pausada no meu telefone.

— É aqui — confirmei.

Era uma dessas estradinhas do interior onde eu detesto dirigir na maioria das vezes, do tipo pela qual você acaba passando quando está de férias. Onde você fica com medo de vir alguma coisa do lado oposto, porque não existe nenhum lugar para passar ou parar e um dos dois simplesmente vai ter que voltar muito e alguma hora tentar se enfiar em um microespaço perto de um portão ou em algum ponto em que a estrada se alarga só um pouco e você espera que não acabe arranhando o carro alugado ou jogando-o no canal.

Irene estava indo a oitenta quilômetros por hora. Dava para ouvir espinhos arranhando a pintura, galhos batendo contra os espelhos retrovisores.

Passamos por diversos buracos nos arbustos, diversos portões se abrindo para o que pareciam ser campos vazios. Só depois de quase dez minutos foi que alcançamos a casa. Irene diminuiu a velocidade do carro até quase parar enquanto nós dois examinávamos a entrada. Nenhuma luz acesa. Nenhum sinal de carro.

— O que você acha? — perguntou ela.

— Eu não sei.

Continuamos seguindo. À frente da estrada começou uma curva. Dois minutos depois paramos em frente a um portão. Eu saí do carro primeiro. O portão estava fechado. No lado mais afastado, havia um campo morro abaixo. Subindo na grade mais baixa do portão, pude olhar até onde um pequeno riacho marcava o limite. Em algum lugar na copa de árvores próximas um pombo-torcaz estava arrulhando. Eu podia ouvir o zumbido fraco dos fios de eletricidade pendurados de um poste a outro atravessando o meio do campo.

Olhei para Irene e balancei a cabeça.

Havia apenas um lugar onde um carro — a menos que fosse um trator — que subisse a estrada poderia ter ido.

Irene virou o carro.

Era uma sensação estranha, saber que Emmy e Bear tinham estado aqui, saber que eles tinham passado por essa mesma estrada, visto esses mesmos arbustos. Imaginei em que ponto Emmy teria percebido que havia alguma coisa errada, que esse não era o lugar para onde eles deveriam estar indo. Isso era quase a coisa mais difícil de imaginar, de pensar. Eu não tinha dúvidas de que seu primeiro pensamento teria sido Bear, protegê-lo. Será que ela tinha tentado escapar? Será que tinha tentado argumentar com eles? Negociar?

Subindo a metade do caminho da entrada de carros, Irene apontou que a porta da garagem estava entreaberta. Estacionou na frente da casa, deixando os faróis ligados. A minha porta já estava aberta e comecei a sair do carro antes mesmo que ele parasse completamente. Era uma daquelas garagens construídas dentro da casa, com um quarto em cima. As portas duplas da garagem eram de madeira velha com a pintura desgastada em alguns lugares. Puxei uma para abrir e depois a outra.

Fora uma geladeira e um quadrado de tapete com algum óleo no meio do chão de cimento, a garagem estava vazia. Dois degraus de azulejos levavam ao resto da casa. Tentei a porta. Ela abriu.

Atrás de mim eu podia ouvir Irene falando com alguém no telefone. A polícia, presumo.

O quarto do lado oposto à porta estava escuro. Parecia algum tipo de depósito. A janela no jardim dos fundos era fosca, deixando entrar pouca luz. Eu tive a impressão de ver cadeiras e mesas empilhadas embaixo de lençóis, pilhas de caixas de plástico. Tateei procurando um interruptor de luz, mas não encontrei. Havia uma espécie de caminho no meio do quarto pelo qual segui com cautela, e no final apalpei no escuro até encontrar a maçaneta de uma porta e então a abri.

— Emmy? — sussurrei.

A casa estava em silêncio. Lembrei-me da lanterna do celular e o tirei do bolso. Eu estava na sala de estar da casa. Na minha frente havia um sofá e um par de poltronas, e além dos móveis uma porta que devia levar à cozinha. À minha direita, estava a mesa de jantar, vazia, exceto pelo que parecia ser alguma correspondência antiga fechada. À minha esquerda estava a escada.

— Emmy?

Iluminei a cozinha uma vez com a lanterna do celular, não detectando nada fora do comum. Uma porta de vidro dava para o jardim dos fundos. Um único prato na bancada. Tanto as cortinas da cozinha quanto as da sala estavam fechadas. Do lado de fora, no cascalho, eu conseguia ouvir Irene andando, me chamando, chamando Emmy. Foi quando eu os vi, perto da porta.

Os sapatos de Emmy.

Eu já me vi no meio da escada, gritando o nome da minha mulher o mais alto que conseguia, antes mesmo de saber o que eu estava fazendo. Três degraus de cada vez, batendo na parede onde a escada fazia a curva, disparei para cima no escuro. Tive sorte de não quebrar a porra do pescoço, principalmente no topo, quando o último degrau pegou a ponta do meu tênis e quase me fez voar. A primeira porta que abri era de um banheiro. Chequei a banheira. Abri a cortina do chuveiro.

Nada ali.

O segundo quarto que tentei era pintado de rosa, com um tom mais claro na parte de cima para parecer um pequeno balão de ar quente, um pequeno urso de pelúcia na cesta do balão. Havia um berço no canto. O berço estava vazio.

A terceira porta que abri revelou um quarto com cortinas fechadas e uma cama no meio. Dei um passo para trás. O cheiro era insuportável. Do andar de cima, eu conseguia ouvir Irene tropeçando no escuro, xingando.

— Aqui em cima — tentei gritar, então percebi que minha garganta estava tão seca que eu mal conseguia murmurar.

No canto do quarto, piscando, havia algum tipo de soro pendurado com um monitor anexado. De lá, saía um tubo. Eu podia ver sua silhueta descendo para o que quer que estivesse embaixo dos cobertores em cima da cama.

Merda. Essa era uma das coisas cujo cheiro eu podia sentir. Merda velha. Vômito também.

Escutei. Eu não conseguia escutar nenhuma respiração. Corri a lanterna por cima dos cobertores — marrons, grossos, de lã. Eu não conseguia ver nada se movendo.

— Emmy? — chamei.

Nenhuma resposta.

Encontrei o interruptor e acendi a luz. Dei dois passos à frente e puxei o cobertor.

Emmy estava deitada de costas com a boca aberta, alguma coisa presa no seu braço, muito pálida, os lençóis encharcados, as roupas que usava ensopadas.

— Irene! — gritei. — Aqui em cima!

Acho que provavelmente gritei alguma coisa sobre chamar uma ambulância também. Alguma coisa sobre checar os outros quartos.

Tentei me lembrar de como ensinavam a checar o pulso nos escoteiros. Eu não conseguia ouvir nada. A pele de Emmy estava fria, pegajosa.

Então eu senti. Fraco, muito fraco. Tão fraco que primeiro não tive certeza se estava imaginando, apenas sentindo a pulsação do meu próprio coração latejando nos meus dedos.

Ela estava inconsciente.

Toquei no seu rosto com delicadeza.

Nenhuma resposta.

Eu me inclinei por cima dela, chamei seu nome, balancei seu ombro. Nada aconteceu. Balancei com mais força, tentei levantá-la um pouco. Sua cabeça se curvou para a frente. Tentei abrir uma de suas pálpebras com meu polegar. Ela não ofereceu qualquer resistência. Levei a luz do meu telefone diretamente até seu olho aberto.

Ela deu um gemido muito fraco.

Eu me dei conta de que Irene estava parada na porta. Ela parecia não saber se ultrapassava a soleira da porta, o que fazer a seguir. Ela me perguntou se Emmy estava bem.

— Ela está viva — disse. — Está viva com certeza.

— E Bear? — perguntou.

Balancei a cabeça.

— Não está aqui — falei.

Havia um pouco de vômito esbranquiçado no travesseiro. Havia mais no cabelo de Emmy. Eu virei o braço dela para olhar onde o tubo estava preso, para ver onde ele estava engatado nela. O que quer que tinha na bolsa já havia acabado.

— Bear? Bear?

Eu podia ouvir Irene abrindo as portas remanescentes do corredor, escancarando portas de armários e examinando embaixo de camas e dentro de guarda-roupas, fazendo um rebuliço.

Emmy vai saber, eu pensei. Emmy poderá nos contar o que aconteceu, quem fez isso, o que houve com Bear. Enterrando meus dedos nos ombros dela, eu a balancei, mais forte e com mais urgência do que a maneira como a havia sacudido antes.

Emmy deixou escapar outro pequeno gemido. Seus lábios estavam ressecados e rachados. Seu rosto parecia chupado. Ela mal respirava. Mas estava viva.

— Emmy? Emmy, você consegue me ouvir?

Um som que poderia ser quase qualquer coisa passou pelos seus lábios.

Sua língua parecia inchada, ferida.

— Emmy, onde está o Bear? O que aconteceu com o Bear, Emmy?

Foi só quando eu estava tentando levantá-la da cama, tentando puxar as suas pernas para o lado e deixá-la ereta, que percebi que eu não precisava da Emmy para me contar onde meu filho estava.

Meu filho bebê, cinza e inerte, jazia encolhido no colchão do lado dela. Ele estava tão pequeno, tão imóvel, que eu nem tinha reparado. Eu estava praticamente ajoelhado em cima dele.

Eu nunca o vira parecer tão pequeno.

Quando o peguei no colo, ele estava tão leve que era como levantar alguma coisa oca, uma palha.

Seus olhos estavam bem fechados, seus lábios inchados entreabertos, quase roxos. Eu o levantei até minha orelha e não consegui ouvi-lo respirando. Continuei checando seus pulsos, seu pescoço, por uma pulsação, pela oscilação, por menor que fosse, de uma pulsação. Nada.

Foi certamente o pior momento da minha vida.

Irene falava comigo da porta, mas era como se alguém tentasse se fazer ouvir através de um vento estridente sobre um rio extenso.

Quando abri os olhos do meu filho e foquei a luz neles, estavam tão opacos e sem vida quanto os olhos de um peixe em uma tábua.

Emmy

Dan sempre faz uma pausa nessa hora. Fecha o livro. Inspira profundamente. Cerra os olhos. Como se estivesse revivendo o momento. Como se estivesse assolado pela emoção.

Deve haver trezentas pessoas nessa tenda. Parece que cada uma delas está segurando o fôlego.

Dan olha em volta, localiza seu copo de água, toma um gole. Seu polegar ainda está no ponto onde ele parou de ler no livro que segura contra o peito. Posso ver a foto de nós dois de mãos dadas, olhando de maneira profunda um nos olhos do outro, na parte de trás da sobrecapa. *Esses quadradinhos: Abrindo o jogo*, por Mama_semfiltro e Papa_semfiltro. Meio milhão de exemplares vendidos nos primeiros seis meses.

— Me desculpem — pede ele, a voz vacilando um pouco, endereçando suas palavras para algum lugar acima do público, em direção ao teto da tenda. Ele coloca o copo de volta enquanto pigarreia.

Meu Deus, que canastrão.

Em cada rosto posso ver a mesma expressão de preocupação empática. A mesma expressão que eu costumava ganhar quando compartilhava minhas lutas maternas com uma sala de mães pagantes. Merda, ele talvez seja realmente *melhor* do que eu nisso. Eu diria que 80% dos olhos cravados no meu marido estão pelo menos um pouco marejados. Na terceira ou na quarta fila, uma mulher está assoando o nariz bem alto. Uma garota na primeira fila está com o braço em volta dos ombros trêmulos da amiga.

Eu estou imaginando ou Dan faz um gesto ligeiro e breve como se estivesse enxugando uma lágrima do olho? Se for, trata-se de um novo floreio. Fico pensando há quanto tempo ele planejou isso. Ele certamente não fez esse gesto da última vez que participamos de um desses festivais de leitura em Edimburgo há duas semanas.

Não me entenda mal, acho que essa foi a parte mais difícil de escrever, tanto para mim quanto para Dan. Por termos tido que nos forçar a passar por tudo aquilo novamente. Na verdade, para ser sincera, eu mal me lembro de estar no hospital, muito menos naquela casa horrível. Enquanto está permanentemente gravado na memória de Dan, eu tenho apenas uma vaga sensação daquelas horas terríveis.

Eles me disseram que a primeiríssima coisa que eu fiz, quando acordei naquela cama fedorenta, e depois de novo na enfermaria do hospital, foi perguntar onde o Bear estava. Me lembro da claridade do quarto, do teto desconhecido, da expressão no rosto de Dan. Eles estavam fazendo tudo o que podiam, dissera. Bear estava *muito* desnutrido, *muito* fraco, *muito* desidratado. Ainda bem que a ambulância chegou lá rápido. Ainda bem que Dan e Irene não tinham chegado uma hora ou duas mais tarde.

A polícia encontrou o carro da mulher, abandonado, em um estacionamento em algum lugar na costa sul, a cerca de noventa minutos de viagem. Sua aliança estava no porta-luvas. Seus sapatos estavam no chão, na frente. Jill, esse era o seu nome. Eles descobriram por causa de um passe de estacionamento de um hospital que estava no painel.

— Nos meus dias mais sombrios, nas noites mais difíceis, amaldiçoei o Instagram, questionei se eu realmente deveria compartilhar a minha vida com o que agora são quase dois milhões de vocês, como Papa_semfiltro. É óbvio, eu entendo a urgência da minha mulher de se desligar totalmente das redes sociais, e respeito completamente. Mas, como escritor, eu me senti compelido a fazer a única coisa que eu sei fazer, para processar aqueles momentos terríveis. Que é escrever a minha história, a *nossa* história, junto com minha parceira incrível, minha sábia e iluminada mulher. Em parte, precisamos agradecer à nossa talentosa editora por isso também.

Dan sorri para a mulher de pé à esquerda do palco segurando o que eu percebo ser uma bolsa Prada *muito* cara.

— Eu sei que seria fácil culpar as redes sociais pelo que aconteceu conosco, pelo sofrimento que aquela mulher terrível infligiu à nossa família — diz Dan, balançando a cabeça, mordendo o lábio. — Talvez, e eu sei que isso é uma coisa horrível de se dizer, seja um pouco mais fácil pelo fato de eu saber que *aquela mulher* está morta e não pode nos machucar mais do que já nos machucou. Mas o que eu também descobri no processo de escrever esse livro, que agora, de maneira extraordinária, se tornou um best-seller do *Sunday Times* e do *New York Times*, é que, quando realmente precisamos, essa comunidade maravilhosa compareceu. Que, para cada alma ruim como a de Jill, pronta para fazer mal sem motivo algum, há mil corações transbordando de bondade.

Examino a tenda — reparando em minha mãe nos fundos, pegando outra taça de prosecco da área VIP cercada, cambaleando um pouco nos seus saltos altos — e me pergunto o que eles achariam se soubessem a verdade. O motivo pelo qual aquela mulher lunática me culpou pela morte da filha e da neta.

Eu não soube por um longo tempo. Dan não me contou nada sobre a carta até eu recuperar um pouco de força. Com os olhos de águia que ela normalmente reserva aos contratos, Irene reparou no meu nome em um envelope marrom em cima da mesa da sala e, antes de a polícia chegar na casa — enquanto Dan estava gritando, embalando o corpo mole de nosso filho nos braços —, ela o guardou.

Minha agente é realmente imperturbável.

Ela levou pelo menos quinze dias para contar a Dan sobre a carta, provavelmente enquanto observava como a tempestade da mídia evoluía, como a situação resultaria para nós. Se valia realmente a pena permanecer conosco. Ela observou enquanto a história me transformava em uma genuína e legítima celebridade — não apenas Instafamosa, mas *famosa*. Houve estações de rádio da Indonésia, programas de entrevistas australianos, noticiários de canais pagos norte-americanos, *Newsnight* e *Panorama* e até mesmo *Ellen*, todos clamando por entrevistas.

E mais importante, ela monitorou a reação de Dan à aclamação global — como ele lidou com as notícias intermináveis sobre o romancista-que-virou-detetive que, quando a situação exigiu, se transformou em um misto de Sebastian Faulks e Sherlock Holmes para salvar a esposa e o filho da morte certa. O fato de Irene ter dado a eles uma foto do autor de uma década atrás não tinha feito mal.

E todo o interesse internacional, a atenção mundial? Dan amou tudo aquilo.

Quando eles me mostraram as páginas digitadas de Jill, sua confissão, praticamente toda a história da sua vida, meu marido já tinha proposto um livro, de memórias, baseado nos eventos envolvendo meu sequestro, utilizando-o como ponto de partida para explorar o lado sombrio da fama na internet. Os motivos pessoais de Jill não foram incluídos.

Já os motivos de Winter, por outro lado, foram muito mencionados. Dan manteve o que ela fez em segredo por um tempo — para ser honesta, acho que ele esqueceu sobre as fotos roubadas até eu perguntar por que ela não tinha nos visitado no hospital. Tenho que admitir que encenar a invasão mostrou um nível de competência que eu nunca lhe dera crédito, sem mencionar continuar a encenação quando Dan estava explodindo pela conta #rp — mesmo a idiota tendo usado sua própria conta PayPal para embolsar o dinheiro pelas fotos.

Winter começou, segundo ela, pegando coisas pequenas, a maioria presentes, com os quais ela sabia que eu não me importaria nem daria falta, mas que ela poderia facilmente vender no eBay. Quando virou uma bola de neve e ela achou que eu começaria a perceber — a jaqueta Acne de duas mil libras e as botas Burberry foram o ponto de virada —, ela decidiu encobrir seus rastros com a janela quebrada e o notebook roubado. Apenas quando Becket a enxotou do seu ninho de amor, e ela ficou total e absolutamente dura com dívidas do cartão de crédito até o topo de seu chapéu Fedora, foi que ela teve a ideia de vender minhas fotos como conteúdo apenas para fãs especiais, por meio de um dos fóruns que eu pedi para ela monitorar. Ela não achou que seria um grande problema vender algumas fotos, disse, eram só as extras que não tínhamos usado.

Há uma longa entrevista no livro com Pamela Fielding também, praticamente um capítulo inteiro, tudo sobre seus problemas em casa, suas dificuldades na escola, a legitimação que ela achou que poderia encontrar on-line, as fantasias elaboradas de vida familiar que ela construiu. Eu me peguei sentindo pena dela no fim, na verdade. Acho que nós dois sentimos.

Ficou decidido — provavelmente com razão — que minha gloriosa reentrada no mundo das redes sociais pareceria cínica demais após tudo o que havia acontecido. Muito melhor deixar Dan assumir minha conta, renomeando de Papa_semfiltro, se apropriar dos meus seguidores, promover seu livro on-line e registrar nossa recuperação familiar lentamente e em curso do quase inimaginável terror. Irene sabia, a essa altura, com oferta após oferta rolando da ITV, Sky, NBC, que minha carreira iria se tornar estratosférica. Quando saí do hospital, ela já tinha aceitado provisoriamente meu programa de entrevistas sobre família, *Mama Sem Filtro*.

Por sorte, Dan é melhor em tudo isso, mais do que eu jamais imaginara. Ele gosta de brincar que, para as redes sociais, ele apenas escreve como se alguém tivesse eliminado vinte pontos do seu QI ou arremessado um tijolo na sua cabeça. Também é chocante como todo mundo é muito mais gentil com ele — seus comentários são só corações, piscadelas e mensagens diretas atrevidas sobre como ele pode salvá-las de um perseguidor assassino na hora que ele quiser.

Será que Dan teria dois milhões de seguidores hoje se as pessoas soubessem o que realmente levou aquela mulher a fazer o que fez? Provavelmente não. Por outro lado, quem sabe se foi realmente o meu conselho que a filha seguiu? Ela podia facilmente ter lido aquilo no *Mumsnet* ou ouvido de alguma outra influenciadora. Sinto muito pelo que aconteceu com ela, com seu bebê, óbvio que sinto, mas por que eu deveria me sentir culpada? Nunca aleguei ser especialista em nada — muito menos em assuntos de maternidade. A verdade é que tudo o que eu sempre fiz foi falar para as pessoas o que elas já queriam ouvir.

Irene certamente não achou que toda a confusão da história funcionaria para Dan e para mim, em termos de marca. Melhor manter Jill indefinida, calculou ela, a encarnação de uma mulher bicho-papão virtual sem motivo para assustar. Fiquei ligeiramente surpresa de ver que Dan em pouquíssimo tempo chegou ao mesmo ponto de vista. Ele considerou, após alguma reflexão, que dessa maneira a história ficava mais vibrante, em certo sentido. Um romance policial para a era das redes sociais, um convite oportuno para refletir sobre todo o nosso comportamento on-line, uma lembrança dos perigos que se escondem nas sombras do cotidiano. Era também, de fato, uma boa maneira de assegurar que nós figurássemos como os heróis intocáveis da nossa história.

Por motivos semelhantes, foi talvez uma coisa boa Polly não querer ser entrevistada para o livro. Eu estava dormindo quando ela foi me visitar no hospital, ainda conectada a soros e monitores apitando. Ela levou flores e deixou um cartão para dizer que estava feliz por eu estar bem, por Bear estar bem. Eu não soube dela desde então, apesar de ter mandado e-mails e ligado muitas, muitas vezes.

Dan avaliou que provavelmente isso foi melhor também. Melhor, ele sugeriu, manter toda a história com Polly o mais imaginativa e indireta possível, tanto pelo bem dela quanto pelo nosso.

Ele era o contador de histórias. Deixe que eu assumo o comando, disse ele.

Quinhentos mil livros vendidos até agora sugerem que ele não estava errado.

Eu o observo no palco, parecendo mais com aquela foto de autor antiga como há muitos anos não parecia e sinto um leve frio na barriga.

— Mesmo depois de tudo ter acontecido, minha mulher e eu — diz ele, fazendo um movimento para os fundos da tenda, onde eu estou em pé entre o estande com as cópias autografadas do nosso livro e uma Coco resmungando — somos eternamente gratos. — Vejo trezentos pescoços se esticarem para me ver e ouço um suspiro audível, uma ou duas pessoas até batem palmas aqui e ali, quando percebem minha barriga de seis meses de gravidez.

Doreen, que está parada na frente do palco o tempo todo, permite que Bear avance cambaleando e suba no colo do pai. Nosso menino, nosso menino querido, apenas a alguns meses agora do seu segundo aniversário e tão saudável e bagunceiro como qualquer um desejaria.

Quando as cabeças se viram de volta, não há um olho sem lágrimas no recinto.

É muito mais difícil do que você poderia imaginar, estar morta.

Legalmente morta, quero dizer. Supostamente desaparecida.

Para começar, você não pode simplesmente telefonar e comprar um ingresso para uma palestra em um festival literário e pagar com seu cartão de crédito.

Só posso usar dinheiro vivo esses dias. Só dinheiro vivo, e a grana é curta e frugal.

Às vezes, eu fico tentada, pensando em todas as economias da minha vida, paradas na conta do banco. Às vezes eu me pergunto o que aconteceria se eu tentasse retirá-las. Você também ficaria tentado, se visse alguns dos lugares onde morei nos últimos dezoito meses, alguns dos trabalhos que fiz para manter corpo e alma sãos.

Era a minha intenção. Esse sempre foi o plano. Assim que eu tive certeza, assim que consegui o que tinha planejado.

Tudo o que eu precisava era de um pouco mais de tempo. Algumas horas provavelmente seriam suficientes. Metade de um dia, no máximo. Quando olhei para Emmy e Bear *pela última vez, não havia sinais de movimento, nenhuma agitação entre as roupas de cama.*

Eu estava acompanhando de perto a conta dela no Instagram, é óbvio. Vi o aviso de que ela estava desaparecida. Então vi todas as pessoas contribuindo, ajudando a identificar os pontos de referência de seu vídeo. Pude vê-los reconstituindo a rota, se aproximando.

Foi tudo tão rápido. A coisa toda desmoronou com tanta velocidade.

Mesmo quando cheguei à praia, pensei que ainda fosse conseguir. Estacionei, tirei os anéis e coloquei meu telefone e minha bolsa no porta-luvas, como se eu fosse dar um mergulho. Era o lugar que eu sempre reparava quando passava dirigindo, anos atrás, por causa de todas as placas sobre a correnteza, todos os avisos sobre a ressaca. Um lugar sinistro, ermo, com uma praia acinzentada que parecia se estender até quase o horizonte na maré baixa, depois parecia desaparecer em minutos assim que a maré começava a subir.

Teria sido tão fácil. Eu cheguei lá na hora que a maré estava virando, na hora que a noite começava a cair. Tudo o que eu precisava fazer era andar pela areia e continuar andando.

Não foi o amor pela vida que me impediu. Não foi o medo. Foi o pensamento de que eu tinha decepcionado Grace e Ailsa novamente. De que a justiça não tinha sido feita.

Foi saber, assistindo a todos os desdobramentos nas redes sociais, que essa história toda faria você ficar maior do que nunca.

Eu tentei destruí-la. Em vez disso, transformei você e sua família em notícia de primeira página. Emmy, a vítima.

Dan, o herói. Eu conseguia imaginar tudo. Haveria conversas de vocês sobre o seu calvário na hora do café da manhã na televisão. De mãos dadas no sofá. Falando sobre como o evento os fortaleceu como família.

Me lembro de encarar a praia e gritar com todo o poder dos meus pulmões, e o vento me golpear abafando o som. Eu podia sentir a areia ou talvez a chuva batendo no meu casaco. Meu rosto estava molhado e frio com lágrimas e eu continuei gritando até que estivesse somente tossindo e chorando e tossindo, a garganta seca e doendo.

Nunca em minha vida eu sentira raiva daquela maneira, um ódio tão devorador — de mim mesma, de todo mundo e de tudo agora. Um desespero tão absoluto. E isso foi antes de eu saber como você me descreveria no livro.

Como uma perseguidora, uma solitária, alguém "cujas verdadeiras motivações possam nunca ser conhecidas". Estou citando suas palavras exatas. Não há menção ao envelope que deixei para você, nenhuma tentativa de conectar o que eu fiz ao suicídio da minha filha ou à morte da minha neta. Nada assim. Em vez disso, havia apenas um monte de conversa fiada piedosa sobre como as pessoas têm inveja de quem tem uma vida pública, de como você e Dan tinham sido ingênuos e como a experiência toda lhes ensinou algumas duras lições. Em seguida, viria um trecho de revirar completamente o estômago sobre como, mesmo sendo impossível para qualquer pessoa saber o que se passava na minha cabeça, vocês dois esperam conseguir espaço nos seus corações para um dia me perdoar, de alguma forma.

Fiquei tentada a comprar uma cópia do livro quando cheguei essa tarde, me juntar à fila depois, pedir que os dois autografassem. Não é provável que você me reconheça

— não depois de todo o propofol, Emmy; mesmo que minha foto estivesse espalhada por todo o noticiário por alguns dias, Dan. Não com meu novo cabelo, minhas novas roupas, esses óculos. A foto que eles usaram era uma do meu cartão de identificação do hospital — uma foto velha, pixelada e desbotada, de muitos anos atrás. "O Rosto do Mal" era a manchete de um dos tabloides. Outra pessoa conseguiu encontrar — em algum lugar da internet — uma antiga fotografia minha com o George e a Grace, de férias em Maiorca por volta de 1995, todos sorridentes, todos com roupas de banho. Estou no momento carregando uma bolsa da Daunt Books, usando uma saia longa, uma camisa de linho azul-turquesa e sandálias. Não pareço com a mulher de nenhuma daquelas fotos. Nem me destaco na multidão.

Mesmo assim, não vejo sentido em correr riscos desnecessários.

Eu já consegui o que tinha estabelecido como meta hoje. Por toda a leitura, por toda a parte de perguntas e respostas, lá estava eu, a não mais do que seis metros de distância de você. Na quarta fila, de óculos escuros, com o panfleto. Observando você. Escutando. Me lembrando de toda a dor, o dano e a mágoa que você causou. Me lembrando de que ainda não terminou.

Um dia desses nós vamos nos ver de novo, Emmy. Nossos olhos vão se encontrar, e você vai desviá-los e não vai nem me olhar uma segunda vez.

Eu poderia ser a mulher sentada perto de você no ônibus, a mulher espremida contra você no metrô. Eu poderia ser a mulher que para e deixa o seu carrinho de compras passar no supermercado. Eu poderia ser a pessoa que es-

barra em você na escada rolante, que faz caretas para seus filhos do outro lado da mesa no trem, que pergunta se eles podem comer doces. Eu poderia ser a pessoa que se desculpa por empurrar você em uma plataforma lotada do metrô. Eu poderia ser a pessoa que se oferece para carregar seu carrinho de bebê em uma escada muito íngreme. A pessoa na frente de quem seu marido e seus filhos estão parados em um cruzamento movimentado. A pessoa que, com um esbarrão acidental no cotovelo, poderia fazer a bicicleta de um dos seus filhos sair da calçada e ir parar no meio do trânsito. A pessoa que você nem vai notar no parque. A pessoa esperando por aquele momento único em que sua atenção é desviada do novo bebê, quando você vira as costas para o carrinho, apenas por um segundo, para olhar um dos outros filhos.

Um dia desses.

Agradecimentos

Este livro nasceu durante umas férias que passamos com nossa bebê e amigos próximos, à beira de uma piscina excepcionalmente fria e com burros zurrando perto das janelas do quarto. Obrigada a Susan Henderson e Alicia Clarke, por aguentarem o início da trama, e a Matt Klose, por nos manter muito bem alimentados.

Obrigada a Holly Watt, por insistir tanto para que realmente escrevêssemos o livro — e por fornecer um excelente exemplo de como fazer isso direito, com *To The Lions* e *The Dead Line*. Catherine Jarvie, você também não desistiu de nos dizer que precisávamos terminar o trabalho, e por isso somos tão gratos — assim como por suas pérolas de sabedoria no enredo, sua empolgação com o livro em geral e sua leitura atenta com olhos de águia. Kaz Fairs, você nos provou novamente que é muito mais do que um rosto Beaty; obrigada por seu retorno e sugestões brilhantes. Obrigada também a Lesley McGuier e Zu Rafalat, por serem nossos primeiros leitores. Zu, sentimos saudades eternas.

O trabalho duro, a gentileza e a generosidade de muitas pessoas foram indispensáveis para concretizar esse projeto.

Por sua ajuda, conselho, amizade, incentivo e apoio ao longo dos anos, Paul gostaria de agradecer a: Cara Harvey, Dorothea Gibbs, Florence Gibbs, Sarah Jackson, Julia Jordan, Louise Joy, Eric Langley, David McAllister, Bran Nicol e outros colegas fantásticos em Surrey, Claire Sargent, Oli Sears, Jane Vlitos e Katy Vlitos.

Collette gostaria de agradecer a: Janette, Douglas e Martyn Lyons, Jacqui Kavanagh e Joel Kitzmiller, Rachel Lauder, Alice Wignall, Clare Ferguson, Amy Little, Kate Apostolov, Mark Smith, Sagar Shah, Eleanor O'Carroll, Tanya Petsa, Berverly Churchill, Jo Lee e Shelley Landale-Down.

Por assegurar que realmente tivéssemos tempo para escrever, obrigada a Karen, Linda, Claire, Anwara, Soraya, Stacey e Mel.

Sam McGuire e Amelie Crabb, continuem escrevendo suas histórias maravilhosas, mal podemos esperar para comprar seus livros um dia.

Nós dois gostaríamos de agradecer a nossas agentes Emma Finn, na C&W (obrigada, Susan Armstrong, por nos dar essa indicação — não conseguimos imaginar mãos mais capazes e uma ouvinte mais sábia, e nos sentimos extremamente sortudos), e Hillary Jacobson, na ICM (cuja torcida por este livro foi excepcional). E também Luke Speed e sua equipe na Curtis Brown e Jake Smith-Bosanquet e a brilhante equipe de direitos da C&W. Laurie MacDonald, por nos deixar animados com a ideia de ver Emmy e Dan nas telas um dia. À dra. Rebecca Martin, pelo seu conhecimento médico, Alicia Clarke, por suas fotografias incríveis, Trevor Dolby, por seu tempo e incentivo.

Também, claro, a nossas maravilhosas editoras Sam Humphreys e Sarah Stein, a todos na Mantle (principalmente Samantha, Alice e Rosie) e na HarperCollins (Alicia, obrigada!) e a nossos primeiros revisores na NetGalley, que nos deram um incrível apoio e incentivo.

Um agradecimento muito especial à nossa filha Buffy.

1ª edição	JULHO DE 2022
impressão	CROMOSETE
papel de miolo	POLÉN NATURAL 70 G/M²
papel de capa	CARTÃO SUPREMO ALTA ALVURA 250G/M²
tipografia	SABON LT STD